온리 호찌민 무이네
달랏 나트랑
Only HoChiMinh MuiNe
DaLat Nhatrang

온리 호찌민 무이네 달랏 나트랑

발　행 | 2023년 05월 03일
저　자 | 재미리
펴낸이 | 한건희
펴낸곳 | 주식회사 부크크
출판사등록 | 2014.07.15.(제2014-16호)
주　소 | 서울특별시 금천구 가산디지털1로 119 SK트윈타워 A동 305호
전　화 | 1670-8316
이메일 | info@bookk.co.kr

ISBN | 979-11-410-2708-7

온리 호찌민 무이네

달랏 나트랑

Only HoChiMinh MuiNe

DaLat Nhatrang

차례

5. 여행 정보

1. 호찌민 소개
01 호찌민 개요

〈베트남 개요〉

- 국명과 역사

정식 국명은 베트남 사회주의 공화국(Socialist Republic of Vietnam)이나 보통 베트남(Vietnam, 越南, 월남)이라고 한다. 베트남의 역사는 기원전 2천 년, 최초의 국가인 빈랑국이 세워지며 시작됐다. 이후 기원전 275년 어우락 왕국이 세워졌으나 진나라 장수 찌에우 다에가 남비엣(Nam viet, 南越, 남월)의 일부가 되게 했다. 기원전 111년 전한에 의해 남비엣이 멸망한 후 1,000년 동안 중국의 지배를 받았고 679년 당나라 때 안동도호부가 설치된 이래로 안남(安南)으로 불렸다. 939년 중국의 지배에서 벗어난 최초의 독립 왕조인 응오 왕조가 세워졌고 이후 딩, 레 왕조로 이어지다가 1009년 리 왕조(다이비엣 Dai Viet, 大越, 대월), 1226년대 쩐 왕조가 세워졌다.

1400년 호 왕조가 세워졌으나 명나라의 침략으로 약 20년간 속국이 됐다. 1428년 명나라를 몰아내고 레 왕조가 세워져 약 300년 동안 중세의 황금기를 이뤘다. 1788년 레 왕조 말기 혼란 속에 후에(Hue)에서 떠이산 왕조가 세워졌고 1802년 프랑스 세력의 도움을 받은 베트남 마지막 왕조인 응우옌 왕조가 뒤를 이었다. 응우옌 왕조는 청나라에 국명을 남비엣(Nam viet, 南越, 남월)으로 인준받으려 했으나 청나라의 심술로 비엣남(Viet nam, 越南, 월남)으로 정해져 오늘에 이른다.

1858년 서양 선교사 박해를 빌미로 프랑스가 다낭을 공격해 점령했고 1859년 사이공까지 차지해 코친차이나(Cochinchine)를 형성했다. 1884년에는 베트남 중부와 북부까지 점령하여 전 베트남이 프랑스 식민지가 됐다. 이로써 응우옌 왕조는 안남(국)이라는 이름으로 1945년 3월까지 명목상으로 존속했다.

1945년 제2차 세계대전이 끝나자 공산주의 계열의 베트남 독립동맹회, 즉

비엣민(Viet min, 越盟, 월맹)이 베트남 북부에 베트남민주공화국을 선포하였다. 제2차 세계대전 후인 1946년 프랑스가 베트남 북부 지배권을 되찾으려, 인도차이나 전쟁을 일으켰는데 1954년 5월 디엔비엔푸에서 패해 베트남 식민지를 완전히 상실했다. 이후 프랑스가 물러갔으나 베트남은 통일되지 못하고 1954년 7월 제네바 평화협정에 따라 북위 1/˚ 선을 기준으로 하여 자본주의의 남과 사회주의의 북으로 분단되었다.

1965년 베트남 남북 간의 베트남 전쟁이 벌어졌는데 남측에 미군, 한국군, 호주군 등, 북측에 중국군이 합류해 국제전이 되었다. 1975년 북베트남이 사이공을 함락하면서 베트남 전쟁이 종식되었고 1976년 베트남 사회주의 공화국을 선포하였다. 1979년 2월 베트남과 캄보디아 간 국경분쟁에서 캄보디아를 지원하던 중국이 베트남을 공격해 베중 전쟁이 일어난다. 양측의 엄청난 인명 피해를 보고 3월 전쟁을 끝냈다.

1986년 베트남은 전부분 개혁 시책인 도이 머이(Doi Moi) 정책을 펴 계획경제에서 시장 경제로 이양, 경제 개방 등 파격적인 조치를 시행하였다. 이후 베트남은 급속한 경제 발전을 거듭해 오늘에 이른다.

- 국토와 인구, 행정 구역
베트남은 남북으로 긴 나라로 면적은 331,210㎢, 남북한 면적의 약 1.5배에 달한다. 베트남 최북단에서 최남단까지의 길이가 1,650km, 동서 최장거리 600km, 최단거리가 48km, 전체 해안선 길이 약 3,260km. 인구는 약 9천5백 명(2016년)으로 약 86%가 비엣족이고 나머지 떠이족, 타이족, 호아족, 크메르족 등 소수민족이다.
수도는 하노이이고 남쪽에 옛 베트남(월남)의 수도이자 현재 베트남 최대 상업 도시 호찌민(사이공)이 있다. 행정구역은 하노이, 호찌민, 하이퐁, 다낭, 껀터 등 5개의 특별시와 58개 성으로 이루어져 있다.

- 기후
베트남은 남북으로 길게 늘어져 있어 남과 북의 기후 차이가 있다. 북부는 미세하게 사계절을 느낄 수 있으며 일교차가 크고 남부는 연중 덥고 북부보다 일교차가 적다. 북부와 남부의 건기는 11월~4월, 우기는 5월~10월, 중부의 건기는 2월~8월, 우기는 9월~1월. 건기가 여행하기 좋은 시기이다.

- 시차
베트남은 우리나라보다 2시간 늦은 그리니치 표준시(G.M.T) +7이다. 한국에서 베트남으로 가면 시계를 2시간 뒤

로 돌리고 베트남에서 한국으로 돌아오면 시계를 2시간 앞으로 돌린다. 예) 한국 12시일 때 베트남 10시

- 언어
공식 언어로 베트남어를 사용하고 관광지에서는 일부 영어 소통이 가능하다. 베트남어 표기는 로만 알파벳을 빌려 사용하나 발음은 영어와 다르다. 예를 들어, C는 ㄲ, D는 ㅈ, Đ는 ㄸ, K는 ㄲ, P는 ㅃ, R은 ㅈ/ㄹ, T는 ㄸ, U는 으, Ch는 ㅉ, Th는 ㅌ, Tr은 ㅉ, a, à, á, ǎ는 아, â는 어. 일부 유적지에서 한자 표기를 볼 수 있으나 현재, 한자는 사용하지 않는다.

- 통화와 환전, 신용카드
· 베트남 화폐
베트남 화폐는 동(đồng)으로 불리고 VND 또는 đ 로 표기한다. 화폐 종류는 지폐로 100, 200, 500, 1000, 2,000, 5,000, 10,000, 20,000, 50,000, 100,000, 200,000, 500,000 VND이 있다. 동전은 200, 500, 1,000, 2,000, 5,000 VND가 있으나 현재 거의 쓰이지 않는다.

· 환전
환전은 은행, 환전소(주로 공항), 호텔, 여행사 등에서 할 수 있다. 환율은 10,000 VND ≒ 500원 정도로 보통

베트남 동에서 0 하나 빼고 1/2 하면 쉽다. 어떤 이는 베트남 여행 시 베트남 동과 달러를 반반씩 준비하라고 하는 데 어차피 쓸 여행 경비이면 **한국에서 모두 베트남 동으로 환전해 가는 것이 편리**하다. 아니면 베트남 동 8 : 달러 2 또는 베트남 동 + 비상금(달러)로 준비하자. 현지 환전 시 액수가 맞는지 바로 확인하고 날치기 주의! 베트남 화폐는 단위가 크므로 그날 쓸 만큼 갖고 다니거나 고액권(10만, 20만, 50만 VND)과 소액권을 분리해서 갖고 다니는 것이 좋다. *택시 요금의 100.00일 때 점(.)이 '000'이고 100k라고 표기되어 있으면 k가 '000'이므로 100.00은 100,000동을 말한다.

· 신용카드
신용카드의 경우 VISA, AMEX, MASTER와 같이 한국에서 통용되는 신용카드를 사용할 수 있고 직불카드의 경우 뒷면 PLUS, Cirrus 같은 표시가 있으면 베트남에서 결재할 수 있다. 단, 작은 상점이나 식당에서의 카드 사용이나 소액 결제가 어려울 수 있으니 염두에 두자. 시내 곳곳에서 볼 수 있는 ATM기에서 신용카드로 베트남 동을 찾을 수 있으니 참고!

- 전압과 전기 콘센트
전압은 220V, 50Hz이고 전기 콘센트

는 삼각형 모양의 3구 콘센트 또는 일자형 3구 콘센트를 사용한다. 한국의 2구 플러그(흔들면서 끼움)를 사용할 수 있으나 불편한 사람은 멀티어댑터를 준비하자. 또한, 2구 멀티탭을 가져가면 여러 전기 기구를 동시에 사용할 수 있다.

- 전화

· 스마트폰과 공중전화
현지에서 스마트폰 사용은 로밍(1분당 400~2,000원 내외), 포켓 와이파이(1일 약 6천 원 내외)를 사용하거나 현지에서 유심을 사 사용할 수도 있다. 스마트폰 로밍을 하지 않았다면 비행기 모드로 해두고 숙소나 레스토랑에서 와이파이를 켜고 무선 인터넷을 사용하면 된다. 공중전화는 공항을 제외하고 거의 찾아볼 수 없고 일반 전화는 호텔이나 레스토랑 등에 설치되어 있다. *시외 국번_하노이 024, 호찌민 028, 후에 0234, 다낭 0236, 호이안 0235, 나트랑 0258. 베트남 국가번호 _+84 *+는 0을 길게 누름.

· 국제전화
스마트폰 또는 우체국과 전화국 내 국제전화기로 국제전화를 할 수 있다. 우체국과 전화국 내 국제전화기 사용 종료 시, 시간과 요금이 프린트되어 나옴.

베트남 → 한국
00(베트남 국제전화 코드)-82(한국 국가번호)-10-XXXX-XXXX(0 빼고 스마트폰 번호) 또는 XXX-XXXX(전화번호) *00 대신 +82-10-XXXX-XXXX 해도 됨.

한국 → 베트남
001, 002, 005, 008, 00700(국제전화 코드 중 하나 선택)-84(베트남 국가번호-XXX-XXXX-XXXX(0빼고 스마트폰 번호 또는 전화번호)

*긴급 상황 발생 시 스마트폰 로밍하지 않았을 때 비행기 모드에서 일반 모드로 돌아가면 자동 로밍(구형 스마트폰은 되지 않을 수 있음, 통신사 문의)되므로 필요한 곳이나 한국으로 전화할 수 있음. 한국으로 국제전화 시 용건만 간단히 한 경우 1~2만 원 내외 요금 부과(통신사 별로 다름).

· 인터넷과 와이파이
보통 호텔이나 숙소에 무료 와이파이가 제공되고 PC방이나 인터넷 카페는 찾기 어렵다. 미리 유심을 사거나 현지에서 유심을 사서, 사용한다.

· 유심
베트남의 유심(USIM) 또는 심(SIM) 카드로 현지에서 통화하거나 데이터(인터넷)를 이용할 수 있다. 유심은 데이터+통화 공용, 데이터 전용으로 나뉘므로 필요에 따라 구매한다. 스마트폰에 기존 유심을 빼고 현지 유심을 넣으므로 현지 전화번호가 부여되고 한국 번호는 사용은 불가하다. 베트남 주요 통신사는 비엣텔(Vietel), 비나폰(Vinaphone), 모비폰(Mobifone) 등이 있는데 이중 비엣텔, 비나폰이 믿을만하다.

공항의 판매점 외에 시내에서 유심을 살 수 있으나 **공항에서처럼 데이터+통화, 데이터 전용 등 일시불 패키지 상품은 사기 어려움으로 반듯이 공항에서 사길 권한다.** 공항 판매점에서는 세팅도 다 해주니 편리! 또 한국에서 미리 유심을 구매한 뒤 베트남에서 사용할 수 있으니 참고!

비엣텔_Data 1.5G, 30분 통화_25만 VND(12 USD)/Data 7G_25만 VND/Data 10G_30만 VND(15 USD)/Data 1.5G, 30분 국내·20분 국제통화_40만 VND(20 USD)

비나폰_Data 4G, 50분 통화(실제 통화 안 됨)_7만 VND(3USD)/Data 4G, 50분 국내·40분 국제통화 3만 5천 VND(6 USD)

모비폰_유심_5만 VND(2.5 USD)

+Data & 통화 바우처 추가 구매. * 비엣텔, 비나폰, 모비폰의 상품 가격은 참고만 할 것. 수시변동!

유심스토어(한국) : 싱가폴·말레이시아·인도네시아·캄보디아·태국 통합 유심(30일, 2GB)_5,800원, 베트남 유심 모비폰 MobiFone 국제통화 유심칩(30일, 10GB+3GB 무제한, 통화)_8,800원 * 유심 가격은 수시 변동, 가격이 저렴하니 에비로 하나 더 준비해도 좋음.

– 치안
베트남의 치안은 대체로 안전하나 늦은 밤 뒷골목, 해변 등 한적한 곳에 홀로 다니지 않도록 한다. 관광객이 많이 몰리는 시내나 관광지에서 스마트폰 날치기, 소지품 분실에 유의한다. 심야의 클럽이나 바에서 모르는 사람이 주는 술을 마시지 않고 취객과 다투지 않는다.

– 유용한 사이트와 전화번호
베트남 경찰 : 113
베트남 구급대 : 115
베트남 관광청 :
https://vietnamtourism.gov.vn

주베트남 대한민국 대사관
주소 : SQ4 Diplomatic Complex., Do Nhuan St., Xuan Dao, Bac

TuLiem, Hanoi
시간 : 월~금 09:00~12:00, 14:00~16:00
전화 : 024-3771-0404(비자, 여권 등), 090-402-6126(당직, 긴급 등)
홈페이지 : https://overseas.mofa.go.kr/vn-ko/index.do

주호찌민 대한민국 총영사관
주소 : 107 Nguyen Du, Dist 1, HCMC
시간 : 월~금 09:00~12:00, 14:00~16:00
전화 : 028-3822-5757, 028-3824-2593(여권), 028-3824-3311(비자), 093-850-0238(긴급)
홈페이지 : https://overseas.mofa.go.kr/vn-hochiminh-ko/index.do
*하노이 한인회 : 016-4895-3318, 호찌민 한인회 : 028-3920-1612

주다낭 대한민국 총영사관
주소 : Tang 3-4, Lo A1-2 Chuong Duong, P. Khue My, Q. Ngu Hanh Son, TP. Da Nang
시간 : 월~금 09:00~12:00, 14:00~16:00
전화 : 023-6356-6100, 093-112-0404(긴급)

하노이 출입국 사무소
주소 : 46 P. Trần Phú, Điện Biên, Ba Đình, Hà Nội
호찌민 출입국 사무소
주소 : 254 Nguyễn Trãi, Nguyễn Cư Trinh, Quận 1, Hồ Chí Minh
다낭 출입국 사무소
주소 : 78 Lê LợiThạch Thang, Hải Châu, Đà Nẵng

외교통상부 영사콜센터
통역서비스, 신속해외송금서비스, 로밍문자서비스, 무료전화앱, 카카오톡 상담
전화 : 한국에서 02-3210-0404, 베트남에서 무료_(국가별접속번호+5번) 120-82-3355, 유료_00(베트남 국제전화 코드)-82-2-3210-0404
홈페이지 : www.0404.go.kr

〈호찌민 개요〉

호찌민(Hồ Chí Minh)은 베트남에서 가장 큰 도시이자 경제 수도이다. 위치는 베트남 남부 사이공강과 동나이강 하류. 호찌민의 옛 이름은 사이공(Sài Gòn)으로 1975년 패망한 남 베트남의 수도였다. 기차역 이름처럼 일부 명칭은 여전히 호찌민 대신 사이공이 쓰이기도 한다. 16세기 이 지역이 베트남에 병합되기 전에는 크메르 제국(캄보디아)의 항구 도시 쁘르이노꼬였다. 17세기 베트남인들이 이주하며 베트남 영토가 되었다.

호찌민은 하노이, 하이퐁, 다낭, 껀터와 함께 5개 중앙직할시 중 하나. 행정구역은 16개의 군, 1개의시, 5개의 현으로 되어 있는데 사이공강 서쪽 1군과 3군은 주요 관광지가 모여 있는 시내, 5군은 차이나타운, 7군은 한인타운인 푸미흥이 있는 곳이다.

호찌민의 주요 관광지는 통일궁, 전쟁박물관, 노트르담 대성당, 호찌민 시립극장, 벤탄 시장, 사이공 동·식물원, 차이나타운 등이 있다.

〈붕따우 개요〉

붕따우(Vũng Tàu)은 호찌민 남쪽, 바리어붕따우성의 도시이다. 14~15세기 동양에 진출한 유럽인들이 방문하던 습지였다. 그후 프랑스령 인도차이나의 총통 별장, 베트남 전쟁 시 미국과 호주 군대가 주둔하였고 미군의 휴양지가 되었다. 호찌민에서 버스나 보트를 타고 붕따우에 갈 수 있다. 현재는 호찌민 시민들이 휴일에 찾는 휴양지 도시 느낌을 준다.

붕따우 주요 관광지는 바이사우 해변, 예수그리스토상, 응인퐁 곶, 니엣반띤사, 화이트 팰러스, 호머이 공원 등이 있다.

〈무이네 개요〉

무이네(Mũi Né)는 빈투언 성의 판티엣 시의 방(坊)이다. 방은 한국 읍·면·동의 동(洞)에 해당. 무이네는 나트랑과 호찌민 사이여서 나트랑에서 호찌민 또는 호찌민에서 나트랑으로 갈 때 들리기 좋은 곳이다. 무이네는 베트남에서 가장 동남아 휴양지 느낌이나 관광객에게 가장 엉악한 도시이기도 해서 관광객의 주의가 필요하다.

무이네 주요 관광지는 무이네 해변, 쑤

오이띠엔, 어촌, 레드(옐로) 샌드듄, 화   이트 샌드듄 등이 있다.

〈달랏 개요〉

달랏(Đà Lạt)은 베트남 중남부 럼동성의 성도로 랑비앙 고원에 있는 휴양 도시이다. 랑비앙 고원은 해발 1,500m 정도여서 연중 온화한 날씨를 자랑한다. 달랏은 나트랑과 무이네 사이에 있어 나트랑에서 호찌민, 호찌민에서 나트랑 갈 때 들리기 좋다.

달랏 주요 관광지는 쑤언흐엉 호수, 달랏 플라워 가든, 항응아 크레이지 하우스, 바오다이 황제 여름궁전, 달랏 성당, 달랏 역, 다딴라 폭포, 쭉럼 선원, 짜이맛, 랑비앙산 등이 있다.

〈나트랑 개요〉

나트랑(Nha Trang)은 베트남 남부에 있는 카인호아(Khánh Hòa)성의 성도로 면적은 251㎢, 인구는 350,375명(2005년 기준)이다. 나트랑의 정확한 베트남 발음은 '냐짱'인데 1940년대 일본군이 주둔하면서 '나트랑'으로 불렸다. 현재 한국에서 나트랑보다 나트랑이라 부르는 경우가 많으므로 이 책에서는 나트랑이라 부르기로 한다. 나트랑은 아름다운 해변과 참파 유적이 있어 다낭 다음으로 한국 여행객이 많이 찾는 곳이다.

나트랑 주요 관광지는 물놀이하기 좋은 나트랑 해변, 네오고딕 양식의 나트랑 대성당, 언덕 위 좌불이 있는 롱썬사, 힌두 사원인 뽀나가르 사원, 빈펄랜드 등이 있다.

02 공항에서 시내 들어가기

1) 떤선녓(호찌민) 국제공항에서 시내 이동

떤선녓 국제공항은 호찌민 시내 북서쪽 7km 지점에 위치한다. 공항 이름은 떤선녓이나 항공코드는 사이공을 뜻하는 SGN임. 공항에서 시내버스, 택시, 공항 픽업 서비스를 이용해 시내까지 갈 수 있다. 공항 픽업 서비스는 공항에서 호텔까지 데려다주는 서비스로 대중교통이 없는 심야 도착 시 유용하다 (4/7인승 17/20 USD 내외).

떤선녓 국제공항 Tan Son Nhat International Airport, Cảng hàng không Quốc tế Tân Sơn Nhất
교통 : 공항에서 152번 시내버스 이용, 행선지 여행자 거리일 때 벤탄 정류장(Trạm Bến Thành) 하차. 06:00~18:00, 약 1시간 소요, 요금 5천 VND, 수하물 5천 VND 추가 / 입국장 택시카운터에서 택시 이용, 여행자 거리까지 19만 VND 내외
주소 : Tan Son Nhat International Airport, Tan Binh, Ho Chi Minh
전화 : 08-3848-5383
홈페이지 : www.vietnamairport.vn/tansonnhat airport

2) 캄란(나트랑) 국제공항에서 시내 이동

캄란 국제공항(항공코드 CXR)은 나트랑 시내 남쪽 35km 지점에 있어 조금 거리가 있는 편이다. 공항에서 공항버스나 택시/그랩을 이용해 나트랑 시내까지 갈 수 있나. 공항버스는 나트랑 경기장 남쪽 10 예르신(Yersin) 거리 정류장까지 04:30~19:55, 30분 간격으로 운행하고 요금은 6만 VND 내외이다. 택시는 공항에서 나트랑 시내까지 30~40만 VND, 반대로 나트랑 시내에서 공항까지는 25~30만 VND 정도. 그랩도 택시와 비슷한 요금이 나온다.

캄란 국제공항 Cam Ranh International Airport, Sân bay quốc tế Cam Ranh

교통 : 공항에서 공항 버스(04:30 ~ 19:55, 30분 간격, 6만 VND) 또는 택시/그랩(30~40만 VND, 공항←시내 25~30만 VND) 이용, 40~50분 소요
*공항버스(Bus Đất Mới) 종점_10 예르신(yersin) 거리(나트랑 경기장 남쪽), 0258-625-4455, 0966-282-388/385
주소 : P. T., Nguyễn Tất Thành, Cam Nghĩa, Tp. Cam Ranh, Khánh Hòa
전화 : 0258-398-9956
홈페이지 : https://vietnamairport.vn/camranh airport

☆여행팁_베트남 배낭/개인 여행의 시작과 끝, 신투어리스트

단체 여행이 아닌 개인 또는 배낭여행이라면 베트남 대표 전국여행사인 신투어리스트(The Sinh Tourist)를 이용하는 것이 편리하다. 예전 '신카페'라 불린 신투어리스트는 도시 간 오픈 버스(여행자 버스), 투어, 호텔, 비행기와 기차 예약 등 서비스를 한다. 오픈 버스는 도시의 여행자 거리에서 출발하고 여행자 거리에 도착하므로 편리하다. 시외버스는 시외터미널까지 가야 해 불편. 오픈 버스는 장거리 구간의 경우 삼열이층 침대칸으로 되어 있어 숙박비를 절약할 수도 있다. 단, 삼열이층 침대칸이어서 사람이 많을 땐 답답하게 느껴지기도 한다. 투어는 정액 요금이므로 바가지 쓸 염려가 없고 서비스도 믿을만하다. 보통 신투어리스트 지점이 있는 여행자 거리는 여행자를 위한 저가 호텔이나 게스트하우스, 레스토랑, 카페, 여행사 등이 많아 숙박하거나 식사하고 교통편과 투어를 알아보기 편리하다.
전화 : 호찌민_028-3838-9593, 무이네_0252-384-7542, 달랏_0263-382-2663, 나트랑_0258-352-4329
홈페이지 : https://thesinhtourist.vn

03 시내 교통

- 도보

여행을 가장 잘 즐기는 방법은 도보로 둘러보는 것이다. 도보로 호찌민은 베트남 통일궁에서 벤탄 시장, 호찌민 시립극장, 조금 멀리 사이공 동·식물원까지, 무이네는 여행자 거리에서 해변까지, 달랏은 여행자 거리에서 달랏 시장, 쓰엉흐엉 호수까지, 나트랑은 여행자 거리에서 여행자 거리에서 나트랑 해변까지 다니기 좋다.

- 자전거&씨클로

시내에서 관광지가 떨어져 있는 경우 자전거를 이용하는 것이 도움이 되고 자전거로 강변도로나 해변 도로를 달려도 즐겁다. 하지만, 호찌민은 도로에 워낙 오토바이와 스쿠터가 많아 자전거 여행이 쉽지 않다. 무이네는 해변 도로를 따라 돌아다니기 좋고 달랏도 자전거로 쑤언흐엉 호수가를 돌기 즐겁다. 나트랑 또한 해변 도로를 따라 라이딩하기 괜찮다. 자전거 대여료는 1일 5만 VND 내외이나 도시별, 대여점별로 다르다. 자전거 이용 시 교통안전에 유의한다.

자전거 택시인 씨클로(Cyclo)는 바가지로 악명이 높으나 한 번쯤 이용해볼 만하다. 호찌민은 대도시여서 씨클로 발견하기 쉽지 않고 무이네 역시 해변 도시여서 씨클로 보기 어렵다. 달랏 또한 산악 도시여서 씨클로 보기 어렵다. 나트랑은 단체 관광객을 위한 씨클로가 운영된다. 씨클로 요금은 1회 20분 5만~15만 VND 내외이나 이 역시 도시별, 씨클로 기사별로 요금이 천차만별이다. 반듯이 씨클로 탑승 전 요금을 흥정하고 타고 탑승 후 무리한 팁 요구는 응하지 않는다.

– 쎄옴

쎄옴(Xe Om)은 오토바이/스쿠터 택시를 말한다. 쎄옴은 길가, 주차된 오토바이 위에 사람이 앉아있는 것을 보고 식별 가능하다. 지나가는 오토바이를 향해 손을 들어 탈 수도 있다. 쎄옴 역시 관광객에게 바가지를 씌우기 일쑤이므로 타기 전 반듯이 흥정하고 탄다.

쎄옴 요금은 보통 1km 당 1만 VND 정도. 여행자 거리에서 가까운 레스토랑이나 호텔은 2만 VND(≒1USD, 결코 적은 돈이 아님) 내외면 갈 수 있으나 현지인이 아니면 쉽지 않다.

요즘은 스마트폰 호출 서비스인 **그랩 바이크**가 있어 쎄옴을 찾아보기 힘들다. 그랩 바이크는 목적지에 따라 요금이 정해져 있으므로 안심하고 이용할 수 있다.

– 스쿠터

베트남을 가장 재미있게 둘러볼 수 있는 교통수단이 바로 스쿠터(오토바이)

이다. 스쿠터는 차량이 많은 하노이나 호찌민보다 차량이 적은 다낭, 달랏, 무이네 같은 베트남 중부 도시에서 더 유용하다. 스쿠터 이용 시 반듯이 **헬멧** 쓰고 **교통법규** 지키며 **과속하지 않고** 현지 **차량흐름**대로 **전방주시**하며 운행한다면 별일 없이 탈 수 있다.

스쿠터 대여료는 1일 8만~12만 VND(4~6 USD)이나 도시별, 대여점별로 요금이 다르다. 스쿠터 사고 시 보험처리가 되지 않으므로 우선 대여점에 연락하여 조치를 받고 큰 사고 시 대여점뿐만 아니라 현지 구급대와 경찰, 호텔, 영사콜센터 등에 연락해 도움을 받는다.

호찌민은 도로에 워낙 스쿠터와 자동차가 많아 스쿠터 이용을 하지 않는 편이 낫고 무이네는 스쿠터를 타고 인근 관광지에 가기 좋다. 달랏은 스쿠터를 이용해 인근 관광지에 가기 편하나 산악지대이므로 과속하지 않고 운전에 각별히 주의하며 나트랑은 스쿠터로 인근 관광지를 둘러보기 좋으나 시내에 스쿠터와 자동차가 많으므로 주의한다.

– 택시

베트남에는 많은 택시 브랜드가 있지만, 그 중에 흰색의 비나썬(Vinasun,

028-38272727)과 녹색의 마이린 (Mai Linh, 028-38383838) 택시가 믿을만하다. *택시 모양과 전화번호를 살짝 바꾼 유사 택시 주의!

가급적 이들 택시 외 다른 택시는 타지 않는다. 이들 택시도 완전히 믿진 말고 긴장하며 탈 것! 택시 승차 후 미터를 사용하는지, 미터가 돌아가진 않는지 여부를 잘 살피고 팁은 주지 않아도 된다.

택시 기본요금은 자동차 크기(소·중·대), 운행 시간에 따라 1만~1만5천 VND이고 1km 당 1만5천~1만8천 VND 추가된다. 택시미터 표시는 1,000단위이므로 탈 때 '10.0' 표시되어 있으면 10,000 VND. 택시 내 신용카드 결제

기가 있는 경우도 있으나 가급적 현금 결제를 하고 카드 결제 시 영수증(호아 돈 hoá đơn)을 받는다. 현금 결제 시 잔돈이 없다고 하는 경우가 있으므로 평소에 잔돈을 준비해, 금액에 맞게 지불한다. *실수로 베트남 고액권을 주는 때가 있으니 차분히 지급할 것!

택시 승차는 가급적 호텔(숙소)에서 불러달라고 해서 타는 것이 좋고 관광지 나갔을 때는 관광지 대기 중인 택시를 탄다. 택시 대절 요금은 1일 40만~60만 VND(20~30 USD) 정도이나 대절 전, 택시 기사와 코스, 요금을 흥정하고 탄다. 여성 혼자라면 호텔(숙소)에서 택시를 불러달라고 해서 타고 택시 대절 시에는 택시 번호와 기사 전화번호를 호텔 직원에게 전달하고 이용한다.

– 그랩

그랩(Grab)은 스마트폰 호출 차량 서비스로 현재 그랩 카(승용차), 그랩 바이크(오토바이), 그랩 푸드(음식 배달) 등이 있다. 그랩은 한국에서 그랩 앱을

설치하고 가는 것이 좋고 현지에 도착해서는 현지 유심 번호로 변경한다. 요금 지불은 신용카드(미리 등록하면 자동결제)나 현금으로 할 수 있다.

그랩 이용 방법은 첫째, 그랩 첫 페이지에서 Car, Bike, Food 등에서 원하는 서비스를 선택한다. 둘째, 화면 하단 'Where to?(문장은 다를 수 있음)' 선택해 목적지를 영문으로 입력하거나 지도에서 선택한다. 셋째, 'Confirm~'을 클릭하면 차량 종류와 비용이 표시되니 원하는 차량 선택하고 'Book Grabcar~' 클릭한다. 넷째, 그랩에서 차량 찾고 차량과 기사, 요금 나타난다. 확인 차원에서 'OK' 문자를 보내도 좋다. 차량 도착하면 탑승! 차량이 잘 찾아올 수 있게 호텔이나 식당 등 잘 알려진 곳에서 그랩을 부르는 것이 좋다.

그랩 바이크 이용시 승객용 헬멧 있으면 쓰고 출발 전 기사에게 과속하지 않도록 말하면 안전에 도움이 된다.

*일부 그랩바이크 기사가 외국 관광객에게 부당 요금을 요구하는 경우가 있으니 주의!
그랩_www.grab.com

- 시내버스

베트남 도시에 시내버스가 다니지만, 관광객이 탈 일이 거의 없다. 우선 시내버스가 자주 다니지 않고 시내버스 노선, 배차 시간, 정류장 등이 익숙하지 않아 이용에 불편하므로 웬만한 시내 관광지는 걷거나 그랩, 스쿠터, 택시 등을 이용한다.

04 호찌민에서 프놈펜, 시엠립, 시아누크빌 가기

호찌민에서 오픈 버스(여행사 버스)로 캄보디아의 프놈펜, 시엠립, 시아누크빌로 갈 수 있다. 호찌민에서 프놈펜은 06:30~15:00(1시간~1시간30분 간격) 출발, 6시간 30분 소요, 호찌민에서 시엠립은 7시 출발, 13시간 소요, 호찌민에서 시아누크빌은 07시, 8시 30분 출발, 11시간 소요된다. 호찌민에서 쩌우독으로 간 뒤, 쩌우독에서 보트(7시 30분 출발, 6시간 소요) 타고 프놈펜으로 갈 수도 있다.

베트남에서 캄보디아 국경 통과 시 여행사 스텝이 캄보디아 비자비(30 USD+수수료 5 USD)를 요구하나 거절하고 직접 출입국 수속을 할 수 있다. 단, 조금 번거로운 점이 있다.

신투어리스트 오픈 버스 외 메콩 익스프레스와 금호삼코버스라인을 이용해 캄보디아로 갈 수 있다. 메콩 익스프레스는 호찌민-프놈펜/시엠립, 프놈펜-시엠립/방콕 등의 노선을 운행한다. 호찌민-프놈펜 버스/밴 노선은 7:00, 8:30, 13:00(←7:30, 8:30, 14:30) 출발, 28만 VND(14 USD)/6:30, 15:00(←6:30, 15:30), 30만 VND(15 USD). 금호삼코는 호찌민-프놈펜 노선을 운영하는데 호찌민-프놈펜 노선은 7:00, 8:00, 9:30, 11:00, 13:00, 15:00(←6:00, 7:30, 9:00, 10:30, 13:00, 15:00) 출발, 20만 VND(10 USD).

신투어와 메콩 익스프레스, 금호삼코 모두 데탐 여행자 거리에서 픽업하고 프놈펜의 도착지는 이들 회사 사무실이 있는 프놈펜 스타디움(313 Preah Sihanouk Blvd, Phnom Penh) 인근. 하차 후 뚝뚝(2~3 USD 내외)을 타고 호텔로 이동한다. *코로나 19 영향으로 일부 운행이 중지되었으나 차츰 풀리는 상황! 출발 시간, 요금 등은 현지 상황에 따라 다름.

메콩 익스프레스 Mekong Express

주소 : 1, 275 Phạm Ngũ Lão, Hồ Chí Minh
전화 : 08-755-5558

금호삼코버스라인 Kumho Samco Busline

Chí Minh

전화 : 08-6291-5389

홈페이지 :

www.kumhosamco.com.vn

국제 오픈버스 예약 :

www.bookaway.com

https://thesinhtourist.vn

주소 : 239 Phạm Ngũ Lão, Hồ

노선 *버스회사/기타	출발 시간(소요시간)	요금 (VND)
호찌민(Ho Chi Minh) →캄보디아 프놈펜(Phnom Penh)	06:30/08:30/11:30/15:30 (6시간 30분)	63만
호찌민(Ho Chi Minh) →캄보디아 프놈펜(Phnom Penh) *메콩 익스프레스	버스_7:30, 8:30, 14:30 ←7:00, 8:30, 13:00 밴_6:30, 15:30 ←6:30, 15:00	버스 68만 밴 70만 내외
호찌민(Ho Chi Minh) →캄보디아 프놈펜(Phnom Penh) *금호삼코	6:00, 7:30, 9:00, 10:30, 13:00, 15:00 ←7:0, 8:00, 9:30, 11:00, 13:00, 15:00	70만 내외
호찌민(Ho Chi Minh) →캄보디아 시엠립(Siem Reap)	07:00/15:00 (13시간)	103만
호찌민(Ho Chi Minh) →캄보디아 시아누크빌(Sihanouk Ville)	07:00 (11시간)	104만
베트남 쩌우독(Chau Doc) →(보트)→캄보디아 프놈펜(Phnom Penh) *호찌민-쩌우독 버스 불포함	07:30 *호찌민-(버스)-쩌우독 6시간 쩌우독-프놈펜 5시간	109만9천

*신투어리스트 기준, 출발·소요 시간, 요금 등 현지 상황에 따라 다를 수 있음.

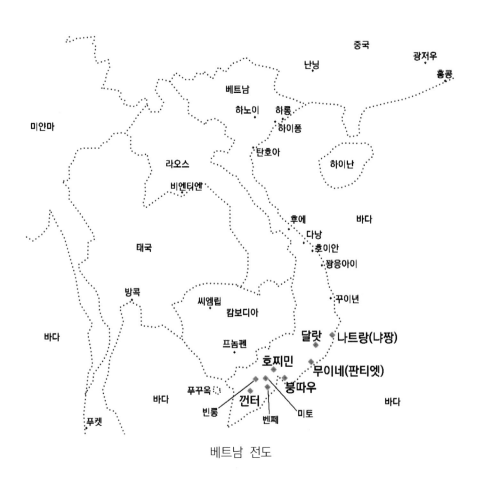

중국

난닝   광저우
                           홍콩
베트남
하노이   하롱
       하이퐁
미얀마

          탄호아
라오스   하이난
비엔티엔

          후에   바다
          다낭
태국   호이안
          꽝응아이

방콕   꾸이년

씨엠립
캄보디아   달랏   나트랑(냐짱)
프놈펜
          호찌민   무이네(판티엣)
푸꾸옥   봉따우
      껀터
빈롱   바다
푸켓   벤쩨 미토

바다

베트남 전도

2. 호찌민 지역

01 호찌민 Hồ Chí Minh

베트남 남부의 최대 도시로 동나이강 삼각주에 위치한다. 이곳은 원래 베트남 중 남부에 있던 참파 왕국의 참족, 캄보디아인들이 혼재해 살던 곳이었고 12세기 이 후 캄보디아에 속했다. 17~18세기 북쪽에서 내려온 베트남인들이 참파 왕국을 멸하고 베트남 땅이 되었다가 1862년 사이공 조약에 따라 프랑스 식민지가 되었 다. 1908년 시로 승격된 뒤 유럽풍 건물이 세워지며 급속히 발전했다. 1954년 베트남이 분단되며 남베트남의 수도가 되었고 1975년 베트남이 통일되며 사이공 에서 호찌민으로 명칭이 변경되었다.

호찌민에는 독립궁(통일궁), 전쟁 박물관, 노트르담 성당, 역사 박물관, 사이공 동·식물원 같은 볼거리가 있다.

▲ 신투어리스트&여행자 거리

신투어리스트_248 Đề Thám, Phạm Ngũ Lão, Quận 1, 028-3838-9597, www.thesinhtourist.vn, 여행자 거리_Phạm Ngũ Lão&Đề Thám(브이비엔 워 킹 스트리트 Phố đi bộ Bùi Viện)

▲ 교통

1) 베트남 내에서 호찌민 가기

- 항공

하노이, 후에, 다낭, 달랏, 나트랑, 푸꾸옥 등에서 떤선녓 국제공항으로 가는 베트남항공, 비엣젯, 젯스타 등의 국내선 항공편이 있다. 여러 구간 중 하노이-호찌민, 호찌민-푸꾸옥 이동 시 유용하다. 떤선녓 국제공항의 항공코드는 사이공을 뜻하는 SGN임.

떤선녓 국제공항 Tan Son Nhat International Airport, Cảng hàng không Quốc tế Tân Sơn Nhất
교통 : 공항에서 152번 시내버스 이용, 행선지 여행자 거리일 때 벤탄 정류장(Trạm Bến Thành) 하차.

06:00~18:00, 약 1시간 소요, 요금 5천 VND, 수하물 5천 VND 추가 / 입국장 택시카운터에서 택시 이용, 여행자 거리까지 19만 VND 내외
주소 : Tan Son Nhat International Airport, Tan Binh, Ho Chi Minh
전화 : 08-3848-5383

- 오픈 버스&보트

나트랑, 달랏, 무이네 등에서 호찌민으로 가는 **오픈(여행사) 버스**와 붕따우에서 호찌민으로 가는 **보트**가 있다.

버스로 나트랑에서 호찌민은 8시와 20시 출발, 11시간 소요, 달랏에서 호찌민은 21시 30분 출발, 7시간 소요, 무이네에서 호찌민은 14시 출발, 5시간 30분 소요된다. 껀터와 랏자에서 호찌민행은 24년 2월 현재 중지중! 랏자에서 보트로 푸꾸옥 섬으로 넘어갈 수 있음. 보트로 붕따우에서 호찌민은 14시 출발, 1시간 30분 소요된다.
슬리핑 버스는 2층 3열로 1층이 편하

므로 티켓 구입 시 1층 좌석을 달라고 하고 버스 내에서 지갑과 귀중품 보관에 유의.

베트남 중남부는 신투어리스트 외 풍짱 버스(Phong Trang Bus)가 활발히 운행된다. 나트랑(08:00~21:00, 35만7천 VND), 달랏(00:00~23:35, 28만 VND), 무이네(01:00~21:00, 35만7천 VND)에서 호찌민까지 갈 수 있다. 24년 2월 현재 후에, 다낭발 노선 중지 중!

홈페이지 :

신투어리스트 www.thesinhtourist.vn

풍짱 버스 https://futabus.vn

노선	출발 시간(소요시간)	요금 (VND)
나트랑(Nha Trang) →호찌민(Ho Chi Minh)	08:00, 20:00 ←08:00, 22:30(11시간)	오전 29만9천 오후 49만9천
달랏(Da Lat) →호찌민(Ho Chi Minh)	21:30 ←22:25/23:00(7시간)	44만9천
무이네(Mui Ne) →호찌민(Ho Chi min)	14:00 ←08:00, 14:00 (5시간 30분)	24만9천
붕따우(Vong Tau)→(보트)→ 호찌민(Ho Chi Minh)	14:00 ←09:00(1시간 30분)	24만9천

*현지 상황에 따라 출발·도착·소요 시간, 요금 변동될 수 있음 / ←표시는 반대 노선. 호찌민 = **사이공**

- 기차

하노이, 후에, 다낭, 나트랑 등에서 **호찌민(사이공) 역**으로 가는 직행 SE, 완행 TN 기차를 이용할 수 있다. 단, 구간에 따라 직행과 완행이 별 차이가 없을 수 있음. 하노이→호찌민 SE/TN 홀수 번호, 호찌민→하노이 SE/TN 짝수가 붙는다. 후에서 호찌민은 약 22시간, 다낭에서 호찌민은 약 17시간, 나트랑에서 호찌민은 약 8시간, 하노이에서 호찌민은 약 34시간 소요된다.

기차 좌석은 하드 시트(Hard Seat 노 에어컨), 하드 시트(에어컨), 소프트 시트(에어컨), 하드 베드(Hard Berth 2인, 3층 침대), 소프트 베드(Soft

Berth 4인, 2층 침대)가 있다. 10시간 이상 구간은 침대 좌석을 이용하는 것이 좋고 보안을 생각한다면 6인의 하드 베드보다 객실 문이 있는 4인의 소프트 베드를 이용하는 것이 낫다. 밤기차 이용 시 지갑과 귀중품 보관 유의! 기차표는 역, 여행사, 철도청 사이트 (https://dsvn.vn/#/, 참고로 현지 발행 카드만 결재 가능), 베트남-레일웨이(https://vietnam-railway.com), 베트남 트레인(www.vietnamtrain.com) 같은 사이트에서 구입한다.

교통 : 여행자 거리에서 택시/그랩 이용, 13분

주소 : Phường 10, Quận 3, Thành phố Hồ Chí Minh

전화 : 028-3821-1192

시간 : 07:00~11:30, 13:30~17:00

홈페이지 : www.saigonrailway.com.vn

사이공(호찌민) 역 Ga Sài Gòn

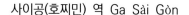

구간	기차번호, 출발~도착시간	요금(VND)
하노이→ 호찌민(사이공)	SE7 06:00~익일 16:15	SE 기준_ 하드 시트(에어컨)_64만8천 VND 소프트 시트(에어컨)_86만5천 VND 하드 베드(3층)_91만6천 VND 소프트 베드(2층)_126만1천 VND
	SE5 09:00~익일 18:47	
	SE9 14:35~익익일 02:50	
	TN1 14:35~익익일 02:50	
	SE1 19:30~익익일 03:39	
호찌민(사이공) →하노이	SE8 06:00~익일 15:33	SE 기준_ 하드 시트(에어컨)_64만8천 VND 소프트 시트(에어컨)_86만5천 VND 하드 베드(3층)_91만6천 VND 소프트 베드(2층)_126만1천 VND
	SE6 09:00~익일 19:58	
	SE10 14:40~익익일 03:43	
	SE2 19:30~익익일	

	04:50	
	SE4 22:00~익익일	
	05:30	

*현지 상황에 따라 기차번호, 시간, 좌석, 요금 변경될 수 있음.

- 시외버스

관광객은 보통 베트남 도시 간 이동 시 오픈 버스를 이용하므로 시외버스를 이용할 일이 거의 없다. 대도시나 관광 도시가 아닌 소도시로 갈 경우 버스터 미널에서 시외버스를 이용한다. 하노이, 하롱, 하이퐁, 후에, 다낭, 꾸이년, 판티엣, 달랏, 붕따우, 껀터 등에서 호찌민으로 가는 시외버스가 있다.

호찌민의 주요 버스터미널은 딴부오이 버스터미널(Bến Xe Thành Bưởi), 미엔동 버스터미널(Bến xe Miền Đông), 미엔떠이 버스터미널(Bến Xe Miền Tây) 등이 있고 각 터미널에서 베트남 각지를 연결한다.

딴부오이 버스터미널 Bến Xe Thành Bưởi

달랏(24만 VND), 덕쯩(Đức Trọng 달랏 남쪽, 24만 VND), 껀터(13만 VND) 등

교통 : 여행자 거리 팜응우라오에서 서쪽 방향, 택시/그랩 10분

주소 : 1 Vĩnh Viễn, phường 2, Hồ Chí Minh

전화 : 028-3833-9242

홈페이지 :

http://oto-xemay.vn/xe-khach/xe-khach-thanh-buoi-381.html

미엔동 버스터미널 Bến xe Miền Đông

하노이의 느억응엄 버스터미널(Bến xe Nước Ngầm), 하롱(90만 VND), 하이퐁(85만 VND), 빈(69만 VND), 후에(37만 VND), 다낭(43만 VND), 꾸

이년(28만 VND), 판티엣(13만5천), 판랑(12만5천 VND), 무이네(10만5천 VND), 붕따우(9만5천 VND) 등

교통 : 여행자 거리 팜응우라오에서 북동쪽 방향, 택시 26분

주소 : Đinh Bộ Lĩnh, phường 26, Bình Thạnh, Hồ Chí Minh

미엔떠이 버스터미널 Bến Xe Miền Tây

쩌우독(13만5천 VND), 락자Rach Gia, 14만5천 VND), 껀터(11만 VND), 빈롱(9만5천 VND), 벤쩨(7만5천 VND), 붕따우(9만5천 VND), 부온마투옷(25만 VND), 판티엣(25만

VND) 등

교통 : 여행자 거리 팜응우라오에서 남서쪽 방향, 택시 30분

주소 : 395 Kinh Dương Vương, An Lạc, Bình Tân, Hồ Chí Minh

홈페이지 : http://oto-xemay.vn/ben-xe/ben-xe-mien-tay-153.html

2) 호찌민 시내 교통

- 도보&자전거

팜응우라오/데탐 여행자 거리에서 벤탄시장, 통일궁, 노트르담 성당 정도 걸어 다니기 적당하다. 그 이상은 자전거를 이용하는 것이 편리한데 도로에 차량과 오토바이가 많아 권하진 않는다.

- 씨클로

자전거 택시인 씨클로(Cyclo)는 벤탄시장, 통일궁, 노트르담 성당 주변에서 간혹 볼 수 있으나 이 역시 도로에 차량이 많아 권할 바는 못 된다. 씨클로

타기 전 반듯이 노선과 시간, 요금 등을 흥정하고 탄다.

- 쎄옴

쎄옴(Xe Ôm)오토바이 택시로 요금은 대략 1km 1만 VND 정도이나 관광객이 이 가격에 타기는 쉽지 않다. 여행자 거리에서 시내는 3~4만 VND, 쩌런은 6~8만 VND. 쎄옴을 타기 전, 꼭 요금을 흥정하고 탄다.

팜응우라오/데탐 여행자 거리, 통일궁, 전쟁 박물관, 노트르담 성당 등에서 일

부 쎄옴 기사가 호찌민 관광을 시켜주겠다고 호객하는데 바가지 쓸 가능성이 높으니 주의! *그랩 바이크가 있어 쎄옴은 없어지는 추세!

- 스쿠터
자전거와 마찬가지로 도로에 차량과 오토바이가 매우 많으므로 스쿠터를 대여해 타는 것은 권하지 않는다. 꼭 타야 한다면 **헬멧 쓰고 운전 중 반듯이 전방주시와 풍경감상 금지, 저속만 지켜**도 안전운행에 도움이 된다. 사고 시 숙소, 대여점, 영사관 등 연락!

- 택시
여러 택시 중 비교적 믿을만하다고 여겨지는 흰색의 비나썬(Vinasun, 028-38272727)과 녹색의 마이린(Mai Linh, 028-38383838) 택시를 이용한다. 다른 택시는 가급적 이용하지 않는다. 비나썬이나 마이린 택시를 이용하더라도 미터를 사용하는지, 돌아가진 않는지 여부를 잘 살피고 팁은 주지 않아도 된다.
택시 기본 요금은 자동차 크기(소·중·대), 운행 시간에 따라 1만~1만5천 VND이고 1km 당 1만5천~1만8천 VND 추가된다. **택시미터 표시는 1,000단위임으로 요금이 '10.0'이라 표시되었다면 10,000 VND임.**
택시 내에 신용카드 결제기가 있는 경우가 있으나 가급적 현금 결제를 하고 카드 결제 시 영수증(호아돈 hoá đơn)을 받는다. 현금 결제 시 잔돈이 없다고 하는 경우가 있으므로 평소에 잔돈을 준비해 둔다. 택시 승차는 가급적 호텔(숙소)에서 불러달라고 해서 타는 것이 좋고 관광지 나갔을 때는 관광지 대기 택시를 탄다.

- 그랩
그랩(Grab)은 스마트폰으로 승용차나 오토바이를 불러 택시처럼 이용할 수 있는 서비스다. 이들 서비스는 운전자의 신원과 요금을 알 수 있어 택시보다 안전하고 투명하게 이용할 수 있는 장점이 있다. 단, 정부 공인 서비스가 아니므로 참고!
*그랩 앱 설치 시 전화번호를 넣게 되어 있으므로 현지 구입한 유심 전화번호를 넣거나 한국에서 앱을 설치하고 간다. 신용카드 정보를 넣을 경우 현금 결재할 필요가 없어 편리! 간혹 기사가 의사소통의 문제로 행선지를 잘 이해 못하는 경우, 베트남어로 표기된 행선지명을 보여준다.

- 시내버스
호찌민에서 유용한 시내버스(Bus, Xe Buýt) 노선은 벤탄에서 쩌런 버스터미널(차이나타운, 빈떠이 시장) 가는 1번, 벤탄에서 미엔떠이 버스터미널 가는 2

번과 102번, 벤탄에서 미엔동 버스터미널 가는 26번, 벤탄에서 호찌민(사이공) 기차역 가는 149번, 벤탄에서 떤선녓 국제공항 가는 152번 버스 정도다. 벤탄 버스정류장이 여행자 거리에서 가깝고 운행시간은 5시~20시, 기본요금은 5천~7천 VND이다.

호찌민 시내버스 홈페이지에서 버스노선(Route)를 클릭하면 버스 번호별 노선을 알 수 있다.

시내버스_http://buyttphcm.com.vn

▲ 여행 포인트

① 역사 박물관, 전쟁 박물관, 미술 박물관 등 박물관 여행하기
② 독립(통일)궁, 노트르담 성당, 오페라하우스 등 콜로니얼 건물 순례
③ 쩌런(차이나타운)의 향우회관과 사원 둘러보기
④ 벤탄 시장, 빈떠이 시장에서 쇼핑하기
⑤ 맥주 거리인 부이비엔 워킹 스트리트에서 맥주 한 잔하기

▲ 추천 코스

1일 호찌민 시내_사이공 동·식물원→역사 박물관→노트르담 성당→중앙 우체국→오페라 하우스→인민위원회 청사→독립(통일)궁→전쟁 박물관→벤탄 시장
2일 쩌런(차이나타운)_땀썬 회관→응이아안 회관→티엔허우 회관→온랑 회관→프억안 회관→하쯔엉 회관→옹넷(니푸) 사당→짜담 성당→빈떠이 시장

3일 구찌 터널&까오다이 투어_구찌 터널→까오다이 사원
*Tip. 1일차_독립(통일)궁과 전쟁박물관 관람시간을 고려해 중간의 몇몇 곳은 제외. 2일차_쩌런의 사원 순례 시 시간을 고려하여 몇몇 제외. 3일_구찌 터널&까오다이 투어 외 **메콩델타 투어** 추천!

떤딘성당
(핑크성당)

떤선녓 국제공항 방향

프억하이-응옥호앙 사원 방향

베트남 역사 박물관

사이공 동, 식물원

호찌민 작전 박물관

훙왕 사원

랜드마크 81

H 소머셋 챈셀러코트

마이 하우스 사이공
H

바흐 스위트 사이공
H

전쟁 박물관

노트르담 성당

사이공 중앙 우체국

사이공역,
판반하이 방향
(코리아타운)

공원

빈컴 센터
S

롯데호텔 사이공
H

독립(통일)궁

레탄똔 거리

인민위원회 청사

오페라 하우스

롱방 수상인형 극장

호찌민 시 박물관

동커이 거리

사이공 강

따오단 공원

대한민국 총영사관

사이공 센터
S

R 카페 아파트먼트

마리암만 힌두 사원

벤탄시장
S

다카시야마 백화점
S

박당 포트

뉴월드 사이공 호텔
H

응우옌안닌 거리

바이텍스코 타워

호찌민
여객선 터미널

사이공 강 터널

쩌런(차이나타운)
방향

공원

사이공 아미고

호찌민시 미술 박물관

팜응우라오
&데탐 여행자 거리

호찌민 박물관

브이비엔 워킹 스트리트

S단신 시장

강

푸미흥 방향
(코리아타운)

러시안 마켓

〈호찌민 시내〉

베트남 역사 박물관 Việt Nam History Museum, Bảo tàng lịch sử Việt Nam

1956년 사이공 국립 박물관으로 개관하였다가 1975년 베트남 역사 박물관으로 바뀌었다. 건물 중앙에 팔각정 같은 건물이 올라가 있고 좌우로 전시 회랑, 팔각정 뒤로 'ㅁ'자 모양의 전시 회랑이 자리한다. 전시실은 현관 왼쪽부터 제1실 선사시대, 제2실 철기 시대(홍방 왕조), 제3실 중국의 지배기(독립투쟁기), 제4실 전리 왕조 시대, 제5

실 쩐·후 왕조, 제6실 참파 문화, 제7실 오케오 문화, 제8실 아시아의 불상, 제9실 후레 왕조와 막 왕조, 제10실 (옥외) 대포, 제11실 떠이선 왕조, 제13실 캄보디아의 석조, 제14실 아시아의 도자기, 제15실 호찌민 솜까이(Xóm Cải)의 미라, 제16실 브엉홍센(Vương Hồng Sến) 특별전시실, 제17실 남부의 소수민족 문화, 제18실 특별 전시실 등으로 구성되어 있다.

이중 구리로 만든 북인 쫑동(Trống đồng), 힌두 유적인 참파 유물, 아시아의 불상, 용이 수놓아진 왕의 정복인 곤룡포 등이 볼 만하다. 박물관 내, 수상인형극장에서 수상인형극도 공연한다.

교통 : 데탐 여행자 거리에서 독립궁 (통일궁) 지나 역사 박물관 방향. 택시/그랩 20분

주소 : 2 Nguyễn Bỉnh Khiêm, Bến Nghé, Quận 1, Hồ Chí Minh

전화 : 028-3829-8146

시간 : 08:00~12:00, 13:30~17:00

*수상인형극 09:00, 10:00, 11:00, 14:00, 15:00, 16:00, 휴무 : 월요일

요금 : 성인 4만 VND, 대학생 2만 VND

홈페이지 : http://baotanglichsu.vn

사이공 동·식물원 Thảo Cầm Viên Sài Gòn

1865년 개원한 동·식물원으로 면적이 17헥타르(ha)에 달해 베트남에서 가장 큰 동물원이자 식물원이다. 동물원에는 포유류, 파충류, 조류 등 100종 이상, 식물원에는 희귀 난, 분재 등 다양한 식물을 보유하고 있다. 입구에서 시계 반대 방향으로 코뿔소, 호랑이, 사자, 악어, 하마, 코끼리, 기린, 사슴, 원숭이, 뱀, 얼룩말 등이 배치되어 있고 식물원은 입구 왼쪽에 자리한다.

여기에 입구 왼쪽에 회전목마, 스카이 짚 같은 어트랙션, 코끼리 열차 등도 있어 놀이기구를 타거나 코끼리 열차를 이용해도 즐겁다. 동식물원이 넓으므로 공원을 한 바퀴 도는 코끼리 열차를 타거나 원하는 동물만 보는 것이 좋다.

교통 : 데탐 여행자 거리에서 독립궁 지나 역사 박물관·사이공 동·식물원 방향. 택시/그랩 20분

주소 : 2 Nguyễn Bỉnh Khiêm Bến Nghé Quận 1, Bến Nghé, Hồ Chí Minh

전화 : 028-3829-1425

시간 : 07:00~18:30

요금 : 성인 6만 VND, 어린이 4만 VND

홈페이지 : www.saigonzoo.net

훙왕 사원 Đền Thờ Vua Hùng

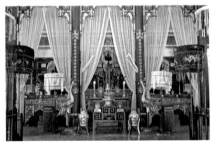

베트남 건국 시조 훙왕을 기리는 사원으로 베트남 역사 박물관 건너편에 있다. 사원은 2층 누각으로 되어 있고 용장식이 있는 계단을 올라 삼문을 지나면 훙왕을 모시는 제단이 보인다. 원조 훙왕 사원은 하노이 서북쪽 푸토

(Phú Thọ)의 비엣찌(Việt Tri) 지역에 있다.

교통 : 데탐 여행자 거리에서 독립궁 지나 역사 박물관·사이공 동·식물원 방향. 택시/그랩 20분

주소 : Nguyễn Bỉnh Khiêm, Bến Nghé, Quận 1, Hồ Chí Minh

전화 : 028-3829-1425

랜드마크 81 Landmark 81, Tòa nhà The Landmark 81

2018년 완공된 81층, 461.2m 높이의 고층 빌딩이다. 그전까지 호찌민 최고층이었던 비텍스코 타워를 제치고 호찌민에서 가장 높은 빌딩이 되었다.

빌딩 내 쇼핑몰, 아이스링크, 고급 아파트, 특급 호텔, 고층 레스토랑과 카페, 전망대(79층) 등이 운영된다.

교통 : 사이공 동물원에서 택시/그랩 9분

주소 : 720A Đ. Điện Biên Phủ, Vinhomes Tân Cảng, Bình Thạnh, Thành phố Hồ Chí Minh

시간 : 08:30~23:00

요금 : 전망대+VR Top of Vietnam+기념사진 42만 VND

☆여행 이야기_베트남 건국신화와 훙왕

건국신화에 따르면 먼 옛날 바다의 신 락롱꾸언(용왕의 아들)과 산의 신 어우꺼(선녀)가 혼인해 100명의 아들을 낳았다. 이로 인해 베트남 사람들은 자신들을 천룡의 후예라고 여기고 있다고. 아들 중 절반은 바다로 갔고 나머지 절반은 산으로 가서 기원전 2,879년 베트남 최초의 국가인 빈랑국을 세웠다. 첫째 아들이 빈랑국의 왕이 된 이래 역대 훙왕(Vua Hùng)이 즉위했다. 원조 훙왕 사원은 하노이 서북쪽 푸토(Phú Thọ)의 비엣찌(Việt Trì) 지역에 있고 이곳에 18명의 훙왕 이름이 기록되어 있다. 매년 음력 3월 10일은 훙왕 제삿날인데 근년에 제삿날이 베트남 개천절로 격상되어 성대한 축제로 치러진다.

호찌민 작전 박물관 Ho Chi Minh Campaign Museum, Bảo Tàng Chiến Dịch Hồ Chí Minh

사이공 동·식물원 앞에 위치한 전쟁 박물관으로 마당에 베트남 공군의 세스나 A-37, 미 공군의 F-5E 타이거, T-54 탱크, M-46 130mm 대포 등이 전시되어 있다. 탱크는 1975년 4월 30일 호찌민의 독립궁(통일궁)에 진입하므로 써 베트남 전쟁의 종식을 알린 탱크 중 하나다.

교통 : 데탐 여행자 거리에서 독립궁

지나 역사 박물관·사이공 동·식물원 방향. 택시/그랩 19분

주소 : 2 Le Duan, District 1, Ho Chi Minh City, Bến Nghé, Quận 1, Hồ Chí Minh

전화 : 028-3822-9387

시간 : 09:00~17:00, 휴무 : 월요일

요금 : 무료

프억하이-응옥호앙 사원(福海寺-玉皇殿) Phuoc Hai Temple Jade Emperor Pagoda, Điện Ngọc Hoàng-Chùa Phước Hải

1909년 광동 출신 상인들이 세운 향우 회관이자 옥황상제를 모시는 사원이다. 1984년부터는 푹하이사(福海寺)로 알려졌고 2016년 미국 대통령 버락 오바마가 방문하기도 했다.

사원 앞에 탑 모양의 향로, 거북이 연

못이 있고 사원 안으로 들어가면 중앙에 옥황상제(玉皇上帝), 좌우에 관음보살(觀音菩薩), 현천상제(玄天上帝)가 자리한다. 옥황상제를 호위하는 4m 크기의 청룡대장군(靑龍大將軍)과 복호대장군(伏虎大將軍)도 볼만하다. 본당 한쪽의 성황(城隍)은 도시의 수호자로 여겨진다. 중국 회관이 많은 쩌런(차이나타운)에 가보지 못했다면 역사 박물관 방문 시 잠깐 들려도 좋다.

교통 : 데탐 여행자 거리에서 독립궁 지나 북쪽 방향. 택시/그랩 20분
주소 : 73 Mai Thi Luu St., Dakao Ward, District 1, Đa Kao, Quận 1, Hồ Chí Minh
전화 : 028-3820-3102
시간 : 07:00~18:00

레탄똔 거리 Lê Thánh Tôn street
호찌민 최대 번화가 중 하나로 똔득탕(Tôn Đức Thắng)도로와 하이바쯩(Hai Bà Trưng) 도로 사이 구간을 말한다. 이 거리에 사이공 스카이 가든 호텔, 노포크 맨션 사이공 같은 특급

호텔, 일본 식품점, 일식·베트남식·한식·프렌치 레스토랑, 커피숍, 마사지숍 등 늘어서 있다. 특히 응오반남(Ngô Văn Năm) 거리에는 일식 레스토랑과 주점이 몰려 있어 리틀 저팬이라 여겨진다. 이곳 외 레탄똔 도로 동쪽의 골목 안에도 일식 레스토랑, 마사지숍 등이 많다. 레탄똔의 일본 식품점에서 일본 상품을 구입하고 일식 레스토랑에서 일본 라멘이나 스시를 맛보기 좋으나 골목 안 일부 불온한(?) 마사지숍은 바가지를 쓸 우려가 있으니 주의하자.

교통 : 데탐 여행자 거리에서 인민위원회 지나 레탄똔 거리 방향. 택시/그랩 15분
주소 : Lê Thánh Tôn, Bến Nghé, Quận 1 Bến Nghé Quận 1 Hồ Chí Minh

노트르담 성당 Notre Dame Cathedral, Nhà thờ Đức Bà Sài Gòn
1877~1883년 프랑스 마르세유에서 수입한 붉은 벽돌을 사용해 건설된 네오 로마네스크 양식의 성당이다. 건물 중앙에 장미의 창이 있고 양쪽에 높이

58m의 종탑이 있는 모양이다.

내부는 스테인드글라스는 샤르트르에서 가져온 것이다. 성당 앞 광장에는 성모 마리아상이 세워져 있어 성당 전면을 촬영하는 기준점 역할을 한다. **미사 시간에는 관광객의 입장을 불허**하므로 미사 시간 외 내부를 살펴볼 수 있다. 성당 주변은 항상 사람들로 북적이는 곳으로 원하지 않는데 도와준다고 다가오는 사람은 사기꾼일 수 있으니 주의!

교통 : 데탐 여행자 거리에서 독립궁 거쳐 성당 방향. 택시/그랩 12분

주소 : Bến Nghé, Ho Chi Minh City, Ho Chi Minh

전화 : 028-3822-0477

시간 : 관광객 입장_주중 15:00~17:30, 주말 08:00~11:00, 15:00~16:00, 영어 미사_05:30, 06:30, 07:30, 21:30, 휴무 : 일요일

요금 : 무료

사이공 중앙 우체국 Saigon Central Post Office

1886~18891년 콜로니얼 양식으로 세워진 우체국으로 베트남에서 가장 규모가 크다. 아치형 중앙 현관에 시계가 걸려 있고 안으로 들어가면 날렵한 녹색의 철재 기둥과 타원형 천정이 눈길을 끈다. 벽에는 호찌민의 초상, 코친차이나 시대의 사이공 지도, 프랑스령 캄보디아와 사이공 간의 전신 지도 등이 보인다. 우체국 영업을 하므로 한국으로 그림엽서를 보내도 좋고 우표나 그림엽서에 관심이 있다면 기념품점에서 구입해도 괜찮다.

교통 : 데탐 여행자 거리에서 독립궁 거쳐 성당·중앙우체국 방향. 택시/그랩 12분

주소 : 2 Công xã Paris Bến Nghé Quận 1, Bến Nghé, Hồ Chí Minh

전화 : 028-3822-1677

시간 : 07:00~19:00(주말 ~18:00)

오페라 하우스 Opera House, Nhà hát Thành Phố

1900년 고딕 양식으로 세워진 오페라 하우스다. 눈에 띄는 대형 아치형 현관은 파리 시립 미술관인 프티 팔레

(Petit Palais), 극장 내부는 파리 오페라 극장인 팔레 가르니에(Palais Garnier)을 참조한 것이다. 전체적으로는 세워진지 오래되어 시설이 노후 되어 있는 편이다.

오페라 하우스에서는 클래식, 오페라, 발레, 뮤지컬 외 AO 쇼(AO SHOW), 랑또이미 마을(Lang Toi-My Village), 테다(Teh-Dar), 더 미스트(The Mist) 같은 베트남 전통 퍼포먼스까지 공연되므로 관심이 있다면 관람해보자. 공연 일정과 티켓 예매는 티켓 사이트나 오페라 하우스에서 할 수 있다.

교통 : 데탐 여행자 거리에서 인민위원회 지나 오페라 하우스 방향. 택시/그랩 12분

주소 : 7 Lam Son, Bến Nghé, Quận 1 Bến Nghé Quận 1 Hồ Chí Minh

전화 : 028-6270-4450

요금 : 클래식·오페라·발레_ 40만~80만 VND 내외

홈페이지 : https://vnso.org.vn/vi/nha-hat-tp-ho-chi-minh

동커이 거리 Đồng Khởi

호찌민 최대 번화가 중 하나로 노트르담 성당에서 오페라 하우스를 지나 사이공강에 이르는 구간을 말한다. 이곳에는 노트르담 성당, 사이공 중앙우체국, 오페라 하우스, 콘티넨탈 호텔, 마제스틱 호텔, 그랜드 호텔, 인민위원회 같은 관공서 등 프랑스 식민시절 세워진 콜로니얼 양식의 건물이 즐비하다. 그 밖에 유니온 스퀘어와 팍슨 같은 쇼핑센터, 명품숍, 패션숍, 기념품점 같은 상점가, 세계 요리를 맛볼 수 있는 레스토랑 등도 있어 쇼핑을 하거나 식사를 하기 좋다.

교통 : 데탐 여행자 거리에서 인민위원회 지나 오페라 하우스 방향. 택시/그랩 12분

주소 : Bến Nghé, Quận 1, Hồ Chí Minh

인민위원회 청사 Ho Chi Minh City People's Committee Building, Ủy ban

Nhân dân Thành phố Hồ Chí Minh

1902~1908년 프랑스 식민시절 세워진 프랑스 양식의 건물로 당시 사이공 시청사로 쓰였다. 건물 중앙에 다소 가는 시계탑이 있고 양쪽에 진홍색 지붕이 있는 첨탑을 올렸다. 시계탑 부분과 양쪽 첨탑 부분의 박공벽에는 조각상을 배치해 미학적인 면을 강조했고 건물 전체적으로는 원형 기둥과 아치형 창으로 장식했다.

1975년 베트남 전쟁이 끝난 뒤부터 호찌민 시청사인 인민위원회 청사로 쓰고 있고 청사 앞 광장에 베트남 영웅 호찌민의 동상을 세워져 있다. 청사 앞 광장 양옆으로 고층 빌딩 세워져 있어 호찌민의 광화문이라 할 수 있고 날로 발전하는 베트남의 모습을 보는 듯하다. 단, 청사는 실제 시청으로 사용됨으로 입장할 수 없다.

교통 : 데탐 여행자 거리에서 벤탄 시장 지나 인민위원회 청사 방향. 택시/그랩 10분

주소 : 86 Lê Thánh Tôn, Bến Nghé, Quận 1, Hồ Chí Minh

전화 : 028-3829-6052

비텍스코 파이낸셜 타워&사이공 스카이데크 Bitexco Financial Tower& Saigon Skydeck

2010년 세워진 높이 262m, 68층의 비즈니스 빌딩이다. 인민위원회 앞에서 오른쪽으로 삐쭉 솟은 빌딩으로 베트남 국화인 연꽃 모양을 형상화했다고 한다. 타워는 층별로 그라운드(G)층~3층은 찰리&키스, 망고, 톱맨, 지오다노 등이 집주한 쇼핑센터 아이콘68(Icon 68), 4층은 복합 영화관과 푸드코트, 5~48층은 오피스, 49층은 사이공 스카이데크 전망대, 50~52층은 카페, 레스토랑 바로 운영된다. 높이 178m, 48층의 전망대는 서쪽으로 호찌민 시내, 동쪽으로 사이공강 풍경이 한눈에 들어온다. 전망대 입장료를 생각하면 50~52층의 카페나 레스토랑, 바를 찾아 식사를 하면서 전망을 즐기는 것도 괜찮다.

교통 : 데탐 여행자 거리에서 벤탄 시장 지나 비텍스코 파이낸셜 타워 방향. 택시/그랩 8분

주소 : 36 Hồ Tùng Mậu, Bến Nghé, Hồ Chí Minh, Bến Nghé

Hồ Chí Minh
전화 : 028-3915-6156
시간 : 09:30~21:30
요금 : 전망대 24만 VND
홈페이지 :
www.bitexcofinancialtower.com

호찌민시 박물관 Museum of Hồ Chí Minh City, Bảo tàng Thành phố Hồ Chí Minh

호찌민 시에 관한 것들을 전시하는 박물관이다. 박물관은 원래 1885~1890년 도리아식 기둥이 있는 르네상스 양식의 상업 박물관으로 세워졌으나 프랑스 식민시절 코친차이나 총독 관저, 독립 후 남베트남 응오딘지엠(Ngô Đình Diệm) 정부 건물로 사용되었다. 1975년 베트남 고등법원, 1978년 혁명 박물관으로 쓰이다가 1999년 호찌민 시 박물관이 되었다.
박물관 건물은 중앙 현관에 인물 조각상이 있는 박공벽이 있고 건물 전체에 원형 기둥으로 장식되어 있어 흡사 그리스 신전을 연상케 한다. 전시는 1층

과 2층에 고고학, 지리학, 도기 만드는 모형이 있는 수공예 마을, 전통혼례 모형이 있는 사이공 문화, 독립운동기 (1930~1954년), 전쟁 무기가 전시된 베트남 전쟁기(1954~1975년) 등으로 나눠, 전시되나 실제 전시품은 많지 않은 편! 뜰에는 베트남 전쟁 때 쓰인 소련제 탱크, 미군 전투기, 독립궁을 공격했던 전투기 등이 전시되어 있다.
교통 : 데탐 여행자 거리에서 벤탄 시장 지나 비텍스코 파이낸셜 타워 방향. 택시/그랩 8분
주소 : 65 Lý Tự Trọng, Bến Nghé, Quận 1, Hồ Chí Minh
전화 : 028-3829-9741
시간 : 08:00~17:00
요금 : 3만 VND
홈페이지 : www.hcmc-museum.edu.vn

독립궁(통일궁) The Independence Palace, Dinh Độc Lập(Hội trường Thống Nhất)
1962~1966년 건축가 응오비엣투 (Ngô Việt Thụ)의 설계한 서양식 건물로 남베트남의 대통령 집무실 겸 관저였다. 이전에는 1868~1873년 세워진 노로돔궁(Nordom Palace)이 1954년까지 코친차이나의 지사와 총독 집무실 겸 관저로 사용됐다. 1953년 북베트남과 프랑스 간의 독립전쟁인 디엔비엔푸 전투 후 1954년 제네바 협

정으로 프랑스 철수하고 남북 베트남으로 분단된 뒤에는 독립궁(Dinh Độc Lập)으로 불렸다. 1962년 남베트남의 응오딘지엠 (Ngô Đình Diệm) 정부에 대한 쿠데타 때 반대파 전투기의 폭격을 받아 대파되었다.

1966년 독립궁은 풍수지리에 입각해 재건축됐는데 건물 전면은 '흥(興)'자, 건물 구조는 '길(吉)'자 모양을 형상화한 것이다. 1967년 남베트남 1대 대통령에 취임한 응우옌반티에우 (Nguyễn Văn Thiệu 1923~2001년)를 포함 3대의 대통령 집무실 겸 관저로 쓰였고 1975년 4월30일 북베트남의 전차가 독립궁으로 진입하며 베트남 전쟁의 종언을 알린 곳이기도 하다. 정문 오른쪽 정원에 그때 진입한 탱크가 세워져 있다. 나중에 통일궁(Hội trường Thống Nhất)으로 개칭되었다가 근년에 다시 독립궁으로 환원되었다.

독립궁은 지하 벙커와 지상 4층 건물로 되어 있는데 내부에 대통령과 부통령 집무실, 회의실, 외빈 접견실, 영화관, 연회장 등 100여개의 방이 자리한다. 지하벙커는 베트남 전쟁 시 미군 작전본부로 쓰여 지휘 통제실, 작전 상황실, 통신실 등을 볼 수 있다. 독립궁 주변에서 관광객에게 접근하는 사기꾼 있으니 주의!

교통 : 데탐 여행자 거리에서 벤탄 시장 지나 독립궁(통일궁) 방향. 택시/그랩 11분

주소 : 135 Nam Kỳ Khởi Nghĩa, Bến Thành, Quận 1, Bến Thành, Hồ Chí Minh

전화 : 028-3822-3652

시간 : 08:00~16:30

요금 : 궁+전시 6만5천 VND, 궁 4만 VND

홈페이지 : www.dinhdoclap.gov.vn

전쟁 박물관 War Remnants Museum, Bảo tàng Chứng tích Chiến tranh
원래 미국 정보부 건물이었으나 1975년 베트남 전쟁이 끝난 후 박물관으로 바뀐 곳이다. 1995년 베트남과 미국의 수교 전까지 박물관 명칭은 미국 전쟁

범죄 박물관(Museum of America War Crimes)이었다. 미국 전쟁은 베트남 전쟁을 뜻하는데 남북 베트남 간의 전쟁에 미국이 참가해 그리 부른다. 남의 전쟁에 참가한 미국은 베트남에 씻을 수 없는 피해를 입혔고 박물관은 이를 고발하는 곳이 된다. 이 때문에 전시품은 대부분 베트남 전쟁에 사용된 무기, 당시 피해를 입은 흑백 사진들이 주를 이루고 전시장의 분위기도 상당히 무겁다.

관람객들의 상당수가 서양인들인데 그날의 참상을 아는지 모르는지 흥미롭다는 듯이 전시를 보고 다닌다. 이곳에는 역사를 배우려는 베트남 학생들도 많아 호찌민 박물관 중 가장 붐비는 곳이기도 하다. 마당에는 베트남 전쟁 당시의 전투기와 탱크, 대포 등이 전시되어 있다. *박물관 주변에서 쎄옴으로 호찌민 관광할 사람만 찾는 쎄옴 기사가 있으니 거절할 것!

교통 : 데탐 여행자 거리에서 북쪽, 전쟁 박물관 방향. 택시/그랩 10분

주소 : 28 Võ Văn Tần Phường 6

Quận 3, phường 6, Hồ Chí Minh

전화 : 028-3930-5587

시간 : 07:30~12:00, 13:30~17:30

요금 : 4만 VND

홈페이지 :

https://baotangchungtichchientranh.vn

마리암만 힌두 사원 Temple Goddess Mariamma, Chùa Bà Mariamma

19세기 남인도 타밀나두(Tamil Nadu) 상인들이 세운 힌두 사원이다. 사원 입구에 각종 조각상으로 장식된 고푸라(Gopura)가 인상적이다. 안으로 들어가면 중앙에 남인도의 수호신이자 질병과 비를 주관하는 힌두 여신 마리암만(Mariamma)을 모신 제단, 좌우에 가네쉬(Ganesh)와 무루가(Muruga) 제단이 보인다. 마리암만 신이 풍요, 다산, 치병 등에 영험이 있다고 알려져 베트남 사람들도 많이 찾는다.

교통 : 데탐 여행자 거리에서 뉴월드 사이공 호텔 거쳐, 힌두 사원 방향. 도보 11분 또는 택시/그랩 5분

주소 : 45 Trương Định, Bến

Thành, Quận 1, Hồ Chí Minh
시간 : 07:00~19:00, 요금 : 무료

응우옌안닌 거리 Nguyễn An Ninh

벤탄 시장 서쪽 거리로 이슬람 상점, 할랄(Halal) 레스토랑이 있는 이슬람 거리다. 상점은 주로 옷을 만드는 원단, 의류(Butik) 상점이 많고 할랄 레스토랑은 여러 곳이 있어 원하는 음식을 맛볼 수 있다. 때때로 거리에서 초저가 떨이 상품을 팔기도 하니 관심을 둘만하다. 단, 밤에는 혼잡하니 소지품 분실 주의!

교통 : 데탐 여행자 거리에서 벤탄 시장·응우옌안닌 거리 방향. 도보 11분 / 택시/그랩 5분
주소 : 31 Nguyễn An Ninh, Bến Thành, Quận 1 Bến Thành, Bến Thành, Hồ Chí Minh

호찌민시 미술 박물관 Hồ Chí Minh Fine Arts Museum, Bảo tàng Mỹ thuật Thành phố Hồ Chí Minh

1987년 개관한 미술 박물관으로 현대 미술, 조각, 기념품점이 있는 1관, 특별 전시관이 있는 2관, 고대에서 현대에 이르는 예술품이 있는 3관으로 이루어져 있다. 1관에 독립운동과 베트남 전쟁 등을 소재로 이념을 표현한 작품이 많다면 2관은 특별전으로 이념 색채가 빠진 자연스런 생활상을 그린 그림이 다수를 이룬다. 3관은 힌두 문명의 참파 유물, 불상, 도자기 등이 있어 작은 역사 박물관이라고 불러도 무방하다.

교통 : 데탐 여행자 거리에서 미술 박물관 방향. 도보 12분/택시 5분
주소 : 97A Phó Đức Chính Nguyễn Thái Bình Quận 1, Nguyễn Thái Bình, Hồ Chí Minh
전화 : 028-3829-4441
시간 : 08:00~17:00, 휴무 : 월요일
요금 : 3만 VND
홈페이지 :
http://baotangmythuattphcm.com.vn

호찌민 박물관 Bảo Tàng Hồ Chí Minh

베트남 영웅 호찌민의 생애를 보려주는 박물관으로 냐롱 부두(Bến Nhà Rồng)라고도 한다. 실제 이곳은 예전 사이공을 드나들던 선박이 정박하던 부두였고 1911년 호찌민이 프랑스 증기선을 타고 미국을 거쳐 유럽으로 출발한 곳이기도 하다. 박물관은 동서양 양식이 가미된 3층 건물로 내부에 호찌민의 금빛 좌상, 호찌민에 관한 흑백 사진, 호찌민이 입던 옷과 지팡이 등이 전시되어 있다. 건물 앞에는 청년 시절 응우옌떳탄(Nguyễn Tất Thành)이라 불리던 젊은 호찌민의 조각상이 세워져 있기도 하다.

교통 : 데탐 여행자 거리에서 호찌민 박물관 방향, 택시/그랩 10분

주소 : 1 Nguyễn Tất Thành phường 12 Quận 4, phường 12, Hồ Chí Minh

전화 : 028-3940-2060

시간 : 07:30~11:30, 13:30~17:00

요금 : 4만 VND

홈페이지 : https://baotanghochiminh.vn

☆여행 이야기_베트남 영웅, 호찌민 Ho Chi Minh 胡志明

베트남 혁명가이자 정치가, 구 베트남민주공화국 초대 대통령을 지낸 호찌민(1890~1969년)은 최고의 베트남 영웅이다. 본명은 응우옌탓탄(Nguyen Tat Thanh). 베트남 중부 응헤안 주의 호앙쭈(Hoang Tru)에서 농부의 아들로 태어난 호찌민은 후에의 꿕혹(Quoc Hoc)에서 수학한 뒤 프랑스, 영국, 미국 등에서 노동자로 일했다. 1919년 파리에 정착하여 응우옌아이꾸억(Nguyen Ai Quoc)이란 이름으로 식민지해방운동을 시작했다. 그해 6월 6월 베르사유회의에 베트남대표로 출석, '베트남 인민의 8항목의 요구'를 제출하면서 유명세를 탔다. 이후 프랑스와 모스크바에서 공산주의를 접했고 인도차이나공산당을 창립한 후 월맹(비엣민, 베트남독립동맹회)을 결성하여 민족해방을 위해 힘썼다. 이때부터 호찌민이란 이름을 썼다.

1945년 호찌민은 민족해방위원회를 조직하고 총봉기 하여 베트남 북부와 중부를

장악했다. 이후 베트남민주공화국 독립을 선포하고 정부주석에 취임했다. 1954년 베트남 지배권을 되찾으려는 프랑스와 전쟁을 벌였고 종국에 디엔비엔푸 전투에서 승리해 독립을 지켰으나 제네바 회담으로 베트남은 남북으로 분단된다. 곧 베트남 통일을 위한 베트남 전쟁(1960~1975년)이 발발했는데 전쟁 중인 1969년 주석 재임 중 사망한다. 호찌민은 평생 독신을 살았고 정치를 하며 아이들을 가르치거나 강연을 하는 등 수수한 모습을 많이 보여 베트남 사람들로부터 호 아저씨란 애칭으로 불리기도 했다. 베트남의 주요 도시에 한두 곳의 호찌민 박물관이 있어 그의 일대기를 살펴볼 수 있다.

팜응우라오&데탐 여행자 거리 Phạm Ngũ Lão&Đề Thám St.

Ngũ Lão, Ho Chi Minh, Thành phố Hồ Chí Minh

벤탄 시장 남서쪽에 위치한 거리로 호텔, 게스트하우스, 여행사, 레스토랑 등이 몰려 있어 여행자 거리를 이룬다. 베트남 투어의 시작과 끝인 신투어리스트는 데탐 거리에 있는데 유사 상호가 넘치는 하노이와 달리 이곳에는 한곳만 신투어리스트라는 상호를 쓴다. 인근에 유흥가 **부이비엔 워킹 스트리트**가 있다.

교통 : 데탐 여행자 거리에서 바로
주소 : 203 Pham Ngu lao, Phạm

브이비엔 워킹 스트리트 Bùi Viện Working Street, Phố đi bộ Bùi Viện

팜응우라오&데탐 여행자 거리 인근, 동서로 길게 뻗은 유흥가이다. 이 거리에는 레스토랑, 바, 클럽 등이 모여 있어 밤이면 불야성을 이룬다. 주점 앞에서 호객하는 사람도 있으므로 바가지 쓰지 않도록 주의할 것! 길가 큰 업소에서 맥주 한잔 하는 정도면 괜찮다.

위치 : 데탐 여행자 거리 옆

〈쩌런(차이나타운)〉

땀썬 회관(三山會館) Tam Son Hoi Quan Pagoda, Hội quán Tam Sơn 1839년 차이나타운인 쩌런(Chợ Lớn)의 푸젠(福建) 사람들이 세운 향우 회관이자 **티엔허우(天后)**를 모시는 사원이다. 사원이 풍요의 신 메산(Me Sanh 천후)에 바쳐져 여성 방문객이 많고 특히 아이를 갖고 싶어 하는 여성의 방문이 잦다. 사원 안으로 들어가면 옥황(玉皇) 제단, 그 뒤로 관음(觀音) 제단, 제일 안쪽에 티엔허우 제단이 보인다. 이들 삼신 라인 양옆으로도 학문의 신인 문창(文昌), 부자 되기 비는 발재(發財) 제단이 자리한다. 이곳 사제 할머니에게 일정 금액을 지불하면

여러 제단을 돌며 주문을 외고 기도를 해주니 관심 있으면 시도해보자.

교통 : 데탐 여행자 거리에서 남서쪽, 빈떠이 시장·땀썬 회관 방향. 택시/그랩 16분

주소 : 118 Triệu Quang Phục, phường 11, Quận 5, Hồ Chí Minh

시간 : 07:00~18:00, 요금 : 무료

응이아안 회관(義安會館) Nghĩa An Hội Quán Pagoda, Hội quán Nghĩa An

1866년 쩌런의 차오저우(潮州) 사람들이 세운 향우 회관 겸 관우를 모시는 **관제묘(關帝廟)**이다. 관우는 화교들에게 무신이자 재신으로 여겨져 베트남을 비롯한 동남아 차이나타운에 모시는 곳이 많다. 관우 사당은 미에우꽌데(Miếu Quan Đế) 즉 관제묘 또는 미에우꽌꽁(Miếu Quan Công), 즉 관공묘라고 한다. 넓은 마당을 지나 회관 앞에서면 용마루에 화려한 용장식이 날아갈 듯하고 안으로 들어가면 중앙에 붉은 얼굴의 관우가 모셔져 있다. 관우 양옆으로는 아들인 관평, 부관인 주창이 관우를 보위한다.

교통 : 땀썬 회관 앞에서 우회전 뒤 다시 우회전, 응아이안 회관 방향. 바로

주소 : 676 Nguyễn Trãi, phường 11, Quận 5, Hồ Chí Minh

시간 : 06:00~18:00, 요금 : 무료

티엔허우 사원(天后宮) Thien Hau Pagoda, Chùa Bà Thiên Hậu

1760년 쩌런의 광둥(廣東) 사람들이 세운 최초의 향우 회관 겸 **티엔허우(天后)** 사원이다. 티엔허우는 바다의 수호신으로 여겨져 베트남을 비롯한 동남아 바닷가 사람들에게 영험한 신으로 여겨진다. 건물 용마루에 화려한 용장식이 있고 건물과 건물 사이 통로 지붕 위에 옛날 생활을 묘사한 조각들이 인상적이다. 안으로 들어가면 향로를 지나 천정에 나선형으로 말린 만년향이 타고 제단 중앙에 티엔허우 여신, 좌우에 용모낭낭(龍母娘娘)과 금화낭낭(金花娘娘)이 자리한다.

교통 : 땀썬 회관 앞에서 우회전 뒤 좌회전, 티엔허우 사원 방향. 바로

주소 : 714/3 Nguyễn Trãi, phường

11, Quận 5, Hồ Chí Minh
전화 : 028-3855-5322
시간 : 06:00~17:30, 요금 : 무료

온랑 회관(溫陵會館, 꽌엄사) Quan Am Pagoda, Hội quán Ôn Lăng

1816년 쩌런의 푸젠(福建)과 기타 지역 사람들이 세운 향우 회관이자 **관음(Quan Âm 꽌엄) 사찰**이다. 회관 안으로 들어가면 옥황(Ngọc Hoàng) 제단, 그 뒤에 티엔허우(Thiên Hậu) 제단, 다시 뒤로 관음 제단이 자리한다. 옥황, 티엔허우, 관음의 삼신 라인 양 옆으로도 여러 신을 모시는 제단이 있어 도교와 불교를 함께 모시는 형국을 보인다. 회관 내 작은 연못가에는 서역으로 불경을 얻으러 가는 삼장법사와 손오공 조각상이 배치되어 눈길을 끈다.
교통 : 데탐 여행자 거리에서 남서쪽, 온랑 회관 방향. 택시/그랩 19분 또는 땀썬 회관 앞에서 우회전, 사거리 지난 뒤 좌회전. 도보 4분
주소 : 12 Lão Tử, phường 11,

Quận 5, Hồ Chí Minh
전화 : 028-3855-3543
시간 : 06:30~17:30, 요금 : 무료

프억안 회관(福安會館) Phước An Hoi Quan Pagoda, Hội quán Phước An

1902년 쩌런의 푸젠(福建) 사람들이 세운 향우 회관이자 **관제묘(關帝廟)**다. 관제묘는 베트남어로 미에우꽌데(Miếu Quan Đế)라고 한다. 회관 안으로 들어가 왼쪽에 관음상이 있고 안으로 더 들어가면 장창으로 장식을 해놓았고 향로에서 향 연기가 솟아오른다. 향로 지나 중앙에 붉은 얼굴의 관우상이 자리하고 좌우에 관우를 상징하는 충효(충효), 용의(勇義)라고 적한 현판이 눈에 들어온다.
교통 : 온랑 회관 앞에서 우회전 후 다시 우회전, 프억안 회관 방향. 도보 4분 또는 땀썬 회관 앞에서 우회전 후 좌회전. 도보 8분
주소 : 184, Hồng Bàng, Hồng Bàng, Phường 12, Quận 5, Thành

Phố Hồ Chí Minh
시간 : 06:00~18:00, 요금 : 무료

하쯔엉 회관 Hà Chương Hội quán Pagoda, Hội quán Hà Chương

18세기 쩌런의 푸젠(福建) 사람들이 세운 향우 회관 겸 **티엔허우(마조)** 사원이다. 사원 용마루의 화려한 용 장식, 지붕의 작은 인물상이 있는 조형물들이 눈에 띈다. 사원 안으로 들어가면 향 연기가 자욱하고 제단 앞 돌기둥의 살아 움직일 듯한 용 조각이 인상적이다. 중앙에 바다의 수호신 티엔허우가 모셔져 있고 옆 벽면에 큰 파도에 휩쓸린 사람들을 구하는 티엔허우 부조와 선녀와 부관의 호의를 받으며 하늘에서 내려오는 티엔허우 부조가 보인다.

교통 : 온랑 회관 앞에서 우회전, 길 건너 좌회전, 하쯔엉 회관 방향. 도보 3분 또는 땀썬 회관 앞에서 우회전 후 좌회전, 길 건너 직진. 도보 8분

주소 : 802 Nguyễn Trãi, phường 14, Quận 5, Hồ Chí Minh

시간 : 06:00~18:00, 요금 : 무료

옹넷 사원(니푸 사원) Ông Bốn Pagoda, Chùa Ông Bốn

1740년 쩌런의 푸젠(福建), 장저우(漳州) 사람들이 세운 향우 회관(二府會館)이자 옹넷(本頭公) 사원이다. 다른 이름으로 미에우니푸(Miếu Nhị Phủ)라고도 불린다. 티엔허우 사원과 함께 쩌런에서 가장 오래된 사원 중 하나다. 옹넷은 명나라 장군 정화의 부하로 동남아 원정 시 필리핀 정착해 최초의 필리핀 화교로 알려져 있다. 훗날 그는 부와 행운, 선행의 수호자로 여겨진다. 사원 안으로 들어가면 양쪽 벽에 명절에 아이들이 사자춤과 용춤 놀이를 하는 부조가 걸려 있고 마당을 지나 중앙에 옹넷 제단이 보인다.

교통 : 하쯔엉 회관 앞에서 우회전 후 사거리에서 좌회전, 옹넷 사원 방향. 도보 3분 또는 빈떠이 시장 앞에서 우회전, 옹넷 사원 방향. 도보 10분

주소 : 264 Hải Thượng Lãn Ông, 14, Quận 5, Hồ Chí Minh

시간 : 06:00~18:00, 요금 : 무료

짜땀 성당 St. Francis Xavier Parish, Nhà thờ Phanxicô Xaviê

1902년 세워진 고딕 양식의 가톨릭 성당이다. 정식 명칭은 성당을 건설한 프랜시스 자비에르 (1855~1934년)의 이름을 따 세인트 프랜시스 자베에르 본당(St. Francis Xavier Parish)이나 보통 짜땀 성당 (Cha Tam Church)이라 부른다. 역사적으로는 1963년 11월 쿠데타로 실각한 응오딘지엠(Ngô Đình Diệm 1901~1963년) 대통령이 이곳에 은신했다가 하루 만에 체포되어 사이공으로 압송되는 도중 처형되었다.

성당 안, 정자에 성모마리아 상이 놓여 있어 눈길을 끌고 그 뒤로 한자로 천주당(天主堂)이라 적힌 노란색 성당 건물이 보인다. 성당 건물 왼쪽의 인물 조각이 성당을 세운 프랜시스 자비에르. 안으로 들어가면 제단 위에 예수가 매달린 십자가가 걸려 있고 십자가 아래 최후의 만찬 그림이 놓여 있다.

교통 : 옹넷 사원 앞에서 우회전 후 다시 우회전, 홉락(Học Lạc) 도로 직진, 성당 방향. 도보 6분 또는 빈떠이 시장에서 북동쪽, 짜땀 성당 방향. 도보 6분

주소 : 25 Học Lạc, phường 14, Quận 5, Hồ Chí Minh

전화 : 028-3856-0274

시간 : 06:00~18:00

빈떠이 시장 Bình Tây Market, Chợ Bình Tây

1826년 차이나타운인 쩌런에 형성된 재래시장으로 호찌민에서 가장 규모가 크다. 1928년 시장 화재 이후 대형 'ㅁ'자 2층 건물을 세웠다. 입구는 동서양 양식이 섞인 모습으로 박공벽이 있고 그 위에 동양식 시계탑이 있는 누각 형태를 보인다. 시장 안에는 의류, 신발, 잡화, 채소, 과일, 커피, 차, 생선, 육류 등 다양한 상품을 판매하고 있다.

벤탄 시장에 비해 영어 소통이 잘 되

지 않으므로 참고하고 물건을 살 때 2~3곳을 둘러본 뒤 흥정하고 구입한다. 아울러 항상 사람들로 북적임으로 날치기나 소매치기 주의!

교통 : 데탐 여행자 거리에서 남서쪽, 빈떠이 시장 방향. 택시/그랩 20분 또는 짜

땀 성당, 옹넷 사원에서 남서쪽, 빈떠이 시장 방향. 도보 6~10분

주소 : 22 đường Trần Bình, phường 2, Quận 6, Hồ Chí Minh

전화 : 094-908-8386

시간 : 06:00~18:00

☆여행 이야기_까오다이교 Đạo Cao Đài

1919년 프랑스 인도차이나 총독부의 하급관리였던 응오반찌에우(Ngô Văn Chiêu 또는 Ngô Minh Chiêu 1878~1932년)가 베트남 남부 껀터(Cần Thơ)에서 강신술회(신을 받는 모임)에 참가해 까오다이(高臺) 영을 체험한 뒤 까오다이 상제를 믿는 종교를 창시하였다. 까오다이는 높은 곳, 즉 천국을 의미한다. 1920년 1대 교주 레반쭝(Lê Văn Trung 1876~1934년)이 교단을 조직, 본부를 떠이닌(Tây Ninh)에 두고 도교, 불교, 기독교, 민간신앙, 유교, 그리스 철학을 융합한 독특한 교리를 확립하였다.

기본 윤리는 불교 윤회 사상을 바탕으로 한 선행, 금욕, 살생 금지 등으로 하였고 생활 교리로는 충효, 채식(한 달 10일 이상), 금주 등을 내세웠다. 또한 신의 상징으로 일안(一眼) 또는 천안(天眼)을 두고 1일 4회 예배를 본다. 1935년 2대 교주 팜꽁딱(Phạm Công Tắc)이 부임하며 신도가 크게 늘었고 조직을 교황, 추기경, 주교, 신자의 가톨릭 체계를 차용했다.

사회적으로는 프랑스 식민시절 베트남 독립운동, 남베트남의 응오딘지엠(Ngô Đình Diệm 1901~1963년) 대통령 때 반정부 운동을 전개해 세력을 늘려갔다. 이후 베트남 공산당을 적대시하여 베트남 전쟁 후 종교 활동을 할 수 없었으나 현재는 이런 제약이 없어졌다. 까오다이교 신자 수는 약 2~300만에 이르고 주로 베트남 중남부에 집중되어 있다.

판반하이와 푸미흥 한인 타운 Pham Van Hai&Phu My Hung

판반하이는 데탐 여행자 거리에서 북서쪽에 있는 호찌민 최초의 한인 타운이고 푸미흥은 데탐 여행자 거리에서 남쪽에 있는 제2의 한인 타운이다. 판반하이와 푸미흥 모두 한국 식당과 미용실, 마트, 사무실 등이 밀집해 있어 호찌민 속의 한국처럼 느껴진다. 특히 푸미흥 지역은 신축 아파트와 대형 쇼핑센터가 즐비해 신도시 느낌!

위치 : 판반하이_Phạm Văn Hai, Tân Bình, Hồ Chí Minh(데탐에서 택시 22분)

푸미흥_비보 시티~크레센트몰 일대(데탐에서 택시 20분)

〈호찌민 근교〉

껀저 Cần Giờ

호찌민 남동쪽 소아이랍강(Sông Soài Rạp), 롱따우강(Sông Lòng Tàu), 동짠강(Sông Đồng Tranh) 유역의 늪지대다. 늪지대를 덮고 있는 맹그로브숲

은 2000년 유네스코에 의해 생물권보존지역으로 지정될 만큼 다양한 동식물이 잘 보존되어 있다. 맹그로브숲에 사는 100여 마리의 야생 원숭이는 투어 시 만나게 되는 볼거리 중 하나.

껀저는 접근하기 어려운 늪지대여서 베트남 전쟁 시 호찌민 북서쪽의 구찌, 떠이닌과 함께 비엣꽁(북베트남 게릴라) 근거지이기도 했다. 1966~1975년 껀저의 증싹(Rừng Sác) 게릴라 기지에서 수시로 롱따우강을 통해 호찌민으로 가던 미군 화물선을 공격하고 사이공 함락 작전에도 힘을 보탰다. 껀저

투어는 껀저의 키섬(Đảo Khỉ)에서 껀저 박물관, 맹그로브숲, 증싹 게릴라 기지 등을 들린다.

교통 : 대중교통이 없으므로 껀저 투어 이용

주소 : huyện Cần Giờ, Hồ Chí Minh

투어 : 껀저 투어 54만9천 VND 내외

호꼽 해변 Hồ Cốc Beach, Bãi Biển Hồ Cốc

붕따우 북동쪽 약 58km 지점에 있는 한적한 해변으로 서쪽은 빈쩌우-프억부(Khu bảo tồn thiên nhiên Bình Châu-Phước Bửu) 자연보호구, 동쪽은 바다다. 해변은 수심이 낮고 물결이 잔잔해 물놀이나 일광욕을 즐기기 좋다. 단 대중교통이 불편해 개인적으로 오긴 어렵고 호찌민에서 호꼽 투어나 호꼽&빈쩌우 1박 2일 투어를 이용하는 것이 편하다.

교통 : 붕따우 버스터미널에서 북동쪽, 호꼽 해변 방향. 승용차 1시간 10분

주소 : Bưng Riềng, Xuyên Mộc, Bà Rịa-Vũng Tàu

투어 : 호꼽 투어_58만 VND, 호꼽&빈쩌우1박2일_160만 VND 내외

빈쩌우 온천 Bình Châu Hot Spring

호꼽 해변 북동쪽 빈쩌우 핫스프링 리조트(Bình Châu Hot Spring) 내에 있는 온천이다. 리조트 안으로 들어가면 넓은 야외 수영장이 나오고 수영장 옆 작은 방갈로가 개별 온천욕장이다. 온천수에 뼈와 피부에 좋은 미네랄(진흙)이 다량 함유되어 있어 혈액순환, 근육 피로회복, 신경 안정 등에 효과가 있다고 한다. 한쪽에 82℃에 달하는 온천수 분출공에서 계란(10개 4만 VND)을 사서 삶아 먹을 수도 있다. 이곳 역시 대중교통이 불편하므로 호찌민에서 빈쩌우 온천 투어나 호꼽&빈쩌우 1박 2일 투어를 이용하는 것이 편하다.

교통 : 붕따우 버스터미널에서 북동쪽, 호꼽 해변 지나 온천 방향. 승용차 1시간 25분 또는 붕따우 버스터미널 버스 이용 시, 빈쩌우 종점 도착 후 택시로 리조트 이동

주소 : Suối nước nóng Bình Châu, Bình Châu, Xuyên Mộc, Bà Rịa-Vũng Tàu
전화 : 064-3871-131

요금 : 수영장 15만 VND, 머드탕 40만 VND 내외 *빈쩌우 투어 58만 VND 내외
홈페이지 : http://saigonbinhchau.com

☆여행 팁_베트남에서 길 건너기

베트남 여행을 하다 보면 도로에 가득한 차량과 오토바이(스쿠터)에 놀라게 된다. 여기에 차량과 오토바이가 복잡하게 얽힌 도로를 아무 일 없다는 듯이 건너는 베트남 사람에게서 한 번 더 놀라게 된다. 신호등이 있는 횡단보도라면 신호에 따라 건너고 신호등이 없는 횡단보도나 할 수 없이 무단횡단을 해야 한다면 가급적 베트남 사람이 건널 때 따라 건너고 베트남 사람이 없으면 차량과 오토바이 살피며 천천히 건넌다.

길을 건널 때 기억해야 할 점은 **진행 방향의 차량, 오토바이 기사와 아이컨택(다가오는 차량과 오토바이를 바라보고)**을 하며 **절대 뛰지 말고 천천히 건너는 것이다.** *차량은 오토바이보다 잘 비켜주지 않으니 주의! 스쿠터 이용 시 **스쿠터 타고 횡단보도를 건너거나 유턴을 할 때도 마주 오는 차량과 오토바이와 눈을 마주치며 천천히 진행**하면 된다.

〈투어〉

까오다이 사원&구찌 터널 투어 Cao Đài Temple&Củ Chi Tunnels Tour
떠이닌(Tây Ninh)의 까오다이 사원과 호찌민에서 북서쪽 40km 지점의 구찌 터널을 둘러보는 투어다. 투어는 먼저 호찌민 북서쪽의 떠이딘에 도착해 까오다이 사원을 둘러본다. 사원은 중앙 현관을 중심으로 양옆에 높은 첨탑이 있는 모습으로 다른 곳의 까오다이 사원도 거의 같은 외관을 하고 있다. 내부는 용장식이 있는 기둥이 늘어서 있고 중앙에 까오다이의 상징물인 일안이 위치한다. 사제는 담당 종교에 따라 황색(불교)·청색(도교)·적색(유교)의 의복, 신자는 흰색 의복을 입는다.

까오다이 사원을 본 뒤 구찌 터널로

이동해 구찌 터널에 대한 단편 영화를 보고 설명을 들은 뒤 구찌 터널 안으로 들어가 본다. 사람 몸이 겨우 들어갈 만한 통로로 들어가면 침실, 부엌, 회의실 같은 공간이 나온다. 구찌 터널 구경을 끝으로 투어를 마친다. *투어는 까오다이 사원&구찌 터널 외 구찌 터널만 있는 것도 있으니 참고

시간 : 07:45~18:00
요금 : 54만9천 VND *구찌 터널 투어_24만9천 VND
신청 : 신투어리스트 또는 호찌민의 여행사

≫구찌 터널 Củ Chi Tunnels

구찌 터널은 베트남 전쟁 당시 북베트남의 지지하는 남베트남 민족해방전선 비엣꽁(Việt Cộng)이 미군과 남베트남군에 대항하기 위해 세운 터널이다. 터널의 시초는 프랑스와의 독립전쟁 때부터라고 한다.

민족해방전선 비엣꽁은 북베트남에서 호찌민 루트를 따라 남베트남에 침투한 일종의 게릴라였다. 비엣꽁은 남베트남에 침투해 활동했고 주된 근거지는 호찌민 남동쪽 껀저(Cần Giờ)였다. 구찌 터널은 총 7개의 터널로 이루어져 있는데 이중 벤즈억(Địa Đạo Bến Dược)과 벤즈억 남동쪽 벤딘(Địa Đạo Bến Đình)의 터널이 일반에 개방되고 있다. 이중 투어로 가는 곳은 호찌민과 가까운 벤딘이다.

구찌 터널은 총길이가 200km 이상이었지만 현재 120km 정도만 남아있고 규모는 지하 3층, 깊이 10m, 통로는 높이 1m, 너비 0.5m 정도로 매우 비좁았다. 통로를 따라 침실, 부엌, 회의실, 병원, 무기고 등의 시설을 배치해 하나의 지하 도시를 형성했다.

비엣꽁은 구찌 터널에 낮에 은신하며 밤에 남베트남군과 미군을 공격했고 이를 안 남베트남군과 미군이 터널 진입 작전을 하고 1966년 30여 톤의 폭탄을 투하했음에도 구찌 터널을 없애지 못했다. 구찌 터널의 비엣꽁은 1968년 구정 대공세 때 큰 활약을 하기도 했지만 이곳에 있던 1만 8천여 명 중 2/3이 전쟁 중 사망하여 참혹한 전쟁의 참상을 그대로 보여주기도 했다.

견학용 구찌 터널은 기존 터널을 관광객을 위해 조금 넓힌 것인데도 체격이 큰 사람은 몸이 낄 정도다. 당연히 옷이 흙벽에 닿으므로 어두운 색의 옷을 입고 가는 것이 좋다. 터널 주변에 당시 미군 B-52 폭격기에서 투하한 폭

탄, 부서진 M-41 탱크 등을 볼 수 있고 실탄 사격장이 있어 M16, M60, AK-47 같은 소총 사격을 해볼 수도 있으나 안전사고에 주의.

교통 : 데탐 여행자 거리에서 북서쪽, 벤딘 방향. 승용차로 1시간 51분 또는 벤탄 버스터미널에서 구찌 터널행 버스 이용 *대중교통편 불편하므로 투어 추천

주소 : **벤즈억**_TL6, Phú Hiệp, Phú Mỹ Hưng, Củ Chi, Hồ Chí Minh

벤딘_741 TL15, Nhuận Đức, Hồ Chí Minh, Nhuận Đức Củ Chi Hồ Chí Minh

요금 : 실탄 사격_1발 당 3만~4만 VND *기본 10발

≫까오다이 사원 Cao Đài Temple

1919년 베트남 남부 껀터(Cần Thơ)에서 프랑스 인도차이나 총독부의 하급관리였던 응오반찌에우가 창시한 까오다이교는 도교, 불교, 기독교, 민간신앙, 유교, 그리스 철학을 융합한 독특한 교리를 가지고 있다. 독특하게 일안(一眼, 천안)을 신의 상징물로 여겨 예배를 드린다.

호찌민 북서쪽 약 90km 지점의 떠이닌(Tây Ninh)에 까오다이교의 총본산이 있는데 1933년부터 1955년까지 가톨릭 성당에 동양 양식을 가미한 까오다이 사원을 비롯한 여러 건물이 세워졌다.

이곳 까오다이 사원은 중앙의 3층 현관 양쪽에 7층 첨탑이 있는 건물로 3층 현관 지붕에 미륵불이 올라가 있다. 내부는 이슬람 사원처럼 타일 바닥에 화려한 용장식이 있는 기둥이 늘어서 있고 안쪽 중앙에 일안이 모셔져 있다. 투어 시 까오다이 사원 안으로 들어가 볼 수 있으나 예배 중인 경우가 있어 소란스럽지 않게 행동한다.

교통 : 데탐 여행자 거리에서 북서쪽, 떠이닌 방향. 승용차로 2시간 39분 *대중교통편 불편하므로 투어 추천

주소 : Phạm Hộ Pháp, tt. Hoà Thành, Hoà Thành, Tây Ninh

☆여행 이야기_비엣민과 비엣꽁

베트남 역사를 살펴보다보면 비엣민과 비엣꽁이라는 단어가 나와 헷갈릴 때가 있다. 비엣민(Việt Minh, 越盟)은 프랑스, 일본으로부터의 베트남 독립을 목표로, 비엣꽁(Việt Cộng, 越共)은 남베트남과 미군으로부터 베트남 통일을 목표로 했다

는 점에서 다르고 시기적으로 비엣민, 비엣꽁 순이다.

비엣민은 베트남 독립동맹회의 약칭으로 호찌민을 중심으로 인도차이나 공산당과 여러 베트남 민족주의 계열 정당의 동맹 조직이었다. 활동 기간은 1941년~1945년이고 주요 근거지는 하노이 일대. 1945년 3월 일제는 프랑스 식민지였던 베트남을 차지하고 바오다이 황제를 내세운 베트남국을 세웠고 이에 비엣민은 8월 전국적인 봉기를 일으켜 베트남국을 무너뜨리고 9월 베트남 민주 공화국(북베트남)을 세웠다.

비엣꽁은 남베트남 민족해방전선의 약칭으로 베트남 전쟁 당시 남베트남과 미군에 대항하기 위해 만들어진 무장투쟁조직이다. 활동 기간은 1954년~1976년이고 주요 근거지는 호찌민 남쪽 껀저와 구찌터널 등이었다. 1954년 북위 17도를 기준으로 북베트남과 남베트남으로 분단되었고 남베트남인 베트남 공화국에서 정부의 탄압을 받은 농민과 노동자, 남베트남 노동당, 일부 민족 세력이 비엣꽁을 결성하였다. 이들은 북베트남의 지원 하에 베트남 공화국과 미군에 대해 게릴라전을 전재하였고 북베트남에 의해 베트남이 통일되자 해산하였다.

〈기타 투어〉

투어 명	개요	시간	요금 (VND)
호찌민 시티 투어_오전/오후 Ho Chi Minh City Tour	지악럼사, 빈떠이시장/전쟁박물관, 독립(통일)궁	08:45~11:30 14:00~17:00	24만9천
호찌민 시티 투어_전일 Ho Chi Minh City Tour	지악럼사, 빈떠이시장, 전쟁박물관, 독립(통일)궁	08:45~17:00	39만9천
호찌민 시티 투어&구찌 터널 Ho Chi Minh&Cu Chi Tunnels	구찌 터널, 전쟁 박물관, 독립(통일)궁, 노트르담	08:45~17:00	39만9천
구찌 터널&메콩델타 Cu Chi Tunnels&Mekong Delta	구찌 터널, 메콩델타_미토, 벤쩨	07:00~16:00	69만9천

껀저 Cần Giờ	키섬(원숭이섬), 껀저 박물관, 맹그로브숲	08:00~17:00	69만9천
호꼽 해변 Hồ Cốc Beach	호찌민 남동쪽 108km 호꼽 해변	06:30~16:00	69만 내외
빈쩌우 온천 Bình Châu Hot Spring	호찌민 남동쪽 110km 빈쩌우 온천	06:30~16:00	69만 내외
디너 크루즈 Dinner&Cruise_Saigon River	사이공강 크루즈, 디너	19:00~21:00	38만
뷔페 디너 크루즈 Buffet Dinner& Cruise&Live	사이공강 크루즈, 뷔페 디너, 라이브 뮤직	19:00~21:00	94만9천
수상 인형극 Water Puppet Show	11세기 베트남 북부 홍강 일대, 수상 인형극 시초	17:00~18:00	30만
A O 쇼 A O Show	대나무 퍼포먼스, 아크로바틱, 현대무용	18:00~19:00	69만 내외
미스트 쇼 The Mist Show	베트남 농촌 묘사 발레, 현대 무용	18:00~19:00	69만 내외
떼다 쇼 Teh Dar Show	대나무 퍼포먼스, 아크로바틱, 전통음악	18:00~19:00	69만 내외
사이공 거리 음식 투어 Saigon Street Food By Scooter	길거리 음식 6개, 음료 3개	18:00~22:00	89만9천
사이공 맛집 투어 Saigon Vegetarian Food By Scooter	음식 6개, 맛집 5곳	18:00~22:00	89만9천
쿠킹 클래스_초급 Cooking Class_Initiation Course	짜조, 모닝글로리, 팃코토 *요일별 메뉴 다름	08:30~12:00 14:00~17:30	62만9천
쿠킹 클래스_채식 Cooking Class_Vegetarian Course	호안탄찌엔, 고이꾸온, 반쎄오 *요일별 메뉴 다름	08:30~12:00 14:00~17:30	80만9천

*신투어리스트 기준, 투어는 현지 상황에 따라 변경될 수 있음. 2024년 2월 현재 일부 투어 중지 중!

☆여행 팁_푸꾸옥섬 Đao Phú Quốc

베트남 남서쪽에 있는 섬으로 천혜의 자연이 잘 보존되어 있어 휴양지로 인기가 높다. 여행하기 좋은 시기는 건기인 12~3월. 푸꾸옥 시내는 푸꾸옥 국제공항과 푸꾸옥 야시장 사이이고 호텔과 리조트는 대부분 롱비치에 자리한다.

주요 여행지로는 푸꾸옥 섬 남서쪽 해안의 롱비치(Long Beach), 남동쪽 해안의 싸오 비치(Sao Beach), 푸꾸옥 야시장, 진주 전시장인 펄팜(Pearl farm) 등이 있다. 푸꾸옥 대표 상품으로는 생선 소스인 느억맘(Nước mắm)이 있는데 느억맘은 커다란 나무통에 생선과 소금을 넣고 숙성시켜 만든다. 푸꾸옥 국제공항 북쪽의 즈엉동 지역에 약 100여개의 느억맘 공장이 있고 느억맘 제품은 푸꾸옥, 식품점이나 슈퍼마켓에서 구입가능하다.

푸꾸옥의 대표 투어는 오징어 낚시(Squid Fishing At Night), 푸꾸옥-남섬 투어(Phu Quoc-South Island Tour), 피싱&스노클링_남섬(Fishing&Snorkeling Tour), 푸꾸옥-북섬 투어(Phu Quoc-North Island Tour) 등, 현지 여행사에서 신청가능. 끝으로 푸꾸옥은 섬이고 휴양지임으로 개별 여행보다 교통과 숙소가 준비된 패키지로 가는 것이 편리하다.

교통 : 호찌민 또는 메콩델타 남서부 자익쟈(Rạch Giá)에서 항공편 이용, 푸꾸옥 도착. / 호찌민 미엔떠이 버스터미널에서 버스 이용, 자익쟈 도착 후 선편으로 푸꾸옥 도착. 배로 2시간 소요

*한국 인천공항에서 푸꾸옥공항까지 직항이 생겨, 바로 푸꾸옥까지 갈 수 있게 되었음. 취항 항공사는 대한항공, 진에어, 제주항공, 비엣젯항공 등

투어 : 호찌민-푸쿠옥 3박4일 858만9천 VND

*레스토랑

〈레탄똔&동커이 주변〉

꽌부이 Quán Bụi

레탄똔의 먹자골목 응오반남(Ngô Văn Năm) 거리에 있는 베트남 레스토랑이다. 깔끔한 분위기의 내부는 고급 레스토랑을 연상케 하고 음식 또한 정갈하게 나와 보는 것만으로 맛을 느껴진다. 간단히 미싸오~ 같은 볶음 국수나 껌찌엔~ 같은 볶음밥을 먹어도 좋고 여럿이라면 전골인 러우~를 주문해도 괜찮다.
교통 : 데탐 여행자 거리에서 북동쪽, 레탄똔 거리 방향, 레탄똔 거리에서 응오반남 거리 방향. 택시/그랩 15분
주소 : 19 Ngô Văn Năm, Bến Nghé, Quận 1, Hồ Chí Minh
전화 : 028-3829-1515
시간 : 08:00~23:00
메뉴 : 미싸오텃보/가(Mì xào thịt bò/gà 소고기/닭고기볶음면) 9만9천/8만9천 VND, 러우남하이싼(Lẩu nấm hải sản 해물전골) 35만9천 VND, 껌찌엔(Cơm chiên)~ 9만~VND 내외
홈페이지 : http://quan-bui.com

가마골 Gamagol

레탄똔 거리에서 우회전한 타이반룽(Thái Văn Lung) 거리에 있는 한식당이다. 여느 해외 한식당처럼 냉면에서 불고기까지 다양한 한식을 제공한다.
교통 : 데탐 여행자 거리에서 오페라 극장 지나 가마골 방향. 택시 13분
주소 : Bến Nghé Quận 1, 23 Thái Văn Lung, Bến Nghé, Quận 1, Hồ Chí Minh
전화 : 028-3829-4833
시간 : 09:00~22:00
메뉴 : 갈비탕 15만 VND, 뚝배기 불고기 16만 VND, 물냉면 13만, 해물파전 20만 VND, 제육볶음 26만

VND 내외

차오 벨라 일 프리모 Ciao Bella IL Primo

하이바쯩(Hai Bà Trưng) 거리에 있는 이탈리안 레스토랑이다. 내부는 크지 않지만 깔끔하게 꾸며져 있고 주로 서양 손님들이 많다. 3코스로 나오는 런치 세트가 가성비가 높고 아침 시간 블랙퍼스트 메뉴도 제공!

교통 : 데탐 여행자 거리에서 오페라 극장 지나 차오벨라 방향. 택시 10분

주소 : 11 Đông Du, Bến Nghé, Quận 1, Hồ Chí Minh

전화 : 028-3822-3329

시간 : 07:30~23:00

메뉴 : 시저 샐러드 18만 VND, 카르보나라 스파게티 25만 VND, 마르게리따 21만 VND, 펜네 차오벨라 21만 VND, 런치세트(3코스) 20만 VND 내외

무 비프스테이크 Moo Beefsteak Prime

호찌민 번화가인 동커이 거리에 있는 스테이크 전문점이다. 메뉴는 프라임과 일반으로 나뉘는데 최고급 육질을 원하면 프라임, 육질에 상관없다면 일반을 선택한다. 두툼한 스테이크를 써는 재미가 있고 부드럽게 넘어가는 식감도 일품이다.

교통 : 데탐 여행자 거리에서 벤탄 시장 지나 무 비프 스테이크 방향. 택시/그랩 11분

주소 : 35 Ngô Đức Kế, Bến Nghé, Quận 1, Thành phố Hồ Chí Minh

전화 : 028-3822-8628

시간 : 10:00~22:00

메뉴 : 프라임_립아이 60만 VND, 스트립로인 60만 VND, 텐더로인 80만 VND, 스테이크_척아이 25만 VND, 립아이 45만 VND, T본 88만 VND 내외

홈페이지 : www.moobeefsteak.com.vn

팍슨 식당가 Parkson Restaurants

팍슨 백화점 내에 있는 식당가로 베트남식은 물론 일식, 한식, 양식 등 다양한 음식을 한자리에서 맛볼 수 있는 곳이다. 여행자 거리의 북적이는 푸드타운(센스 마켓 내)와 달리 한가한 것이 장점 아닌 장점이다. 백화점 푸드코트는 가격은 약간 높지만 맛은 평균

이상이어서 어떤 메뉴를 골라도 실패가 없다.

교통 : 데탐 여행자 거리에서 벤탄 시장 지나 팍슨 방향. 택시 12분
주소 : 39 Đ. Lê Thánh Tôn, Bến Nghé, Quận 1, Thành phố Hồ Chí Minh
전화 : 08-3827-7636
시간 : 09:30~22:00
메뉴 : 베트남식, 일식, 한식, 양식
홈페이지 : http://parkson.com.vn

응온 Ngon

노란색 콜로니얼 건물이 운치 있는 베트남 레스토랑이나 일부 일식, 한식도 취급한다. 애피타이저로 고이꾸온(춘권), 분팃느엉짜조(튀긴 춘권), 따로 국수인 분짜, 해물 볶음밥인 껌찌엔하이산, 바게트 샌드위치인 반미, 쌀국수인 퍼보 등이 먹을 만하다.
교통 : 데탐 여행자 거리에서 벤탄 시장 지나 응온 방향. 택시/그랩 10분
주소 : 160 Pasteur, Bến Nghé, Quận 1, Bến Nghé Quận 1 Thành phố Hồ Chí Minh
전화 : 08-3827-7131
시간 : 08:00~22:30
메뉴 : 고이꾸온 2만2천 VND, 분팃느엉짜조 8만 VND, 분짜 8만 VND, 껌찌엔하이산(해물볶음밥) 12만 VND, 반미 8만 VND, 퍼보 7만5천 VND 내외

미엔 포가 Quán Miến Phở Gà, Phở Nướng Mai Xuân Cảnh

노트르담 성당 옆에 있는 닭고기 쌀국수점이다. 허름해 보이나 영업시간에는 사람들이 모이는 맛집이다. 영문 메뉴가 오히려 복잡(?)해 보이나 간단히 굽거나 삶은 닭고기와 닭고기 쌀국수를 낸다고 보면 된다. 고기를 좋아하면 굽거나 삶은 닭고기, 간단한 식사라면 닭고기 쌀국수를 주문한다. 쌀국수는 담백한 국물이 일품이다.
교통 : 데탐 여행자 거리에서 벤탄 시장 지나 노트르담 성당, 마이꾸언깐 방향. 택시/그랩 11분
주소 : 57 Nguyễn Du, Bến Nghé,

1, Hồ Chí Minh

전화 : 09-3234-5667

시간 : 06:00~11:00, 17:00~23:00

메뉴 : 치킨윙 5만5천 VND, 치킨하트 (가슴살) 5만 VND, 덕텅(오리 혀) 14만 VND, 피쉬버미첼리(생선 쌀국수)/ 퍼가 각 6만 VND, 피쉬+치킨 라이스 누들수프(생선+닭쌀국수) 9만 VND 내외

엘보우룸 The Elbow Room Restaurant

아메리칸 스타일의 캐주얼 레스토랑이다. 빵 사이로 층층이 신선한 재료를 쌓은 수제 버거가 먹을 만하고 파스타나 피자, 스테이크도 눈길이 간다. 에그베네딕트, 치킨윙 같은 사이드메뉴도 맛있는 편!

교통 : 데탐 여행자 거리에서 벤탄 시장 지나 엘보우룸 방향. 택시 6분

주소 : 52 Pasteur, Phường Bế Nghé, Q.1, Ho Chi Minh

전화 : 028-3821-4327

시간 : 08:00~22:30

메뉴 : 에그베네딕트 19만8천 VND, 치킨윙 19만8천 VND, 버거 엘보우룸 27만5천 VND, 필리 치즈 스테이크 24만2천 VND, 스파게티 볼로네이즈 18만7천 VND, 마르게리따 피자 16만5천 VND, 립아이 스테이크 74만8천 VND 내외

〈통일궁~벤탄시장 주변〉

훔 Hum, Café&Restaurant

채식전문식당으로 두부 요리가 있는 메인, 쌀국수와 밥 요리가 있는 올어바웃 라이스, 각종 채소를 맛볼 수 있는 베기(Veggies), 스프, 애피타이저 등의 메뉴가 있다.

교통 : 데탐 여행자 거리에서 전쟁 박물관 방향. 택시/그랩 10분

주소 : 32 Đường Võ Văn Tần, 6, 3, Hồ Chí Minh

전화 : 028-3930-3819

시간 : 10:00~22:00

메뉴 : 베기 오믈렛(Veggies omelet), 커리 토푸(Curried tofu), 후라이드 라이스, 팟타이(볶음국수), 레드 커리, 샐러드, 스프링 롤, 망고 위드 스티키 라이스(디저트)

홈페이지 : http://humvietnam.com

브엉꿕똠 Nhà Hàng Vương Quốc Tôm

새우 요리 전문점으로 해물 요리가 많으나 소고기, 닭고기 요리 등도 있는 곳이다. 새우는 똠(Tôm)이라고 하는데 메뉴를 보면 삶거나 튀긴 새우 요리, 새우볶음밥, 새우와 홍합 리조토 등 새우 요리가 많다.

교통 : 데탐 여행자 거리에서 전쟁 박물관 방향. 택시/그랩 10분

주소 : 13 Lê Quý Đôn, phường 6, Quận 3, Hồ Chí Minh

전화 : 08-6281-3813

시간 : 10:00~22:00

메뉴 : 껌찌엔똠(Cơm chiên tôm 새우볶음밥) 13만9천 VND, 껌찌엔산(Cơm chiên xanh 소고기 볶음밥) 12만9천 VND, 껌싸오벤모나코(Cơm xào vẹn Monaco 리조토?) 19만 VND, 가타오응우옌사보(Gà thảo nguyen Sabo 닭고기 조림) 24만9천 VND 내외

홈페이지 : https://nhahangvuongquoctom.blogspot.com

벤탄 스트리트 푸드 마켓 Ben Thanh Street Food Market

벤탄 시장 뒤쪽에 있는 푸드코트로 베트남식, 한식, 일식, 양식 등을 취급하는 소규모 식당이 밀집되어 있다. 여러 메뉴 중 베트남식 스테이크인 보느엉티에우(Bò nướng tiêu 11만5천 VND), 계란과 굴 볶음인 하우찌엔쯩(Hàu chiên trứng, 7만5천 VND), 새우탕 국수인 분똠짠데이(Bún tôm chanh dây, 7만5천 VND) 등이 먹을 만하다.

교통 : 데탐 여행자 거리에서 벤탄 시장 방향. 택시/그랩 6분 또는 도보 14분

주소 : 26-28-30 Thủ Khoa Huân, Bến Thành, Quận 1, Hồ Chí Minh

전화 : 090-126-2830
시간 : 09:00~23:00
메뉴 : 베트남식, 한식, 일식, 양식

피자 4피스 Pizza 4P's Ben Thanh

하노이, 다낭, 호찌민 등에 분점을 두고 있는 피자 전문점이다. 피자는 버레타 파르마 햄, 마르게리따, 치즈 피자 등 여러 가지가 있고 퐁듀나 파스타 같은 메뉴도 있다. 화덕에서 막 구운 피자가 바삭하고 피자 먹는 뒤 티라미수 같은 달콤한 디저트를 맛보아도 괜찮다.

교통 : 데탐 여행자 거리에서 벤탄 시장 방향. 택시/그랩 6분 또는 도보 14분
주소 : 8 Thủ Khoa Huân, Bến Thành, Hồ Chí Minh
전화 : 028-3622-0500
시간 : 10:30~01:30
메뉴 : 버레타 파르마 햄, 마르게리따, 치즈 피자. 퐁듀, 파스타, 티라미수, 프로즌 요거트
홈페이지 : http://pizza4ps.com

할랄 오스만 Restaurant Halal Osman

이슬람 율법에 따라 처리한 식재료로 요리한 이슬람 식당이다. 이슬람 식당이 모여 있는 벤탄 시장 옆 응우옌안닌(Nguyễn An Ninh) 거리에 위치. 메뉴 중 대부분은 베트남 요리이고 일부 말레이시아, 인도네시아 등에서 즐겨먹는 요리가 있다. 대표적인 것이 코코넛 밀크 국수인 락사, 말레이시아식 덮밥인 나시고렝 등.

교통 : 데탐 여행자 거리에서 벤탄 시장 방향. 택시 5분 또는 도보 10분
주소 : 35 Nguyễn An Ninh, Bến Thành, Hồ Chí Minh
전화 : 0122-373-7599
시간 : 10:00~23:00
메뉴 : 치킨버거 6만 VND, 고이꾸온 6만 VND, 락사(Laksa) 7만 VND, 퍼보 6만 VND, 미싸오 7만 VND, 껌가 7만 VND, 보싸오한 10만 VND, 가싸오궁 9만 VND, 까솟옷 12만 VND 내외

마루카메 우동 Marukame Udon

일식 우동 전문점으로 벤탄 시장 인근 리투쫑(Lý Tự Trọng) 거리에 위치한다. 베트남 쌀국수와는 또 다른 맛을 내는 우동은 간단히 먹기 좋은 음식이다. 가마아케 우동에서 분가케 우동, 우동 돈고츠 등 다양한 우동이 있으므로 골라 먹는 재미가 있다.

교통 : 데탐 여행자 거리에서 북쪽 마루카메 우동 방향. 택시 5분 또는 도보 10분

주소 : 215-217 Lý Tự Trọng, Bến Thành, Hồ Chí Minh

전화 : 08-3827-0739

시간 : 07:00~22:00

메뉴 : 가마아케 우동 3만9천 VND, 가게 우동 4마9천 VND, 분가케 우동 3만9천 VND, 우동 보 분가케 7만9천 VND, 우동 돈고츠 7만9천 VND, 우동 카리 6만9천 VND, 껌카리 6만9천 VND, 껌팃헤오탐봇 8만9천 VND 내외

칩잇츠 Cheap Eats

해산물 구이 뷔페로 조개, 관자, 오징어, 굴 같은 해산물 외 돼지고기, 소고기(?) 같은 고기 메뉴도 있다. 원하는 해산물과 고기를 접시에 덜어와 숯불에 구워먹으면 된다. 여러 종류의 초밥이 있으므로 식사가 부족할 일이 없다.

교통 : 데탐 여행자 거리에서 북쪽 칩잇츠 방향. 도보 6분

주소 : 9 Nguyễn Trãi, Bến Thành, Hồ Chí Minh

시간 : 11:00~14:00, 17:00~22:00

메뉴 : 해산물 뷔페 20만 VND 내외

〈쩌런(차이나타운)〉

후에후에 베이커리(慧慧餠家) Hue Hue Bakery

땀썬 회관 인근의 오래된 제과점이다.

쩌런의 향우회관이나 사원을 둘러볼 때 커피와 함께 달달한 케이크 한 조각이면 여행의 피곤함이 가시는 듯하다.

교통 : 빈떠이 시장에서 서쪽, 러우까단이
치 방향. 택시 6분 또는 도보 16분
주소 : 368 Đ. Trần Hưng Đạo,
Phường 11, Quận 5, Thành phố
Hồ Chí Minh
전화 : 028-3855-0966
시간 : 08:00~22:00
메뉴 : 케이크, 크림빵, 크로와상, 식빵

껌가동응우옌(東源雞飯) Cơm Gà Đông Nguyên

1945년 쩌런에서 개업한 닭고기 요리
전문점이다. 삶은 닭인 가응우옌꼰(Gà
Nguyên Con)에 시원한 맥주 한 잔하
기 좋고 식사로 닭고기 볶음밥인 껌가
찌엔(Cơm Gà Chiên)을 주문해도 괜
찮다. 안주로 소고기볶음인 껌보코

(Cơm Bò Kho), 소고기&생선국인 깐
팃보까추아(Canh Thịt Bò Cà Chua)
도 적당하다.

교통 : 빈떠이 시장에서 서쪽, 러우까단이
치 방향. 택시 4분 또는 도보 14분
주소 : 801 Đ. Nguyễn Trãi,
Phường 14, Quận 5, Thành phố
Hồ Chí Minh
전화 : 028-3855-7662
시간 : 09:00~21:00
메뉴 : 껌가찌엔(Cơm Gà Chiên 닭고
기 볶음밥) 5만5천 VND, 껌보코
(Cơm Bò Kho 소고기기조림) 5만
VND, 가응우옌꼰(Gà Nguyên Con
삶은 닭) 50만 VND, 깐팃보까추아
(Canh Thịt Bò Cà Chua, 소고기,
생선국) 5만5천 VND 내외
홈페이지 :
www.comgadongnguyen.vn

라우까단이치 Lẩu cá Dân Ích

쩌우반리엠(Châu Văn Liêm) 거리에
있는 전골 식당이다. 신선로 비슷한 냄
비에 새우, 게, 오징어, 조개 등을 푸

짐하게 넣고 잘 끓여 먹는다. 식사로 볶음밥인 껌찌엔을 주문하면 된다.

교통 : 빈떠이 시장에서 서쪽, 러우까단이 치 방향. 택시 5분 또는 도보 14분

주소 : 99 Đ. Châu Văn Liêm, Phường 14, Quận 5, Thành phố Hồ Chí Minh
전화 : 08-3856-5240
시간 : 16:00~21:30
메뉴 : 라우까텁껌(Lẩu cá thập cẩm 모듬전골) 보통(vừa)/대(lớn)/소(nhỏ) 34만/44만/28만 VND, 껌찌엔~ 6만5천~8만5천 VND, 따우후끼망똠(Tàu hủ ky mạng tôm 새우만두) 9만 VND 내외

〈여행자 거리 주변〉

푸드 타운 Food Town

쇼핑몰 센스 마켓(Sense Market) 내에 있는 푸드코트다. 푸드코트에서 베트남 음식을 포함한 여러 종류의 음식을 맛볼 수 있고 푸드코트 주위에도 핫포트 스토리(전골), 카오라오(고기구이&전골), 킹 BBQ(고기구이), 니하(중식) 같은 레스토랑이 있어 입맛에 따라 음식을 맛보기 좋다.
교통 : 팜응우라오 거리의 하일랜드 커

피에서 길 건너, 바로
주소 : 04 Đ. Phạm Ngũ Lão, Phường Phạm Ngũ Lão, Quận 1
전화 : 028-3836-4057
시간 : 10:00~22:00
메뉴 : 베트남식, 일식, 한식 등

아시안 키친 Asian Kitchen, Nhà Hàng Asian Kitchen
저가 호텔, 레스토랑 등이 밀집된 40 부이비엔 골목(Hẻm 40 Bùi Viện)에 있는 베트남 레스토랑이다. 경단구이 국수인 분팃느엉, 소주를 부르는 생선조림인 피시 클레이포트, 쌀국수인 퍼, 볶음국수인 퍼싸오, 볶음밥인 후라이드 라이스 등 웬만한 베트남 요리는 다 있다.

교통 : 팜응우라오 거리, 하일랜드 커피에서 동쪽으로 간 뒤 우회전, 40 부이비엔 골목(Hẻm 40 Bùi Viện) 방향. 바로
주소 : 185 8, Phường Phạm Ngũ Lão, Quận 1
전화 : 028-3836-7397
시간 : 24시간
메뉴 : 분팃느엉(Bun Thit Nuong 경단구이 국수) 6만9천 VND, 피쉬 클레이포트(생선조림) 6만9천 VND, 퍼(쌀국수) 5만9천 VND, 스프링 롤 5만5천 VND, 퍼싸오(Pho xao 볶음국수) 5만9천 VND, 후라이드 라이스 7만~ VND 내외

퍼꾸인 Phở Quỳnh

팜응우라오 거리 서쪽 끝에 있는 쌀국

수 전문점이다. 몬 후에에 비해 서민적인 분위기라 국수 맛(?)이 더 나는 듯하다.

교통 : 팜응우라오 거리, 하일랜드 커피에서 서쪽, 직진. 도보 4분
주소 : 323 Ð. Phạm Ngũ Lão, Phường Phạm Ngũ Lão, Quận 1
전화 : 028-3836-8515
시간 : 24시간
메뉴 : 퍼보(Phở bò 소고기 쌀국수), 퍼보 따이(Phở bò tái 데친 소고기 쌀국수), 퍼보찐(Phở bò chín 편육 소고기 쌀국수), 퍼보코(Phở bò kho 전골 국수) 각 6만7천 VND 내외

분짜 145 Bun Cha 145

몬 후에에처럼 깔끔한 분위기의 베트남

레스토랑이다. 대표 메뉴는 육수에 담긴 완자와 삶은 국수를 함께 먹는 분짜. 여기에 꼬치인 팃시엔느엉, 스프링롤인 넴잔 등을 더하면 더욱 즐겁다.

교통 : 팜응우라오 거리의 하일랜드 커피에서 데탐(Đề Thám) 거리 직진 후 우회전, 부이비엔(Bùi Viện) 거리 직진. 도보 5분

주소 : 145 Đ. Bùi Viện, Phường Phạm Ngũ Lão, Quận 1

전화 : 028-3837-3474

시간 : 11:00~23:00

메뉴 : 분짜(Bún chả Hà Nội) 4만2천 VND, 팃시엔느엉(Thịt xiên nướng, 꼬치) 1만5천 VND, 넴잔(Nem rán, 스프링롤) 1만5천 VND, 까껌찌엔수(Cá cốm chiên xù 생선복음밥) 2만5천 VND 내외

호텔 뷔페 레스토랑

호찌민의 호텔 뷔페는 니코사이공 호텔의 라 브레서리(2F), 롯데 레전드 호텔의 아트리움 카페(GF), 사이공 프린스 호텔의 그릴 레스토랑(GF), 뉴월드 사이공 호텔의 다이너스티(L1)과 파크뷰(GF), 쉐라톤 호텔의 라운지(L1)와 리바이(2F), 사이공 카페(2F), 소피텔 호텔의 메즈 등이 있다. 디너 중에는 해산물 뷔페가 있는 곳이 있고 일요일 브런치, 애프터눈 티 뷔페에 관심을 두어도 괜찮다.

주소 : 니코사이공_235 Nguyễn Văn Cừ, 롯데레전드_2A~4A Tôn Đức Thắng. 사이공 프린스 호텔_63 Nguyen Hue, 뉴월드 사이공 호텔_76 Lê Lai, 쉐라톤 호텔_88 Dong Khoi, 소피텔_17 Lê Duẩn

전화 : 니코사이공_028-3925-7777, 롯데레전드_028-3823-3333(Ext. 189), 사이공 프린스 호텔_028-3822-2999, 뉴월드 사이공 호텔_028-3822-8888, 쉐라톤 호텔_028-3827-2828, 소피텔_028-3824-1555

호텔/레스토랑	뷔페	일시	가격 (VND)
니코사이공 호텔 라 브레서리	국제식	런치 11:30~14:30 디너 18:00~22:30	디너 120만
롯데 레전드 호텔	서양식	블랙 06:00~10:00	블랙 45만

아트리움 카페	동양식	런치 11:30~14:30 디너 18:00~22:00 토/일 브런치 11:00~14:30	런치 55만 디너 105만 브런치 105만
사이공 프린스 호텔 그릴 레스토랑	서양식 동양식	블랙퍼~ 06:30~10:15 런치 11:30~14:30 디너(해산물) 18:00~22:00	블랙 35만 런치 40만 디너 54만9천
뉴월드 사이공 호텔 다이너스티	중국식	주중 11:00~15:00 (주말 11:30~15:00)	40만 내외
뉴월드 사이공 호텔 파크뷰	국제식	/런치 12:00~14:30 디너 18:00~22:00	50만 내외 100만 내외
쉐라톤 호텔 라운지	애프터눈 티	수 14:00~17:00	56만9천
쉐라톤 호텔 리바이	딤섬	런치 11:00~14:30	70만
쉐라톤 호텔 사이공 카페	국제식	런치 12:00~14:30 디너 18:00~22:00 일 브런치 11:30~15:00	런치 50만 디너 140만 브런치 158만
소피텔 메즈	국제식	런치 11:30-14:30 디너(BBQ/해산물) 18:30-22:30	런치 65만 디너119만 /139만

*호텔 사정에 따라 뷔페 내용, 시간, 가격 등 변동될 수 있음. 2024년 2월 현재 일부 뷔페 중지 중, 예고없이 재개될 수 있음.

*카페&디저트숍

하일랜드 커피 Highlands Coffee

베트남 대표 커피전문점 중 하나로 핀 (Phin)이라 불리는 베트남식 필터를 사용한 베트남 커피를 맛보기 좋은 곳이다. 아이스/핫밀크 커피는 핀쓰어다/농 (Phin Sữa Đá/Nồng), 아이스블랙커피는 핀덴다/농(Phin Đen Đá/Nồng)이라고 한다.
교통 : 데탐 여행자 거리에서 팜응우라오 거리 방향, 바로
주소 : 187 Đ. Phạm Ngũ Lão, Phường Phạm Ngũ Lão, Quận 1
전화 : 028-3838-9523
시간 : 07:00~23:00
메뉴 : 핀쓰어다/농(Phin Sữa Đá/ Nồng 아이스/핫밀크커피), 핀덴다/농 (Phin Đen Đá/Nồng 아이스블랙커피), 캐러멜 핀프리즈(Caramel Phin Freeze 캐러멜 프라푸치노?), 프리즈짜싼(Freeze Tra Xanh 그린티 프라푸치노), 반미 짜까/팃느엉(Bánh mì Chả cá/Thit Nuong 피쉬/포크 바게

트 샌드위치)
홈페이지 :
www.highlandscoffee.com.vn

꽁 카페 Cộng Cà phê

하일랜드 커피와 쌍벽을 이루는 커피전문점이다. 베트남 커피 외 과일셰이크인 신또(SINH TỐ), 차인 짜(TRÀ), 아티초크 허브티인 아티소(ATISO) 같은 메뉴에 관심을 두어도 좋다. 맥주 메뉴도 있으니 시원하게 한 잔해도 즐겁다.
교통 : 브이비엔 워킹 스트리트 동쪽, 사거리 건너. 도보 5분
주소 : 93 Đ. Yersin, Phường Cầu Ông Lãnh, Quận 1
전화 : 091-186-6500
시간 : 07:00~02:00
메뉴 : 카페덴다/농(CÀ PHÊ ĐEN Đá/Nồng 아이스/핫블랙커피), 카페쓰어다농(CÀ PHÊ SỮA Đá/Nồng 아이스/핫밀크커피), 신또(SINH TỐ 과일쉐이크), 짜(TRÀ 차), 아티소

(ATISO 아티초크 허브티), 비아(BIA 맥주)

홈페이지 : http://congcaphe.com

푹롱 커피 Phuc Long Coffee&Tea

초록색 간판인 인상적인 베트남 커피 전문점이다. 어떤 이는 하일랜드 커피, 꽁 카페, 쭝응우옌 카페와 함께 베트남 4대 커피 전문점으로 꼽기도 한다. 베트남 커피 외 케이크나 빵도 있으므로 곁들여 먹으면 좋다. 커피 맛이 괜찮았다면 베트남식 양철필터인 핀이 붙어 있는 커피 원두를 구입해도 괜찮다.

교통 : 브이비엔 워킹 스트리트에서 동쪽. 도보 3분

주소 : 159 Nguyễn Thái Học, Phường Phạm Ngũ Lão, Quận 1

전화 : 028-3620-3333

시간 : 07:00~22:30

메뉴 : 카페덴다/농(CÀ PHÊ ĐEN Đá/Nồng 아이스/핫블랙커피), 카페쓰어다농(CÀ PHÊ SỮA Đá/Nồng 아이스/핫밀크커피)

카페 아파트먼트 The Cafe Apartments

호찌민 인민위원회 청사 앞 대로에 1960년대 지어진 10층 남짓한 아파트가 있고 그곳에 층마다 카페가 있어 카페 아파트먼트라 불린다. 층마다 색다른 카페와 레스토랑이 있는데 가격은 조금 비싼 편!

교통 : 호찌민 인민위원회 청사에서 도보 6분

주소 : 42 Đ. Nguyễn Huệ, Street, Quận 1, Thành phố Hồ Chí Minh

시간 : 07:00~22:00

쭝응우옌 카페 레전드 Trung Nguyen Café Legend

노트르담 성당 뒤쪽에 있는 카페로 진한 커피 맛을 유명한 곳이다. 연유(우유)나 설탕을 넣지 않은 카페덴농을 맛보면 써서 사약 맛이 날지 모른다. 이

는 베트남 커피원두가 쓴 맛을 내는 로브스타 위주이기 때문이다. 따라서 연유나 설탕을 넣어 마셔야 베트남 커피 맛을 느낄 수 있다. 쯩응우옌은 베트남 커피의 대명사인 쯩응우옌 커피와 G7커피 메이커이기도 하다.

교통 : 데탐 여행자 거리에서 독립궁 (통일궁) 지나 쯩응우옌 카페 방향. 택시/그랩 11분

주소 : 7 Nguyễn Văn Chiêm, 1, Quận 1, Hồ Chí Minh
전화 : 091-528-9901
시간 : 06:30~22:00
메뉴 : 카페덴다/농(CÀ PHÊ ĐEN Đá/Nóng 아이스/핫블랙커피), 카페쓰어다농(CÀ PHÊ SỮA Đá/Nóng 아이스/핫밀크커피)
홈페이지 : www.trungnguyen.com.vn

*쇼핑

아쿠루히 Akuruhi

레탄똔 거리 위쪽에 있는 일본 식재료 슈퍼마켓이다. 1층에 일본 컵라면, 통조림, 과자, 맥주, 사케, 채소 등 식품류, 2층에 찻잔, 주전자, 접시 등 식당용품 등이 구비되어 있다. 호텔이 근처라면 밤에 먹을 컵라면이나 맥주를 사가는 것도 괜찮다.

교통 : 데탐 여행자 거리에서 벤탄 시장 지나. 택시/그랩 12분
주소 : 21 Tôn Thất Thiệp, Bến

Nghé, Quận 1
전화 : 090-394-1024
시간 : 08:00~22:00
홈페이지 : http://akuruhifood.com

아남 구르메 마켓 Annam Gourmet Market

고급 식재료 전문점으로 커피와 차, 쿠스미 티(Kusmi Tea), 베이커리, 향신료 등을 취급한다. 향신료로는 갈릭 솔트, 시나몬, 로즈마리, 타임, 바질, 파

프리카, 스테이크 스파이시 등으로 다양하게 구비되어 있다. 또한 100g 당으로 판매되는 커피 원두나 차 제품도 믿을 수 있어 관심이 간다.

교통 : 데탐 여행자 거리에서 하이바쯩 거리 방향, 택시 10분
주소 : 6-18 Hai Bà Trưng, Phường Bến Nghé, Quận 1
전화 : 01900-636-431
시간 : 07:00~21:00
홈페이지 :
http://annam-gourmet.com

다이아몬드 플라자 Diamond Plaza

콜로니얼 양식의 건물을 백화점으로 이용하는 곳이다. 층별로 1층 화장품과 보석, 2층 여성 패션과 잡화, 3층 남성 패션과 스포츠웨어, 4층 아동 패션과 가정용품 등으로 구성되어 있다. 4층 식당가 한식당인 신시, 후라노 스시, 페퍼 런치, 누들&라이스 등의 식당이 있어 식사를 하기도 괜찮다.

교통 : 데탐 여행자 거리에서 노트르담 성당 방향. 택시/그랩 11분

주소 : 34 Le Duan, Bến Nghé, Quận 1, Ho Chi Minh
전화 : 028-3822-5500
시간 : 10:00~22:00
홈페이지 :
http://shopping.diamondplaza.com.vn

빈콤 센터 Vincom Center

호찌민 인민위원회 인근에 있는 고급 쇼핑센터다. 층별 주요 브랜드로는 B2층에 지오다노, 양키 캔들 B1층에 막스&스펜서, 액사라(Axsara), GF층에 자라 등이 있다. 식당가는 B3층에 있는데 스모 BBQ, 샤브 키추, 초이스(전골), 퍼24, 키치 기치(전골), 타이익스프레스, 서울 정원, 고기(한식), 하일랜드 커피 등이 있어 원하는 메뉴를 골라 먹기 좋다. 슈퍼마켓인 빈 마트는 2층, 복합영화관인 CGV는 3층에 위치!

교통 : 데탐 여행자 거리에서 호찌민 인민위원회 방향. 택시/그랩 11분
주소 : 72 Lê Thánh Tôn, Bến Nghé, Quận 1, Hồ Chí Minh

전화 : 097-503-3288
시간 : 09:30~22:00
홈페이지 : http://vincom.com.vn

팍슨 Parkson

하이퐁, 다낭 등에도 분점이 있는 백화
점이다. 여느 백화점처럼 GF층에 화장
품과 패션 잡화, 위층에 여성과 남성
패션, 가정용품, 전자제품, 슈퍼마켓인
시티마트 등으로 배치되어 있다. 식당
가에는 베트남식, 한식, 일식, 양식 등
을 맛볼 수 있는 식당이 모여 있어 쇼
핑 후 식사를 해도 괜찮다.
교통 : 데탐 여행자 거리에서 호찌민
인민위원회 방향. 택시/그랩 11분
주소 : 35-45 Lê Thánh Tôn, Bến
Nghé, Hồ Chí Minh
전화 : 08-3827-7636
시간 : 09:30~22:00
홈페이지 : http://parkson.com.vn

유니온 스퀘어 Union Square
흰색의 콜로니얼 양식의 건물로 고급
백화점이나 현재 명품숍이 입주한 L1

층만 운영된다. 주요 명품브랜드로는
보스, 디올, 에르메스, 베르사체, 세인
트 로렌 등. 명품 가격은 원래 고가인
데다가 베트남 화폐 단위로 표기되어
있어 가격이 더 비싸 보인다. 실제로는
베트남화폐에 '0'빼고 1/2이면 한화
가격!

교통 : 데탐 여행자 거리에서 호찌민
인민위원회 방향. 택시/그랩 11분
주소 : 171 Đồng Khởi, Bến Nghé,
01, Hồ Chí Minh
전화 : 028-3825-8855
시간 : 09:00~22:00
홈페이지 : www.unionsquare.vn

럭키 플라자 Lucky plaza

호찌민의 번화가 동커이 거리에 있는

쇼핑센터로 1층에 기념품점, 2층에 슈퍼마켓으로 운영된다. 1층 기념품점에는 전통문양이 들어간 손지갑과 가방, 코코넛 그릇, 캐시미어 스카프 등 다양한 제품이 보이고 2층 슈퍼마켓에서는 건과일이나 맥주 등 주전부리를 구입하기 좋다.

교통 : 데탐 여행자 거리에서 동커이 거리 방향. 택시 11분

주소 : 38 Nguyễn Huệ, 69 Đồng Khởi, Bến Nghé, Hồ Chí Minh

전화 : 028-3827-1155

시간 : 09:00~22:00

홈페이지 : https://wmcvietnam.com/lucky-plaza

타카 플라자 Taka Plaza

벤탄 시장과 호찌민 인민위원회 청사 사이에 위치한 쇼핑몰로 주로 남녀패션, 신발, 아동패션, 잡화 등을 판매한다. 상점 밀집된 동대문 시장 분위기(?)로 영어 소통이 잘 되지 않을 수 있으나 계산기에 원하는 가격만 보여주면 상품을 구입하는데 큰 어려움은 없다.

단, 방심하고 흥정하지 않으면 바가지 쓸 우려가 있으니 주의!

교통 : 데탐 여행자 거리에서 동커이 거리 방향. 택시 10분

주소 : 102 Nam Kỳ Khởi Nghĩa, Bến Nghé, Quận 1, Hồ Chí Minh

전화 : 028-3930-0979

시간 : 09:00~21:00

홈페이지 : www.takaplaza.vn

벤탄 시장 Ben Thanh Market, Chợ Bến Thành

1912~1914년 프랑스 식민시절 세워진 재래시장이다. 시장은 레러이(Lê Lợi) 거리에 직사각형 건물로 되어 있고 시장 입구에 시계탑이 있는 아치형 문이 인상적이다. 내부에는 의류, 신발, 잡화, 기념품, 건과일, 커피 등 없는 것이 없고 한쪽에 식당가도 있어 식사를 하기도 편리하다.

밤이면 시장 동쪽, 판보이쩌우(Phan Bội Châu) 거리에서 야시장이 열리고 시장 서쪽, 응우옌안닌(Nguyễn An Ninh) 거리는 중동 물건을 사거나 할

랄 음식을 맛볼 수 있는 이슬람 거리
이다. 시장에서 물건 살 때 일부 상인
은 정가의 2~3배 부르는 경우가 있으
므로 반듯이 2~3곳을 둘러본 뒤 흥정
하고 사자. 아울러 호찌민에서 가장 혼
잡한 곳 중 하나임으로 소지품 분실에
주의한다.

교통 : 데탐 여행자 거리에서 벤탄 시
장 방향. 도보 11분
주소 : Đường Lê Lợi, Bến Thành,
Quận 1, Hồ Chí Minh
전화 : 028-3829-9274
시간 : 07:00~22:00
홈페이지 :
www.ben-thanh-market.com

롯데마트 Lotte Mart

베트남 곳곳에 분점이 있는 한국계 대
형할인매장이다. 여행객들은 보통 선물
용 베트남 커피나 차, 과자 등을 사기
위해 롯데마트에 들리는데 신선한 열대
과일이 있는 과일코너에도 관심을 가져
보자. 평소 맛보지 못했던 열대 과일이
지천으로 널려 있고 일부는 먹기 좋게
소량 포장되어 있다.

교통 : 데탐 여행자 거리에서 남쪽 롯
데마트 방향. 택시 12분
주소 : 469, Nguyễn Hữu Thọ,
Phường Tân Hưng, Quận 7, Hồ
Chí Minh
전화 : 028-3775-3232
시간 : 07:00~22:00
홈페이지 : http://lottemart.com.vn

비보 시티 SC Vivo City
호

찌민 시내 남쪽 푸미흥에 있는 대형
쇼핑센터다. 푸미흥은 신도시이자 한인
타운으로 이 때문인지 비보 시티 어느
곳에서도 한국말로 대화하는 한국 사람
들을 볼 수 있다. 주요 브랜드로는 찰
스&케이트, 스파 브랜드인 F.O.S과 톱
숍, 바타(구두), 다이소 등이 있다. 이
밖에 슈퍼마켓인 꿉마트, 게임센터, 복
합 영화관 CGV, 킹 BBQ, 핫포트 스
토리(전골) 등이 있는 식당가 등도 들
려볼 만하다.

교통 : 데탐 여행자 거리에서 남쪽 롯

데마트 지나 비보 시티 방향. 택시 17분 *롯데마트-비보 시티-크레센트몰 간 이동은 택시(비나선, 마이린)나 그랩 이용, 편리!

주소 : 1058 Nguyễn Văn Linh, Tân Phong, Quận 7, Hồ Chí Minh

전화 : 028-3776-1018

시간 : 10:00~22:00

홈페이지 : http://scvivocity.com.vn

크레센트몰 The Crescent Mall

호수 옆 초승달 모양의 건물이어서 크레센트몰이라 불리는 대형 쇼핑센터다. 층별로 GF층에 망고, 디젤, 리바이스, 2층에 프록스, 나이키, 3층에 F.O.S, 니노맥스, 4층에 양키 캔들, 툰스토어, 5층에 복합 영화관 CGV, 식당가, B1층에 자이언트 슈퍼마켓이 자리한다. 비보 시티와 같이 매장은 매우 넓어 둘러보기에 쾌적하고 식당가에서 식사하기도 괜찮다.

교통 : 데탐 여행자 거리에서 남쪽 크레센트몰 방향. 택시/그랩 20분

주소 : Phú Mỹ Hưng 101 Tôn Dật Tiên Tân Phú Quận 7, Ho Chi Minh

전화 : 028-5413-3333

시간 : 10:00~22:00

홈페이지 :
https://crescentmall.com.vn/en

*마사지

미우 미우 스파 1 Miu Miu Spa 1

레탄똔 거리에서 쯔만찐(Chu Mạnh Trinh) 골목으로 들어가면 마사지숍이 보인다. 인근에 곳의 분점이 있으니 가까운 곳을 이용하면 된다. 프론트에서 마사지를 선택하고 소지품은 보관함에 둔다. 이후 공용 마사지 룸으로 이동해 마사지를 받는다. 레탄똔 거리에서 골목 안쪽으로 일부 수상한(?) 마사지숍이 있으니 바가지 쓰지 않도록 주의할 것!

교통 : 데탐 여행자 거리에서 북동쪽 레탄똔 거리 방향. 택시/그랩 13분

주소 : 4 Chu Mạnh Trinh, Bến Nghé, Quận 1, Ho Chi Minh

전화 : 028-6659-3609

시간 : 09:30~23:30

메뉴 : 풋 마사지 32만 VND, 타이 마사지 40만 VND, 아로마 마사지 38만 VND, 패키지(풋+바디)~ 65만 VND 내외

홈페이지 : http://miumiuspa.com

마사지 엔조이 Massage Enjoy

레탄똔 거리에 있는 마사지숍으로 발 마사지와 전신 마사지 등 2개 메뉴가 있다. 발과 전신 마사지는 짧게 35분에서 길게 2시간까지 시간으로 구분된다. 스파나 훼이셜 같은 부대 서비스에 관심 없는 사람은 이곳에서 발이나 전신에 집중하기 좋다. 남성 마사지사가 불편한 여성 손님이라면 양해를 구하고 마사지사 교체를 요구해도 된다.

교통 : 데탐 여행자 거리에서 북동쪽 레탄똔 거리 방향. 택시 13분

주소 : 15B8 Lê Thánh Tôn, Bến Nghé, Quận 1, Ho chi minh

전화 : 028-3824-6902

시간 : 10:00~23:00

메뉴 : 풋 마사지 24만 VND, 바디 마사지 38만 VND 내외

홈페이지 : http://massageenjoy.com

사이공 헤리티지 스파 Saigon Herit-

age Spa&Massage club

한국 여행객에게도 잘 알려진 마사지숍이다. 메뉴는 발과 전신 마사지, 바디 스크럽, 훼이셜 케어, 발+전신 마시지인 패키지 등이 있다. 간단히 발 마사지나 전신 마사지를 받거나 좀 더 마사지를 즐기고 싶은 사람은 패키지를 이용해보는 것도 괜찮다. 마사지 후 팁을 주지 않아도 좋으나 만족했다면 2만 VND 정도 줘도 될듯!

교통 : 데탐 여행자 거리에서 북동쪽 하이바쯩 거리 방향. 택시/그랩 11분

주소 : 69 Hai ba trung, Quận 1, Ho Chi Minh

전화 : 028-6684-6546

시간 : 09:00~23:30

메뉴 : 골드 바디 마사지 34만 VND, 골드 풋 마사지 28만 VND, 바디 스크럽 60만 VND, 훼이셜 케어 55만 VND, 패키지~ 63만 VND 내외

홈페이지 : http://saigonheritage.com

마이 스파 My Spa

레탄똔 거리 인근에 있는 마사지숍으로 바디 마사지, 훼이셜 마사지, 스파 패키지로 운영된다. 며칠 머물며 전신 마사지를 받아보았다면 한번쯤 훼이셜 마사지를 받아보는 것도 괜찮다. 인근 하이바쯩 거리나 동커이 거리에서 마사지 호객을 하는 경우가 있으므로 주의! 길가 마사지숍에 가는 것이 제일 무난하고 안전!

교통 : 데탐 여행자 거리에서 북동쪽 하이바쯩 거리 방향. 택시/그랩 14분

주소 : 15C4 Thi Sách, Quận 1, Ho chi Minh

전화 : 098-997-3309

시간 : 10:00~23:30

메뉴 : 바디 마사지 32만 VND, 핫스톤 마사지 42만 VND, 훼이셜 42만 VND, 스파 패키지~ 116만~ VND 내외

홈페이지 : http://myspa.com.vn

꾸인누 137 풋 마사지 Quynh Nhu 137 foot Massage

벤탄 시장 인근에 있는 마사지숍으로

간판에 풋 마사지라 적혀있지만 메뉴는 발부터 전신까지 종합 마사지 하나밖에 없다. 카탈로그에 마사지 순서 사진이 있으므로 뺄 것은 빼도 된다. 마사지는 족욕부터 시작하고 마사지 중간에 핫스톤 마사지도 해준다. 별일 없지만 마사지 후 로커에 보관한 소지품이 다 있는지 확인한다.

교통 : 데탐 여행자 거리에서 동쪽 벤탄 시장 방향. 택시/그랩 4분 또는 도보 11분

주소 : 147-149 Hàm Nghi, Nguyễn Thái Bình, Quận 1, Hồ Chí Minh

전화 : 028-3821-7362

시간 : 10:00~23:00

메뉴 : 종합 마사지 90분 40만 VND 내외

홈페이지 : www.quynhnhu137.com

피우피우 스파 Piu Piu Spa

여행자 거리에서 가까운 곳에 있는 마사지숍이다. 데탐과 팜응우라오 거리에 여러 마사지숍이 있으므로 발 마사지 정도는 가까운 곳에서 받는 것이 낫다. 전신 마사지나 패키지를 원할 때 피우피우 스파로 가보자. 단, 저녁 시간 부이비엔 거리가 혼잡하므로 소지품 분실 주의!

교통 : 데탐 여행자 거리에서 부이비엔 거리로 간 뒤 우회전. 도보 4분

주소 : 133 Bùi Viện, Phạm Ngũ Lão, Quận 1, Hồ Chí Minh

전화 : 090-245-3079

시간 : 09:00~23:30

메뉴 : 풋 마사지 14만 VND, 타이 마사지 25만 VND, 솔트 스크럽 25만 VND, 머드 랩 25만 VND, 패키지~ 50만~80만 VND 내외

홈페이지 : www.piupiuspa.com

코코 스파 Coco Spa

뉴월드 사이공 호텔 내의 고급 스파다. 가격은 일반 마사지숍에 비할 바가 아니지만 시설과 서비스는 훨씬 좋다고 할 수 있다. 호텔 스파에서 단품 서비스를 받는 것은 아쉬운 일! 이왕이면

패키지로 발에서 전신까지 골고루 서비스를 받아보자.

교통 : 데탐 여행자 거리에서 뉴월드 사이공 호텔 방향. 도보 5분

주소 : 2F, 76 Lê Lai, Bến Thành, Quận 1, Hồ Chí Minh
전화 : 028-3829-4000(내선 2235)
시간 : 09:00~23:00
메뉴 : 풋 마사지 90만 VND, 시그니처 마사지 150만 VND, 바디 스크럽 80만 VND, 바디랩 85만 VND, 훼이셜 120만 VND, 패키지~ 170만 VND 내외
홈페이지 :
https://saigon.newworldhotels.com

*나이트라이프

〈공연〉
골든 드래건 수상인형극장 The Golden Dragon Water Puppet Theater

하노이 지역에서 시작된 베트남 전통 수상인형극을 공연하는 극장이다. 공연 내용은 베트남농촌의 일상을 다룬 모내기, 배 경주, 혼례, 소싸움 등을 소재로 한 17편으로 공연시간은 약 50분 정도. 무대 중앙 수조에 인형이 나와 움직이고 양편으로 악사들이 전통 악기를 연주한다. *역사 박물관 내에서도 수상인형극(5만 VND) 공연!
교통 : 데탐 여행자 거리에서 북쪽 골든 드래건 방향. 택시/그랩 7분
주소 : 55B Nguyen Thi Minh Khai, Ben Thanh, Quận 1, Hồ Chí Minh
전화 : 028-3930-2196
시간 : 화·금~일 18:30
요금 : 25만 VND
홈페이지 :
www.goldendragonwaterpuppet.vn

〈클럽〉
러시 Lush
호찌민에서 잘 알려진 클럽 중 하나로

내부는 DJ가 있는 댄스 플로어와 2층 테이블 좌석으로 나뉜다. 힙합, EDM 등 신나는 음악이 흘러나오고 댄스 플로어에 춤추는 사람들로 가득하다. 피크 시간은 밤 11시~01시 사이! 단, 과음하지 않도록 하고 모르는 사람이 주는 음료를 마시지 않는다.

교통 : 데탐 여행자 거리에서 북동쪽 러시 방향. 택시/그랩 13분
주소 : 2 Lý Tự Trọng, Bến Nghé, Quận 1, Hồ Chí Minh
전화 : 091-863-0742
시간 : 20:00~04:00(일 20:00~24:00)
휴무 : 월요일

〈비어클럽〉
킹덤 비어클럽 Kingdom Beer Club

비어클럽은 클럽보다 저렴하게 술 마시며 놀 수 있는 곳으로 대중적인 클럽이라고 보면 될듯. 여느 클럽처럼 DJ가 흥겨운 음악 틀어주고 플로어에서 춤추고 한다. 술 마실 사람은 2층 테이블 좌석에 자리를 잡으면 된다. 병맥주 몇 병 시켜 마시면 적당!

교통 : 데탐 여행자 거리에서 북동쪽 노트르담 성당 지나. 택시/그랩 12분
주소 : 236A Đ. Lê Văn Sỹ, Phường 1, Tân Bình
전화 : 092-523-6236
시간 : 24시간
홈페이지 : https://kingdomcorporation.vn

폭스 비어 클럽 Fox Beer Club

호찌민 유명 비어클럽 중 한 곳으로 현지인들이 많은 편이다. DJ가 신나는 음악 틀어주고 춤 출 사람은 자리에서 춤추고 테이블에서 술 마실 사람은 술 마시면 되는 곳! 초저녁보다 자정쯤, 평일보다 주말에 사람이 많다.

교통 : 데탐 여행자 거리에서 동쪽 클

럽 방향. 택시 6분

주소 : 11 Hàm Nghi, Nguyễn Thái
Bình, Quận 1

전화 : 093-897-5080

시간 : 16:00~24:00

〈라이브 뮤직〉

퐁짜콩뗀 Phòng Trà Không Tên

베트남 인기 가수가 출연하는 일종의
극장식 레스토랑이다. 홈페이지에서 날
짜별로 출연 가수를 알 수 있는데 베
트남식 전통 가요나 발라드 가수가 주
종을 이룬다.

교통 : 데탐 여행자 거리에서 북동쪽
벤탄 시장 방향. 택시 7분

주소 : 112 Đ. Lê Thánh Tôn,
Phường Bến Thành, Quận 1

전화 : 028-3827-3778

시간 : 21:15~23:15

홈페이지 :
www.phongtrakhongten.vn

〈루프톱바〉

사이공 사이공바 Saigon Saigon Bar

카라벨(Caravelle) 호텔 10층에 위치
한 루프톱바로 식사를 하며 호찌민 야
경을 즐기기 좋다. 주당이라면 주류
50% 할인되는 해피아워(16:00~19:00)
를 노려도 괜찮다. 수~일 21:00 이후
에는 라이브 공연이 자정 너머까지 이
어진다.

교통 : 데탐 여행자 거리에서 북동쪽
카라벨 호텔 방향. 택시 12분

주소 : 10F, 19/23 Lam Sơn,
phường 5, Quận 1

전화 : 08-3823-4999

시간 : 16:00~익일 01:00

메뉴 : 맥주, 칵테일, 요리

홈페이지 : www.caravellehotel.com

엠바 M. Bar

마제스틱(Majestic) 호텔 8층에 위치한 루프톱바다. 사이공강 조망하기 좋고 라이브 음악을 감상하며 식사를 즐겨도 괜찮다. 5층의 브리즈 스카이 바(Breeze Sky Bar)에서도 사이공강을 조망할 수 있으니 원하는 곳을 방문해 보자.

교통 : 데탐 여행자 거리에서 북동쪽 카라벨 호텔 방향. 택시 12분

주소 : 8F, 125 Nguyễn Huệ, Bến Nghé, Hồ Chí Minh,

전화 : 091-841-3322

시간 : 16:00~익일 01:00

메뉴 : 생맥주 9만9천 VND, 하이네켄 (병) 8만9천 VND, 칵테일 16만9천 VND, 요리 내외

홈페이지 :
http://majesticsaigon.com/m-bar

스리 레스토랑&라운지 Shri Restaurant&Lounge

독립궁(통일궁) 인근에 있는 레스토링 겸 라운지로 독립궁은 물론 멀리 비텍스코 타워도 조망하기 좋다.

에어360 스카이라운지 Air360 Sky Lounge

데탐 여행자 거리와 벤탄 시장 중간에 있는 루프톱바이다. *2023년 현재 휴업 중!

칠 스카이바 Chill Skybar

AB 타워 25층에 있어 호찌민 시내 조망이 뛰어난 곳! 17:30~21:30 라운지 음악, 21:30~02:00 힙합&EDM, 금요일 22:00~23:00 흥겨운 파티

교통 : 데탐 여행자 거리에서 북쪽 보도 5분

주소 : AB Tower, 76A Đ. Lê Lai, Phường Bến Thành, Quận 1, Thành phố Hồ Chí Minh

전화 : 0938-822-838

시간 : 17:30~익일 1시 30분
메뉴 : 맥주, 칵테일

부이비엔 워킹 스트리트 주점

데탐 여행자 거리 옆 부이비엔 워킹 스트리트에 비어클럽, 카페 등이 늘어서 있어 밤이면 불야성을 이룬다. 비어클럽에서 생맥주 한 잔하거나 꽁 까페에서 시원한 음료를 한 잔하며 거리 구경을 하기 좋다. 현지인이 많이 가는 주점은 좀 허름하고 목욕탕 의자가 있고 관광객이 많이 가는 주점은 화려한 편!

일부 비어 클럽에서 관광객에게 바가지를 씌우는 경우가 있으니 꼭 계산서를 확인하자. 현지인이 먼저 합석을 하자고 하는 경우 가급적 거절하고 트러블이 생겼을 경우 경찰의 도움을 받는다. 거리, 주점 혼잡하므로 소지품 보관 주의! 부이비엔 거리 아래쪽으로 갈수록 요주의 업소임.

교통 : 데탐 여행자 거리에서 부이비엔 거리 방향, 바로
주소 : 55 Bùi Viện, Phường Phạm Ngũ Lão, Quận 1, Hồ Chí Minh
시간 : 24시간(업소 별로 다름)
메뉴 : 맥주, 칵테일, 베트남/서양 음식

02 붕따우 Vung Tau

호찌민 남쪽의 반도로 항구이자 해변 여행지다. 프랑스 식민시절 총독과 관리를 위한 휴양지로 개발되어 동양의 진주로 불렸다. 베트남 전쟁 때에는 미군 휴양소가 있었고 전쟁 후에는 베트남 최고의 경공업 단지로 성장했다.

반도 끝의 거대한 예수상이 유명하고 남베트남 대통령 응우옌반티에우의 별장인 화이트하우스 같은 볼거리가 있다. 호찌민에서 붕따우까지 오가는 여객선이 있어 유람삼아 오기 좋고 붕따우 해변에서 시간을 보내도 괜찮다.

붕따우 스팟을 둘러볼 때는 스쿠터를 대여해 타고 다니는 것이 가장 편리하나 안전을 위해 반듯이 헬멧 쓰고 전방주시하고 과속하지 않으며 교통법규를 지킨다.

▲ 신투어리스트&여행자 거리
여행자 거리_15a Nam Kỳ Khởi Nghĩa, Thắng Tam, Tp. Vũng Tàu 일대 * 신투리스트 지점 없음

▲ 교통

1) 베트남 내에서 붕따우 가기

- 풍짱 버스 FUTA Bus
호찌민에서 붕따우까지 풍짱 버스가 수시로 운행한다. 풍짱 버스 이용시 데탐 여행자거리에서 픽업 가능.
시간 : 05:30~19:01, 수시로
요금 : 18만9천/25만9천 VND

- 보트 Boat
호찌민 페리터미널에서 붕따우 페리터미널까지 가는 고속 보트가 있다. 고속 보트는 퍼시픽(페트로) 익스프레스(Pacific Express), 비나익스프레스(Vina Express), 그린라인(Green Lines) 등의 회사에서 운영하고 매표는 신투어리스트에서 할 수 있다.
고속 보트는 수면에서 약간 떠서 가는 수중익선으로 호찌민과 붕따우를 1시간 15분 만에 연결한다. 붕따우 페리터미널 북쪽으로 화이트 팰리스와 호머이 공원, 남쪽으로 니엣반띤사와 예수 그리스도 조각상이 위치. 주말에는 사람 많으므로 막배 확인!

호찌민 페리터미널 Bến tàu khách Thành phố
붕따우행 외 근처 유람하는 배편도 운항! 호찌민 페리터미널 위쪽에 **박당 포**트(Bến Bạch Đằng) 위치.

교통 : 데탐 여행자 거리에서 호찌민 박물관·호찌민 페리터미널 방향. 택시/그랩 10분, 도보 30분
주소 : 5 Nguyễn Tất Thành, phường 12, Hồ Chí Minh
전화 : 090-904-3910 퍼시픽_064-3816-308, 비나_08-3829-7892, 그린_08-3821-8189
홈페이지 :
퍼시픽_https://taucaotoc.vn/en

붕따우 페리터미널 Bến tàu Cánh ngầm Vũng Tàu

호머이 포트(Bến Hồ Mây)라고도 함.

교통 : 붕따우 버스터미널에서 남서쪽, 붕따우 페리터미널 방향. 택시/그랩 8분

주소 : 120 Hạ Long, Phường 2,   전화 : 0122-269-6968
Tp. Vũng Tàu, Bà Rịa-Vũng Tàu

노선	출발 시간	요금(VND)
호찌민→붕따우	09:00 *신투어 외 08:30, 09:30, 11:30, 15:30	35만
붕따우→호찌민	14:00 *신투어 외 08:30, 10:30, 12:30, 14:30, 16:00	

 *신투어리스트 기준, 출발, 요금 등은 현지 상황에 따라 다를 수 있음. 2023년 현재 일부 선사 운항 중지 중!

- 시외버스

락자(20만 VND), 껀터(15만 VND), 벤쩨(9만 VND), 달랏(28만 VND), 하노이의 느억응엄 버스터미널(Bến xe Nước Ngầm 85만 VND), 호찌민의 미엔동 버스터미널(Bến xe Miền Đông,04:00~18:00 수시로, 9만5천 VND), 미엔떠이 버스터미널(Bến Xe Miền Tây,05:00~19:00, 수시로, 9만 5천 VND) 등에서 붕따우로 가는 버스가 있다.

붕따우 버스터미널 Bến xe Vũng Tàu
붕따우→호찌민 04:00~19:00, 20분 간격, 9만5천 VND 내외
주소 : Nam Kỳ Khởi Nghĩa, Thắng Tam, Tp. Vũng Tàu, Bà Rịa-Vũng Tàu
홈페이지 :
http://oto-xemay.vn/ben-xe/ben-xe-vung-tau-128.html

2) 붕따우 시내 교통

- 도보&자전거

예수그리스도상에서 바닷가 응인풍 곶

(Mũi Nghinh Phong)까지 걷기 좋으나 인근 **니엣반띤사, 바이싸우 해변**까지는 스쿠터, 차량을 이용하는 게 좋다. 붕따우 관광지는 조금씩 떨어져 있으므로 자전거로 다니기 적당하지 않다.

- 쎄옴

오토바이 택시로 요금은 대략 1km 1만 VND 정도이나 관광객이 이 가격에 타기는 쉽지 않다. 붕따우 볼거리를 모두 둘러보려면 하루 대절(20만 VND 내외)하는 것이 좋다. 쎄옴을 타기 전, 요금을 흥정하고 탄다. *그랩바이크가 있어 쎄옴은 없어지는 추세!

- 스쿠터

 붕따우 볼거리는 붕따우 반도 남쪽 해안을 따라 위치하므로 스쿠터를 타고 돌아보는 것이 가장 편리하다. 스쿠터 요금은 1일 8만~12만 VND(4~6 USD) 정도이고 휘발유 요금은 1리터(ℓ)에 2만 VND 정도이다. 스쿠터 타기 전 헬멧을 쓰고 운전 중 반듯이 전방주시와 풍경감상 금지, 저속만 지키면 안전운전을 할 수 있다.

- 택시

비교적 믿을만한 흰색의 비나썬(Vinasun, 028-38272727)과 녹색의 마이린(Mai Linh, 028-38383838) 택시를 이용한다. 비나썬이나 마이린 택시를 이용하더라도 미터를 사용하는지, 돌아가진 않는지 여부를 잘 살피고 팁은 주지 않아도 된다.

택시 기본 요금은 자동차 크기(소·중·대), 운행 시간에 따라 1만~1만5천 VND이고 1km 당 1만5천~1만8천 VND 추가된다. 택시미터 표시는 1,000단위임으로 탈 때 '10' 표시되어 있으면 1만 VND임. 붕따우 여행지를 모두 둘러보려면 택시 역시 반나절 대절(40만 VND 내외)하는 것이 좋다.

- 시내버스

붕따우 버스터미널에서 출발하는 4번, 6번, 22번 버스(쌔빗 Xe Buyt) 등이 있으나 붕따우 관광지로 바로 가는 것이 아니기 때문에 택시나 스쿠터가 더 유용하다.

▲ 여행 포인트

① 예수 조각상 전망대에서 붕따우 전망하기

② 백 해변에서 물놀이나 일광욕 즐기기

③ 화이트 팰리스에서 티에우 대통령의 흔적 찾아보기
④ 호머이 공원에서 케이블카 타고 놀 이기구도 이용해 보기
⑤ 붕따우에서 호찌민까지 보트로 이동해 보기

▲ 추천 코스

화이트 팰리스(밧딘)→호머이 공원→니엣반띤사→예수그리스도 조각상→응인퐁 곶→백 해변

*Tip_붕따우 여행은 대중교통이 불편하므로 택시 대절 또는 스쿠터를 이용하는 것이 편리!

예수그리스도상 Jesus Christ Statue, Tượng Chúa GiêSu KiTô Vua

붕따우 반도 남쪽 뇨산(Núi Nhỏ) 위에 세워진 예수 그리스도 조각상이다. 예수상은 1972년부터 건설되기 시작해 1993년 완료되었다. 예수상 입구에서 847개 계단을 오르면 리우데자네이루의 예수상과 같이 바다를 향해 두 팔을 벌리고 있는 붕따우 예수상이 보인다. 예수상의 높이는 32m, 양팔의 길이는 18.4m로 아시아에서 가장 큰 예수상 중 하나다.

예수상 내부 133개 계단을 통해 예수상 어깨 전망대까지 올라갈 수 있고 어깨 전망대에서 남쪽으로 붕따우 앞바다, 북쪽으로 붕따우 시내가 한눈에 들어온다. 내부 계단을 매우 비좁아 가방

이나 신발을 벗고 올라가야 하므로 귀중품이 있다면 일행과 교대로 올라간다. 예수상 외 가톨릭의 냐응엔 성당(Nhà nguyện Chapel)이 있고 정상에서 방공 포대와 대포도 볼 수 있다.
교통 : 붕따우 버스터미널에서 남쪽, 예수 그리스도 조각상 방향. 택시/그랩 10분
주소 : Thùy Vân, Phường 2, Tp. Vũng Tàu, Bà Rịa-Vũng Tàu
시간 : 조각상 내부_평일 07:15~11:30, 13:30~16:30(금 ~16:00), 휴무 토~일, 요금 : 무료

응인퐁 곶 Nghinh Phong cape, Mũi Nghinh Phong

붕따우 반도 남쪽에서 바다 쪽으로 삐쭉 나온 곳을 말한다. 곶 입구에서 시원한 바닷바람을 맞으며 걸어가면 능선에 들어서게 되고 능선에서 붕따우 앞바다가 한눈에 조망된다. 능선에서 바닷가까지 내려갈 수 있으나 바위에 미끄러지지 않도록 주의한다.
교통 : 예수 그리스도 조각상 입구에서

바로

주소 : Thành phố Vũng Tàu

니엣반띤사(涅槃精舍) The pagoda
Niet Ban Tinh Xa, Niết Bàn Tịnh xá

1969~1974년 세워진 불교 사원으로
니엣반띤은 열반(涅槃)을 뜻해 니르바
나(Nirvana)사원이라도 한다. 이곳은
붕따우에서 가장 큰 현대식(?) 사원 중
하나로 사원 내에서 3.5톤의 대종,
12m의 와불 등을 볼 수 있다. 사원을
찾는 현지인 중에는 어업 안전과 풍어
를 기원하는 사람이 많다.

교통 : 붕따우 버스터미널에서 남쪽,
니엣반띤사 방향. 택시/그랩 10분

주소 : Phường 2, Tp. Vũng Tàu,
Bà Rịa-Vũng Tàu

시간 : 07:00~18:00, 요금 : 무료

**화이트 팰리스 White Palace(Valla
Blanche), Bạch Dinh**
1898년 응우옌 왕조의 요새에 세워진
흰색 콜로니얼 양식의 건물이다. 외부
의 아치형 창문이 인상적이고 안으로

들어가면 1층에서 상아로 만든 장식품,
도자기, 2층에서 16세기 침몰한 무역
선에서 인양한 도자기과 화병, 티에우
대통령의 집무실과 침실 등을 살펴볼
수 있다.

이곳은 프랑스 식민시절 총독 별장으로
쓰였다가 베트남이 프랑스로부터 독립
후 남베트남의 마지막 대통령인 응우옌
반티에우(Nguyễn Văn Thiệu 1923~
2001년)의 별장으로 이용됐다.

응우옌반티에우는 사이공(호찌민) 함락
직진인 1975년 4월 21일 대통령직에
서 사임하였고 남베트남은 4월 30일
패망했다.

교통 : 붕따우 버스터미널에서 서쪽,
화이트 팰리스 방향. 택시/그랩 8분

주소 : 10, Trần Phú, Phường 1,
Tp. Vũng Tàu, Bà Rịa-Vũng Tàu

전화 : 064-3512-560

시간 : 07:30~17:30

요금 : 1만5천 VND

호머이 공원 Hồ Mây Park
붕따우 반도 남쪽 런산(Núi Lớn) 정상

에 위치한 테마파크로 화이트 팰리스 인근 케이블카역에서 케이블카를 타고 올라간다. 공원은 20헥타르(ha)의 방대한 부지에2개의 인공 호수, 폭포, 포대 화상(Đức Phật Di Lặc) 동상, 사찰, 롤러코스터와 회전목마, 바이킹, 오리배 같은 어트랙션, 짚라인 같은 액티비티, 수영장 등 다양한 시설을 갖추고 있다.

공원이 해발 250m 정상에 있고 연평균 기온 22-25℃로 선선해 여유를 갖고 머물기 좋다. 시간이 되면 밤에 붕따우 앞바다 야경을 즐겨도 괜찮다.

교통 : 붕따우 버스터미널에서 서쪽, 화이트 팰리스·호머이 공원 방향. 택시/ 그랩 8분

주소 : 1A Trần Phú, Phường 1, Thành phố Vũng Tàu

전화 : 064-3856-078

시간 : 07:30~23:00

요금 : 40만 VND(케이블카+트램+액티비티 포함) *18:00~22:00 10만 VND

홈페이지 : http://homaypark.com

백 해변(바이 사우) Back beach, Bãi Sau

붕따우 반도 남서쪽 약 10km에 달하는 해변으로 모래사장이 검게 보여 블랙 비치라고도 한다. 수심이 낮아 물놀이하기 좋으나 바람 부는 날이면 파도가 조금 있다. 해변이 매우 길어 한가한 편이고 해변에 레스토랑, 매점 등이 있어 간단한 식사하기 좋다. 좀 더 정결한 음식을 원한다면 해변과 인접한 길가 호텔 레스토랑으로 가면 된다.

교통 : 붕따우 버스터미널에서 남쪽, 투이번 해변·뉴웨이브 호텔 방향. 택시/ 그랩 8분

주소 : 151B Thùy Vân, Phường 2, Tp. Vũng Tàu, Bà Rịa-Vũng Tàu

〈투어〉

붕따우 투어 Vũng Tàu Tour

호찌민 남동쪽 붕따우를 둘러보는 투어다. 투어는 산 위 32m 높이의 예수 그리스도상, 바다 바람이 시원한 응인

풍 곶(Mũi Nghinh Phong), 블랙 비치라고도 불리는 백 해변 등을 들린다. 수심이 낮고 파도가 잔잔한 투이번 해변에서 물놀이하기 좋으니 수영복을 챙겨가는 것이 좋다.

시간 : 07:45~18:30
요금 : 64만9천 VND *교통, 점심 등 포함
신청 : 신투어리스트 또는 호찌민 여행사

☆여행 팁_베트남에서 스쿠터 안전 운전법

베트남은 스쿠터 천국이다. 거리에는 온갖 스쿠터가 돌아다니고 스쿠터는 옆, 뒤, 앞(역주행) 등 방향을 가리지 않고 끼어들기도 한다. 다행인 점은 제한 속도(시내 40km/h, 시외 60km/h 내외)가 높지 않다는 것이고 근교로 나가면 차량의 통행도 잦지 않다는 것이다. 우려할 점은 스쿠터 대여 시 대개 보험이 안 된다는 것이다. 따라서 교통법규를 지키고 자의든, 타의든 교통사고를 내지 않아야 한다.

사고 시 대여점과 호텔(숙소)에 전화를 걸어 도움을 청한다. 차량과 스쿠터가 많은 하노이, 호찌민에서는 스쿠터를 이용하지 않는 것이 좋고 후에, 다낭, 나트랑, 나트랑, 달랏, 무이네 등에서는 이용할 만하다. 단, 스쿠터 초보자라면 스쿠터 이용을 삼가고 어느 정도 **스쿠터 경험이 있는 사람만 이용**한다.

스쿠터 안전 운전법은 첫째, 꼭 **헬멧 쓰고 교통법규 준수, 현지 교통 습관 인지**! 둘째, 스쿠터 운전 중 **전방주시하고 절대 운전 중 풍경을 보지 않음**. 셋째, 시내는 20~30km/h, 근교는 30~40km/h로 운행. 근교는 바닥이 파인 곳이 있으므로 속도 내다가 사고 날 수 있음. 넷째, 1차선 가로 운행하되 흙이 덮인 갓길로 절대 운행하지 않음. 흙길에 미끄러지기 쉽다. 1차선 가로 서행하면 차량은 알아서 비켜 감. 다섯째, 항상 전후좌우에서 스쿠터가 튀어나올 수 있으므로 방어 운전을 한다. 여섯째, 방향 전환 시 깜빡이 켜고 가려는 방향으로 살짝 보고 천천히 방향을 전환한다. 방향 전환을 잊고 지나쳤다면 지나간 뒤 유턴하거나 횡단보도로 건너 방향 전환한다. 끝으로 자전거보다 조금 빨리 간다고 생각하면 사고 날 일이 없이 즐겁게 라이딩을 즐길 수 있다.

*레스토랑&카페

간하오 2 Ganh Hao 2

붕따우 유명 해산물 레스토랑 지점으로 하노이행 페리가 출발하는 여객선 터미널에 위치한다. 지점 북쪽에 본점(03 Trần Phú)이 있다. 메뉴는 게찜, 생선구이 같은 해산물 요리는 물론 쌀국수, 볶음밥 같은 요리도 있어 선택의 폭이 넓다.

교통 : 붕따우 버스터미널에서 남서쪽, 붕따우 여객선 터미널, 레스토랑 방향. 택시/그랩 8분

주소 : 9 Hạ Long, Phường 2, Tp. Vũng Tàu, Bà Rịa-Vũng Tàu

전화 : 0254-3577-777

시간 : 08:00~22:00

메뉴 : 게찜(GHẸ RANG ME), 생선구이(CA CHIM NƯƠNG MUÔI Ơ T), 쌀국수, 볶음밥(Cơm chiên), 훠궈(LẪU)

홈페이지 : http://ganhhao.com.vn

굿모닝 베트남 Good Morning Vietnam
붕따우 최초 이탈리안 셰프가 운영하는 이탈리안 레스토랑이다. 화덕에서 바로 굽는 피자가 바삭하고 크림 파스타가 고소하다. 든든한 것을 원한다면 두툼한 티본스테이크를 주문해도 좋고 여기

에 하우스 와인을 더하면 이보다 좋을 순 없다.

스테이크

비스트로 나인 Bistro Nine

붕따우 시내에서 유명한 프렌치 레스토랑이다. 프렌치 레스토랑이지만 음식이 프렌치인지, 양식인지는 의문! 메뉴는 스테이크, 햄버거, 피자 등 붕따우에서 양식이 땡긴다면 고고씽!
교통 : 붕따우 버스터미널에서 서쪽, 레스토랑 방향. 택시/그랩 6분
주소 : 9 Trương Vĩnh Ký, Phường 1, Thành phố Vũng Tàu
전화 : 0254-3511-571
시간 : 07:00~22:00 *휴무 월요일
메뉴 : 토스트, 팬케이크, 햄버거 등

교통 : 붕따우 버스터미널에서 남서쪽, 레스토랑 방향. 택시/그랩 5분
주소 : 6 Hoàng Hoa Thám, Phường 2, Tp. Vũng Tàu, Bà Rịa-Vũng Tàu
전화 : 0254-3856-959
시간 : 08:00~22:00
메뉴 : 피자, 파스타, 라자냐, BBQ,

*쇼핑

롯데마트 붕따우점 LOTTE Mart Vũng Tàu

붕따우 버스터미널 동쪽, 원형 로터리 방향에 있는 한국계 대형할인마트이다.

여행지에서 필요한 것이 있을 때 방문!
교통 : 붕따우 버스터미널에서 동쪽, 롯데마트 방향. 택시/그랩 3분, 도보 14분

주소 : Góc đường 3/2 và, Đường Thi Sách, Phường 8, Thành phố Vũng Tàu

시간 : 08:00~22:00

홈페이지 : http://lottemart.com.vn

☆여행 팁_베트남 맛집을 찾을 때 '트립어드바이저' 표시 참고

트립어드바이저(TripAdvisor)는 세계적인 호텔, 레스토랑 예약 및 리뷰 사이트이다. 이 사이트에서 해마다 평가가 좋은 호텔, 레스토랑, 항공, 관광지 등을 베스트로 선정하는데 베스트에 선정되면 '트립어드바이저 위너(TripAdvisor Winner)' 또는 '트립어드바이저 서티피케이트 오브 엑셀런스(TripAdvisor Certificate of Excellence)' 스티커가 발부된다.

베트남 여행자 거리에도 일부 레스토랑에 트립어드바이저 스티커가 붙은 것을 볼 수 있다. 이는 예전 TV예능 프로그램 〈1박 2일〉이 한참 인기 있을 때 '1박 2일에 나온 집'이라고 광고하는 것과 비슷한 효과를 낸다. 단, 여러 사람의 리뷰에 의해 맛집으로 평가된 것이지만 내 입맛에는 맞지 않을 수 있다. 또한, 여행자 거리의 손님 많은 웬만한 식당은 모두 트립어드바이저 스티커가 있어 어디까지 믿어야 할지도 의문. 그런데도 맛집에 대한 정보가 전혀 없다면 트립어드바이저 표시가 도움이 된다. 그냥 손님 많은 집이 맛집이라고 생각하는 것도 하나의 방법!

트립어드바이저_www.tripadvisor.co.kr

03 미토 · 벤쩨 · 빈롱 · 껀터(메콩델타) My Tho · Ben Tre · Vinh Long · Can Tho(Mekong Delta)

메콩강 하류의 삼각주로 중앙 직할시 껀터와 미토의 띠엔장, 벤쩨, 빈롱 등 12개의 성이 자리한다. 메콩강은 티베트 고원에서 발원해 라오스, 태국, 캄보디아를 거쳐 베트남에 도착하고 이곳에서 여러 갈래로 나눠져 삼각주를 이룬다. 이 지역은 원래 참파 왕국의 참족과 캄보디아 사람들이 혼재되어 살았던 곳으로 캄보디아에 속했다가 18세기 베트남 땅이 되었다.

메콩강의 퇴적토는 쌀농사에 최적이어서 베트남 쌀 생산의 60%를 차지한다고 한다. 투어를 통해 메콩강 지류를 유람하고 열대 과일 농장, 코코넛캔디 공방 등이 있는 섬을 들리기도 한다.

▲ 신투어리스트&여행자 거리
시내_미토 시장 / 벤쩨 시장 / 빈롱 시장 / 껀터 36 Hòa Bình, An Cư, Ninh Kiều, Cần Thơ 일대 *신투어리스트 지점 없으나 군소 여행사 또는 호텔에 문의할 수 있어 불편 적음.

▲ 교통

1) 베트남 내에서 미토 · 벤쩨 · 빈롱 · 껀터(메콩델타) 가기

- 항공

하노이에서 껀터, 다낭에서 껀터까지 베트남에어라인, 비엣젯에어 같은 항공사가 운항하고 때때로 푸꾸옥-껀터 노선도 운항하나 편수가 적어 공항 이용도가 떨어진다. 껀터 국제공항은 껀터 시내에서 북서쪽에 위치하고 택시로 20분 소요된다.

껀터 국제공항 Can Tho International Airport, Sân bay Quốc tế Cần Thơ

주소 : 179B Võ Văn Kiệt, Bình Thủy, Trà An Bình Thủy Can Tho
전화 : 0292-3844-301
홈페이지 :
www.vietnamairport.vn/canthoairport

- 시외 버스
· 미토 Mỹ Tho
호찌민의 미엔떠이 버스터미널(Bến

Xe Miền Tây, 00:00~23:00, 수시로, 3만2천 VND)에서 미토로 가는 버스가 있다. 소요시간은 2시간. 미토-껀터는 04:30~18:00, 1시간 간격, 3시간 소요, 7만 VND, 미토-벤쩨는 시내버스_05:00~18:30, 1시간 간격, 1만 5천 VND. 미토 버스터미널은 띠엔장 버스터미널(Bến Xe Tiền Giang)이라 하고 시내 북서쪽에 위치한다. 택시 2만 VND 내외

띠엔장 버스터미널 Bến Xe Tiền Giang

주소 : 42 Ấp Bắc, Phường 10, Thành phố Mỹ Tho, Tiền Giang

전화 : 073-3955-152
홈페이지 :
http://oto-xemay.vn/ben-xe/ben-xe-tien-giang-207.html

· 벤쩨 Bến Tre
하띠엔(13만 VND), 판티엣(12만 VND), 붕따우(9만 VND), 호찌민의 미엔떠이 버스터미널(Bến Xe Miền Tây, 05:00~19:00, 수시로, 7만5천 VND) 등에서 벤쩨로 가는 버스가 있다. 벤쩨-껀터는 13:00, 7만5천 VND, 벤쩨-미토는 1번 버스, 수시로, 1만5천 VND. 벤쩨 버스터미널은 벤쩨 시내 북서쪽에 위치, 시내까지 택시 10분

벤쩨 버스터미널 Bến Xe Bến Tre

주소 : QL60, Sơn Đông, Tp. Bến Tre, Bến Tre
홈페이지 :
http://oto-xemay.vn/ben-xe/ben-xe-ben-tre-133.html

· 빈롱 Vĩnh Long
박리에우(Bạc Liêu), 호찌민의 미엔떠이 버스터미널(Bến Xe Miền Tây, 04:30~18:00, 수시로, 9만5천 VND, 풍짱버스 09:00, 17:30) 등에서 빈롱으로 가는 버스가 있다. 빈롱-껀터는 구버스터미널에서 시내버스, 05:30~18:00, 30분 간격, 2만3천 VND. 빈롱 버스터미널은 빈롱 시내에서 바로.

빈롱 버스터미널 Bến xe TP Vĩnh Long

주소 : Phường 1, Vĩnh Long
홈페이지 :
http://oto-xemay.vn/ben-xe/ben-xe-vinh-long-210.html

· 껀터 Cần Thơ
하노이의 느억응엄 버스터미널(Bến Xe Nước Ngầm, 90만), 쩌우독(10만5천 VND), 랏자(10만5천 VND), 붕따우(15만 VND), 벤쩨(13:30, 7만5천 VND), 호찌민의 미엔떠이 버스터미널 (Bến Xe Miền Tây, 풍짱버스

00:00~23:00, 수시로, 11만 VND), 딴부오이 버스터미널(Bến Xe Thành Bưởi, 13만 VND), 응아뜨가 버스터미널(Bến xe Ngã tư Ga, 07:30, 9만 VND) 등에서 껀터로 가는 버스가 있다. 호찌민에서 껀터까지 약 5시간 소요. 미토-껀터는 04:30~18:00, 1시간 간격, 3시간 소요, 7만 VND, 껀터-빈롱은 시내버스 05:30~18:00, 30분 간격, 2만3천 VND. 껀터 버스터미널

은 껀터 시장 서쪽에 위치. 택시 14분

껀터 버스터미널 Bến Xe Khách Cần Thơ
주소 : 36 Đ. Nguyễn Văn Linh, Khu dân cư 91B, Ninh Kiều, Cần Thơ
홈페이지 :
http://oto-xemay.vn/ben-xe/ben-xe-91b-can-tho-821.html

2) 미토 · 벤쩨 · 빈롱 · 껀터(메콩델타) 시내 교통

- 도보

미토 시내의 미토 시장, 빈짱사, 벤쩨 시내의 벤쩨 시장, 빈롱 시내의 빈롱 시장, 껀터 시내의 껀터 시장, 광동 회관, 껀터 박물관 정도 도보로 다닐 수 있다.

- 스쿠터

스쿠터 요금은 1일 8만~12만 VND(4~6 USD) 정도이고 휘발유 요금은 1리터(ℓ)에 2만 VND 정도이다. 휘발유는 옥탄가에 따라 RON 95와 92가 있는데 아무것이나 넣어도 상관없다. 주유소가 없는 곳에서 기름이 떨어졌다면 상점에서 됫병(1ℓ)으로 파는 기름을 넣어도 상관없다. 스쿠터는 호텔(숙소) 내에서 빌리는 것

보다 대여점에서 빌리는 것이 더 저렴하고 스쿠터를 타기 전 스쿠터 상태를 사진으로 찍어 둔다. 스쿠터 이용 시 꼭 헬멧을 쓰고 보통 보험이 없으므로 교통법규를 지키며 과속하지 않는다. 사고 시 대여점과 호텔에 전화를 걸어 도움을 청한다. 스쿠터 운행 시 **전방주시(운행 중 풍경 감상 금지), 저속 운전**이면 큰 문제가 없다.

- 택시

비교적 믿을만한 흰색의 비나썬(Vinasun, 028-38272727)과 녹색의 마이린(Mai Linh, 028-38383838) 택시를 이용하고 이들 택시 없으면 호텔에서 불러주는 택시를 이용한다. *메콩델타 같은 소도시에서는 택시 보기

쉽지 않음.

- 그랩

그랩(Grab)은 스마트폰 호출 승용차(그랩 카) 또는 오토바이(그랩 바이크) 서비스이다. 음식을 배달해 주는 서비스(그랩 푸드)도 있다. 그랩 요금은 택시와 비슷하다. 그랩은 주로 시내에서 운영되어 시외로 나가면 부르기 힘드니 참고! *메콩델타 같은 소도시에는 그랩이 운영되지 않을 수 있음.

- 보트&현지 투어
· 미토
미토에서 보트를 대절해 메콩강 일대를 둘러볼 수 있는데 대절비는 보트에 따

라 3~4시간, 30~40만 VND. 미토의 여행사인 띠엔장 투어리스트의 메콩델타 투어(17만 VND)에 참가하면 호찌민에서 출발한 팀에 합류한다. 그 밖의 여행 상품은 띠엔장-빈롱-껀터투어(121만 VND), 떠이썬 섬 투어(59만 VND), 떠이썬 섬&풍 섬 투어(67만 VND), 반딧불 투어(57만 VND), 리버 크루즈&호스카트 라이딩(64만 VND) 등. 미토 선착장에서 떤롱 섬으로 가는 연락선이 수시로 운항된다.

띠엔장 투어리스트 Tien Giang Tourist
주소 : 63 đường Trưng Trắc, Phường 01, Tp. Mỹ Tho, Tiền Giang
전화 : 0273-3874-324, 0932-89-6699
홈페이지 : http://tiengiangtourist.com

· 빈롱
빈롱 선착장에서 강 건너 안빈(An Bình)까지 연락선(1천 VND)이 수시로 운항된다. 까이베 수상시장을 둘러보기 위한 개별 보트 대절은 40만 VND 내외. 빈롱의 여행사인 끄으롱 투어리스트에서 진행하는 자전거 투어(THE RHYTHM OF RURAL LIFE, BYGONE DAYS), 까이베 투어, 메콩델타 투어, 홈스테이 투어 등에 참여할 수도 있다.

끄으롱 투어리스트 Cửu Long Tourist

주소 : 1 Đường 1 Tháng 5, P. 1,
TP. Vĩnh Long, Vĩnh Long
전화 : 0270-3823-529, 070-382-3616
홈페이지 :
http://cuulongtourist.com/en

· **껀터**

까이랑 수상 시장을 둘러보기 위해 닌
끼에우 선착장(Bến Ninh Kiều)에서
개별적으로 보트를 대절할 수 있다. 대
절비는 3시간 30만 VND 내외. 껀터
의 여행사인 껀터 투어리스트의 까이랑
수상시장 투어, 퐁디엔 수상시장 투어
에 참여해도 괜찮다.

껀터 투어리스트 Can Tho Tourist

주소 : 50 Hai Bà Trưng, Tân An,
Cần Thơ
전화 : 0292-3821-852

▲ **여행 포인트**

① 미토 시장, 빈짱사 둘러보기
② 미토 떠이썬 섬과 벤쩨 퐁 섬의 과
일 농장 살펴보기
③ 까이베 수상시장 둘러보기
④ 빈롱 시장에서 열대 과일 쇼핑하기
⑤ 껀터 시장, 까이랑 수상시장 가보기

▲ **추천 코스**

1일 미토~벤쩨_미토 시장→빈짱사→떠
이썬 섬
2일 까이베~빈롱_까이베 수상시장→빈
롱 시장

*Tip_메콩델타는 개인적으로 오기보다
투어로 오는 것이 편하다. 하루 더 시
간 있으면 껀터~까이랑 수상시장을 둘
러봐도 좋다.

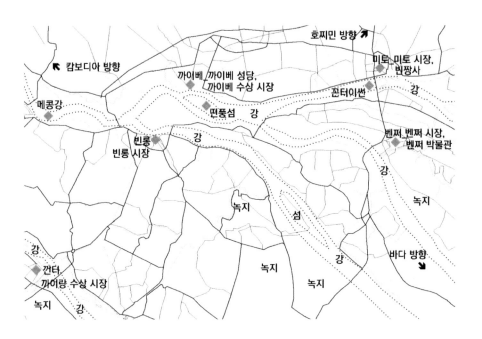

메콩강

빈롱
빈롱 시장

깐터
까이랑 수상 시장

녹지

강

까이베 까이베 성당,
까이베 수상 시장

떠풍섬 강

녹지

섬

녹지

녹지

캄보디아 방향

강

호찌민 방향

미토 미토 시장,
빈짱사

꼰터이썬

벤쩌 벤쩌 시장,
벤쩌 박물관

강

녹지

강

바다 방향

〈미토(Mỹ Tho)〉

미토는 띠엔장성(Tinh Tiền Giang)의 성도로 호찌민 남서쪽 약 74km 떨어진 메콩(띠엔장)강가에 위치한다. 미토 시내에서 메콩강에서 잡은 생선과 건어물이 볼만한 미토 시장, 유럽 대저택 외관의 불교 사원인 빈짱사가 볼만하고 선착장에서 보트를 타고 코코넛 농장이 있는 꼰터이썬(Còn Thời Sơn)이나 롱안 농장이 있는 꼰떤롱(Còn Tân Long)으로 넘어 갈수도 있다. 개인적으로 왔다면 선착장에서 섬으로 가는 보트를 대여하거나 현지 투어에 참여해야 하므로 호찌민에서 메콩델타 미토-벤쩌 투어로 오는 것이 편리하다.

교통 : 호찌민 미엔떠이 버스터미널(Bến Xe Miền Tây)에서 버스 이용, 띠엔장(미토) 버스터미널(Bến Xe Tiền Giang) 도착 후 택시 이용, 미토 시내 도착
주소 : Nguyễn Huệ, Phường 1, Thành phố Mỹ Tho, Tiền Giang
투어 : 메콩델타 미토-벤쩌 투어 49만 9천/69만9천 VND

≫미토 시장 My Tho Market, Chợ Mỹ Tho
미토 시내 서쪽 바오딘(Bảo Định) 운하가에 위치한 재래시장이다. 여느 재

래시장처럼 시장에서 의류, 신발, 잡화, 열대 과일 등이 보이나 시장의 하이라이트는 메콩강과 바다에서 잡힌 다양한 생선이다. 생선을 말린 건어물도 많으니 쾌쾌한 냄새를 맡으며 둘러보자. 시장을 둘러싼 노점에서 음료나 간단한 간식을 사먹어도 즐겁다.

교통 : 미토 시내에서 5분 내외
주소 : Nguyễn Huệ, Phường 1, Thành phố Mỹ Tho, Tiền Giang
전화 : 090-700-7073
시간 : 06:00~18:00

≫빈쨩사(永長寺)　　Vinh　Trang Pagoda, Chùa Vĩnh Tràng
1850년 세워진 불교 사원으로 유럽 대저택을 닮은 외관 때문에 메콩델타에

서 가장 유명한 사원이기도 하다. 사원 안으로 들어가면 광장에 분재가 늘어서 있고 분재 뒤로 아치형 창이 있는 대웅보전 건물이 자리한다. 대웅보전 안에 60여개의 크고 작은 불상이 있고 대웅보전 옆에는 대형 관음상과 포대화상(Bố Đại) 동상이 놓여있다.

교통 : 미토 시장 앞에서 우회전 응우옌후에(Nguyễn Huệ) 직진 후, 우회전 다리 건너 좌회전, 도보 18분
주소 : Nguyễn Trung Trực, Xã Mỹ Phong, Thành phố Mỹ Tho, Tiền Giang
전화 : 090-700-7073
시간 : 09:0011:30, 13:30~17:00
요금 : 무료

≫꼰터이썬 Còn Thới Sơn Island(Unicorn Island), Còn Thới Sơn

미토의 섬 중 가장 큰 섬으로 미토 시내에서 메콩강 건너편에 있는데 보트로

가거나 섬을 가로지르는 락미에우-닙 띠엔장 다리(Cầu Rạch Miễu-nhịp Tiền Giang)를 건너간다. 섬은 보통 코코넛을 비롯한 열대과일 농장, 벌꿀 농장 등으로 이용되지만 일부는 관광객을 위한 레스토랑, 기념품점 등도 운영된다. 투어로 오면 2013년 유네스코 인류무형유산으로 선정된 남베트남 전통음악인 연까따이뜨(Đàn Ca Tài Tử) 공연을 볼 수 있다. 이 섬 외 미토 시내 바로 남쪽의 꼰떤롱(Còn Tân Long, Dragon Island)섬은 미토에서 보트로 갈 수 있고 섬의 대부분은 열대 과일 농장으로 이용된다.

교통 : 미토 선착장에서 보트 또는 승용차 이용

주소 : Thới Sơn, Thành phố Mỹ Tho, Tiền Giang

〈벤쩨(Bến Tre)〉

벤쩨는 벤쩨성(Tỉnh Bến Tre)의 성노다. 벤쩨성은 미토 남쪽, 메콩강(띠엔장), 바라이강(Sông Ba Lai), 함르엉

강(Sông Hàm Luông), 꼬찌엔강(Sông Cổ Chiên) 유역에 자리한다. 벤쩨 시내에서 콜로니얼 양식의 벤쩨

박물관(Bảo tàng tỉnh Bến Tre), 다양한 생선을 볼 수 있는 벤쩨 시장 Chợ Bến Tre) 등을 가볼 수 있다. 메콩델타 미토-벤쩨 투어로는 벤쩨 시내에 올 일없이 미토와 인접한 꼰풍(Cồn Phụng, Phoenix Island) 섬에서 메콩델타의 전통가옥, 코코넛 캔디 공장, 기념품점 등을 둘러보는 것에 그친다.

교통 : 호찌민 미엔떠이 버스터미널(Bến Xe Miền Tây)에서 버스 이용, 띠엔장(미토) 버스터미널(Bến Xe Tiền Giang) 도착 후 벤쩨행 버스 이용
주소 : Hùng Vương, Phường 3, Tp. Bến Tre, Bến Tre
투어 : 메콩델타 미토-벤쩨 투어 49만 9천/69만9천 VND

〈빈롱(Vĩnh Long)〉

빈롱은 빈롱성(Tỉnh Vĩnh Long)의 성도로 빈롱 시내는 벤쩨 서쪽, 꼬찌엔강(Sông Cổ Chiên)가에 자리한다. 빈롱 선착장 인근에 규모가 큰 빈롱 시장이 있고 남동쪽 인민위원회 청사 건너편에 바다의 수호신 티엔허우 사원이 위치하나 호찌민 쩌런의 티엔허우 사원에 비하 바가 못 된다. 메콩델타 까이베 수상시장-빈롱 투어로 오면 티엔허우 사원 갈 시간이 없고 빈롱 시장 정도 둘러볼 시간이 된다.
교통 : 호찌민 미엔떠이 버스터미널(Bến Xe Miền Tây)에서 버스 이용, 껀터(Cần Thơ) 도착. 껀터에서 버스 이용, 빈롱 도착
주소 : Nguyễn Văn Nhã, Phường 1, Tp. Vĩnh Long, Vĩnh Long
투어 : 메콩델타 까이베 수상시장-빈롱 투어 64만9천 VND

≫빈롱 시장 Chợ Vĩnh Long

빈롱에서 가장 큰 재래시장으로 도시에 비해 시장 규모가 크다. 몇몇 특화 시장에서 식품, 건어물, 과일, 채소, 농기계, 전자제품, 의류, 신발 등을 중점적으로 판매하고 시장 주위에도 채소, 과일 노점이 늘어서 있다. 생선 시장은

못탕남(Một Tháng Năm) 거리에 있는데 메콩강과 바다에서 잡힌 다양한 물고기를 커다란 함석 쟁반 그릇에 올려놓고 판매한다. 노점에서 판매하는 열대 과일이 저렴하니 간식용으로 구입해도 좋다.

교통 : 빈롱 선착장에서 빈롱 시장 방향, 도보 2분
주소 : Nguyễn Văn Nhã, Phường 1, Tp. Vĩnh Long, Vĩnh Long
전화 : 096-969-1117
시간 : 06:00~20:00

〈까이베(Cái Bè)〉

까이베는 띠엔장성 내 까이베 현(Huyện Cái Bè)의 현도로 까이베 시내는 빈롱 북동쪽 도시로 메콩강(띠엔장)가에 위치한다. 까이베에서는 까이베 관광부두(Bến Du Lịch Cái Bè)에서 보트를 타고 까이베 수상시장을 둘러보거나 까이베 관광부두 동쪽, 1896년 설립된 까이베 성당(Church Cai, Nhà Thờ Cái Bè)에 다녀올 수 있다. 현 까이베 성당은 1929~1932년 건축되었는데 첨탑이 52m로 띠엔장 지역에서 가장 높다. 메콩델타 까이베-빈롱 투어로는 보트를 타고 까이베 수상시장, 열대 과일 농장이 있는 떤풍 섬(Tân Phong)을 거쳐 강을 따라 빈롱으로 간다.
교통 : 호찌민의 VP 팜응우라오(VP Phạm Ngũ Lão)에서 한 카페(여행사) 버스 이용, 까이베 버스터미널(Bến Xe Cái Bè) 도착 / 빈롱에서 보트 1시간
주소 : tt. Cái Bè, Cái Bè District, Tiền Giang
투어 : 메콩델타 까이베-빈롱 투어 64

만9천 VND

≫까이베 수상시장 Cai Be Floating Market, Chợ Nổi Cái Bè

까이베 시내에서 메콩강으로 나가는 지류 형성된 수상시장이다. 강 위에 살림집 겸 상점으로 쓰이는 배들이 떠 있는데 배에 세워진 대나무에 매단 파인애플, 망고 같은 열대 과일이나 오이, 호박 같은 채소가 판매 품목을 나타낸다. 수상 시장은 새벽부터 아침까지 분주하고 한낮에는 한가한데 투어로는 이른 아침에 둘러보기 힘들다. 아울러 보트에 주유하기 위한 주유소가 지류가에 있어 눈길을 끈다.

교통 : 까이베 관광부두에서 보트 5분
주소 : tt. Cái Bè, Cái Bè District,
Tiền Giang

≫떤풍섬 Tân Phong

까이베 수상시장 남쪽의 섬으로 띠엔장
성 내 까이러이(Cai Lậy) 현에 속한다.
섬은 대부분 열대 과일 농장으로 이용
되고 일부 관광객을 위한 벌꿀 상점,
라이스페이퍼 작업장, 코코넛 캔디 상
점, 레스토랑 등으로 운영된다.
교통 : 까이베에서 보트 이용
주소 : Tân Phong, Cai Lậy, Tien
Giang

〈껀터(Cần Thơ)〉

베트남 5대 직할시 중 4위 규모의 직
할시로 메콩델타의 수도 역할을 하는
곳이다. 껀터에서 지역 유물을 전시하
는 껀터 박물관, 있는 것 있고 없는 것
은 없는 껀터 시장, 광둥 회관(Chùa
Ông, Hội quán Quảng Đông), 메콩
델타에서 가장 큰 수상 시장인 까이랑
수상시장 등을 둘러볼 수 있다. 개인적
으로 오면 껀터에서 까이랑 수상시장
가기 위한 보트를 대여하거나 현지 투
어에 참여해야 하므로 호찌민에서 투어
로 오는 것이 편하다. 메콩델타 벤쩨-
껀터-까이랑-빈롱 투어로는 벤쩨를 거
쳐 껀터에서 1박하고 2일째 까이랑 수

상시장, 빈롱을 들린다.
교통 : 호찌민 미엔떠이 버스터미널
(Bến Xe Miền Tây)에서 버스 이용,
껀터(Cần Thơ) 도착.
주소 : 1 Hòa Bình, Tân An, Cần
Thơ

≫까이랑 수상시장 Cai Rang Floating Market, Chợ nổi Cái Răng

껀터 시내 남서쪽, 껀터강(Sông Cần
Thơ)에서 열리는 수상시장으로 메콩델
타에서 가장 큰 규모를 자랑한다. 메콩
델타는 메콩강 하류 퇴적지로 열대 과
일, 채소, 쌀 등의 재배에 최적이고 메

콩강과 인근 바다는 다양한 생선과 해산물을 선사해준다. 이 때문에 수상시장에서 열대 과일, 채소, 쌀, 생선 등 다양한 상품이 넘쳐난다.

교통 : 껀터에서 보트 이용, 40~50분 / 껀터에서 택시 이용

주소 : An Bình, Cái Răng, Cần Thơ

〈투어〉

메콩델타 미토-벤쩨 투어 Mekong Delta Mỹ Tho-Bến Tre Tour

호찌민에 가까운 미토(Mỹ Tho)와 벤쩨(Bến Tre)를 둘러보는 투어다. 메콩델타는 베트남 남서부 메콩강 하류의 삼각주를 말하는데 이곳은 영양이 풍부한 퇴적지여서 최적의 쌀, 열대과일, 채소 등을 재배지로 알려져 있다. 이곳의 쌀 생산량은 베트남 전체의 60%에 달한다. 투어는 미토에서 보트 타고 메콩강 건너 꼰터이썬(Cồn Thới Sơn) 섬으로 건너가 베트남 남부 전통음악인 연까따이뜨(Đàn Ca Tài Tử) 공연을 관람한 뒤 열대 과일 농장에서 과일을

시식하고 꼰풍(Cồn Phụng) 섬으로 건너가 꿀벌 농장, 코코넛 캔디, 라이스페이퍼 작업장 등을 보는 것으로 마무리된다. *메콩델타는 개인적으로 둘러보기 어려우므로 투어 추천!

시간 : 08:15~17:00

요금 : 49만9천/69만9천 VND *교통, 점심 등 포함

신청 : 신투어리스트 또는 호찌민의 여행사

메콩델타 까이베 수상시장-빈롱 투어 Mekong Delta Cái Bè Floating Market-Vĩnh Long Tour

메콩델타 인기 투어로 까이베 수상시장과 빈롱을 둘러보는 투어다. 메콩델타 투어의 핵심은 메콩강 섬의 열대 과일 농장과 꿀벌 농장, 수상시장, 메콩강 수상시장, 메콩델타 도시의 재래시장 등을 둘러보는 것이다. 이 투어에서도 까이베에서 보트 타고 까이베 수상시장을 보고 떤풍섬(Tân Phong)에서 꿀벌 농장, 코코넛 캔디 작업장 등을 들린 뒤, 빈롱의 재래시장을 살피는 것으로 마무리된다.

시간 : 07:00~18:00

요금 : 64만9천 VND *교통, 점심 등 포함

신청 : 신투어리스트 또는 호찌민의 여행사

〈기타 투어〉

투어	개요	시간	요금 (VND)
메콩델타_벤쩨-껀터-까이랑-빈롱 1박2일 Mekong Delta_Ben Tre-Can Tho-Cai Rang-Vinh Long	벤쩨_꼰풍섬, 껀터_껀터박물관, 까이랑 수상시장, 빈롱_재래시장	1박2일	299만
메콩델타_캄보디아 종착 Mekong Delta_Ending In Phnompenh	까이베 수상시장, 빈롱_재래시장, 쩌우독, 프놈펜(수로 입국)	1박2일	182만

*신투어리스트 기준, 투어는 현지 상황에 따라 변경될 수 있음

3. 무이네 · 달랏 · 나트랑 지역
01 무이네(판티엣) Mui Ne(Phan Thiet)

베트남 남부의 해변 지역으로 나트랑과 호찌민 사이에 위치한다. 약 10km에 이르는 해변을 따라 리조트와 호텔이 늘어서 있어 해변 여행지를 형성하고 있다. 무이네 해변은 바람이 잘 불어 카이트 서핑이나 서핑이 인기이고 끝없이 이어진 해변을 산책해도 괜찮다.

무이네 북동쪽에는 바람에 의해 침식된 모래 언덕이 있어 마치 사막을 연상케 한다. 사막은 모래 색깔 또는 해가 뜰 때와 질 때의 모습에 따라 화이트 샌드듄과 레드(옐로우) 샌드듄으로 나뉘나 샌드듄 투어를 하며 이곳들을 모두 둘러보게 된다.

이밖에 모래밭 위로 흐르는 시냇물인 쑤오이띠엔, 대나무 배를 볼 수 있는 어촌 등의 볼거리가 있다. *판티엣 시내는 무이네 서쪽!

▲ 신투어리스트&여행자 거리
신투어리스트_144 Nguyễn Đình Chiểu, khu phố 2, Hàm Tiến, Tp. Phan Thiết, 0252-3847-542, 여행자 거리_신투어리스트 일대

▲ 교통

1) 베트남 내에서 무이네 가기

- 오픈 버스

나트랑(냐짱), 달랏, 호찌민(사이공)에서 무이네로 가는 오픈(여행사) 버스가 있다. 나트랑에서 무이네는 8시 출발해, 5시간 소요, 달랏에서 무이네는 7시 30분, 13시 출발해, 4시간 소요, 호찌민에서 무이네는 8시, 14시 출발해, 5시간 30분 소요된다. 요금은 좌석 버스 또는 슬리핑 버스에 따라 조금 다를 수 있다.

베트남 중남부는 **풍짱 버스(Phong Trang Bus)**가 활발히 운행되므로 풍짱 버스를 이용해보는 것도 좋다. 풍짱 버스로 호찌민에서 무이네까지는 06시~23시45분, 수시로 출발한다.

신투어리스트 기준, 출발·도착지는 신투어 사무실 인근임.

신투어리스트_ www.thesinhtourist.vn

풍짱 버스_https://futabus.vn

노선	출발 시간(소요 시간)	요금 (VND)
나트랑(Nha Trang) →무이네(Mui Ne)	08:00 ←13:30(5시간)	24만9천
달랏(Da Lat) →무이네(Mui Ne)	07:30, 13:00 ←07:30, 12:30(4시간)	31만9천
호찌민(Ho Chi min) →무이네(Mui Ne)	08:00, 14:00 ←14:00(5시간 30분)	24만9천
호찌민(Ho Chi min) →무이네(Mui Ne) *풍짱 버스	06:00~23:45(5시간)	24만2천

*신투어리스트 기준, 출발, 도착, 소요 시간, 요금은 현지 사정에 따라 다를 수 있음 / ←표시는 반대 노선.

- 철도

호찌민(사이공)에서 판티엣으로 가는 완행 SPT2 기차를 이용할 수 있다. 기차번호는 판티엣→호찌민은 SPT 홀수, 호찌민→하노이는 SPT 짝수임. 호찌민→판티엣 기차 시간은 SPT2 06:10, 판티엣→호찌민 기차 시간은 SPT1 13:10, 소요 시간은 4시간 내외.

기차 좌석은 응오이엠(Ngồi mềm 일반석, 9만4천 VND), 소프트 시트(에어컨, 16만1천 VND), 소프트 베드(Soft Berth 4인 2층 침대, 25만/22만2천 VND)가 있다. 판티엣역은 판티엣 시내 북서쪽, 무이네 해변 서쪽에 위치한다.

판티엣역 Phan Thiet Railway Station, Ga Phan Thiết

교통 : 판티엣 시장에서 택시 8분 / 무이네 신투어에서 택시 30분 / 무이네에서 9번 시내버스 이용, 역 인근 하차
주소 : Phong Nẫm, Phan Thiết
전화 : 062-3833-952

홈페이지 : https://dsvn.vn

- 시외버스

호찌민의 미엔떠이(Miền Tây, 12만5천 VND), 미엔동(Miền Đông, 13만5천 VND), 뚜언호아(Tuấn Hoa, 13만 VND) 버스터미널, 빈롱(15만 VND), 부온마투옷(Buôn Ma Thuột, 23만 VND), 나트랑(11만 VND) 등에서 판티엣으로 가는 버스가 있다.

다른 지역에서 판티엣 버스터미널 도착 후 승용차로 무이네로 이동해야 하는 번거로움이 있다. 여행자는 보통 무이네에 바로 도착하는 오픈 버스를 이용한다. 남판티엣 버스터미널은 판티엣 시장 서쪽에 위치!

남판티엣 버스터미널 Bến xe Nam Phan Thiết

교통 : 판티엣 시장에서 승용차 4분 / 무이네 신투어에서 승용차 34분
주소 : 61 Trần Quý Cáp, Đức Long, Tp. Phan Thiết, Bình Thuận

2) 무이네 시내 교통

- 도보&자전거

무이네에서 도보로 해변을 거닐기 좋고, 자전거(1일 3만 VND)를 탄다면 쑤오이띠엔, 어촌 마을 정도 다녀올 수 있다.

- 쎄옴

쎄옴(Xe Ôm)은 오토바이 택시로 요금은 대략 1km 1만 VND 정도이나 관광객이 이 가격에 타기는 거의 불가능하다. 가까운 곳은 4~5만 VND, 레드(옐로) 샌드듄은 12만 VND 정도로 흥정하고 탄다. *무이네에서 호텔 앞 투어 픽업 대기 시, **여행사 직원을 사칭한 쎄옴 기사 주의! 무료라고 하고 나중에 돈 강탈!**

- 스쿠터

스쿠터(Scooter)는 여행지가 뜨문뜨문 떨어져 있는 무이네를 여행하는데 가장 편리한 교통수단이다. 스쿠터 대여료는 1일 12만~16만 VND(6~8 USD)이고

휘발유 요금은 1리터(ℓ)에 2만 VND 정도이다. 주유소가 없는 곳에서 기름이 떨어졌다면 상점에서 됫병(1ℓ)으로 파는 기름을 넣어도 된다.

스쿠터 타기 전 **헬멧**을 쓰고 운행 중 반듯이 **전방주시**와 **풍경감상 금지**, 저속만 지키면 안전운행에 도움이 된다. **길에 모래가 있으니 주의**하고 새벽에 샌드듄으로 가는 것은 삼간다.

스쿠터는 호텔(숙소) 내에서 빌리는 것보다 대여점에서 빌리는 것이 더 저렴하다. 대여 전 전후좌우 스쿠터 상태를 사진 찍어 둔다. 사고 시 스쿠터 대여점, 호텔(숙소), 영사관 등에 전화를 걸어 도움을 청한다.

- 택시

무이네 해변 도로에서 택시를 보긴 힘들지만 필요하다면 호텔 프론트에서 불러달라고 하자. *택시는 미터 요금대로 요금을 지불하면 되는데 **그랩카 대비 많이 나온다는 느낌!** 기분 상하지 않으려면 무이네에서 택시 타지 않는 것이 상책!

- 그랩

그랩은 스마트폰 호출 차량/오토바이 서비스로 그랩 카/그랩 바이크 등이 있다. *무이네 같은 소도시에서는 **그랩**

운영되지 않을 수 있음.

- 시내버스

판티엣-무이네 시내버스는 판티엣역에
서 판티엣 롯데마트-무이네 해변-쑤오

이띠엔-어촌마을-레드 샌드듄-혼럼
(Hòn Rơm, 무이네 곶 동쪽의 작은
곶)에 이르는 9번 버스, 판티엣 버스터
미널에서 꿉마트(Co.op Mart)-무이네
해변-쑤오이띠엔-어촌 마을-쑤오이느
억(Suối Nước, 무이네 곶의 마을)에
이르는 1번 버스가 있다.
*판티엣역 인근(약 1km 지점)까지 운
행! 운행시간은 5시~20시, 약 20분
간격, 요금은 6천~1만6천 VND이다.
버스 탑승은 무이네 길가에서 손을 들
고 타면 된다.

▲ 여행 포인트

① 무이네 해변에서 물놀이나 일광욕
즐기기
② 무이네 해변에서 카이트 서핑 체험
③ 쑤오이띠엔에 발 담그고 어촌마을에

서 느억만 구입하기
④ 레드 · 화이트 샌드듄에서 일출, 일
몰 감상하기
⑤ 샌드듄에서 장판 썰매, ATV 타보기

▲ 추천 코스

1일 샌드듄 투어_화이트 샌드듄→레드
샌드듄→쑤오이띠엔→어촌
2일 무이네_리조트 수영장→무이네 해
변→카이트 서핑→

*Tip_1일차_샌드듄 투어 대신 근교의
타꾸산 투어, 꾸라오꺼우섬&타익사 투
어도 가능 / 2일차_무이네는 대중교통
이 불편하므로 이동 시 스쿠터 편리!

무이네 해변 Mũi Né Beach, Bãi
Biển Mũi Né

무이네 서쪽의 옹디아 곶(Ong Dia
Cape)과 무이네 곶(Mui Ne Cape)
사이의 타원형 해변이다. 무이네 곶 쪽
해변은 모래가 유실되었고 옹디아 곶
쪽 해변에 넓은 백사장이 있다. 단, 해
변을 따라 리조트가 빽빽하게 붙어 있
으므로 응옥빗 방갈로(Ngọc Bích
Bungalow)와 블루오션 리조트(Blue
Ocean Resort) 사이의 통로를 이용
한다.

통로 지나면 드넓은 바다가 펼쳐진다.
해변에서 물놀이를 하거나 일광욕을 하
며 시간을 보내기 좋고 해변 쪽으로
리조트의 레스토랑이 늘어서있어 식사
를 하기도 편리하다.

교통 : 신투어리스트(144 Nguyễn
Đình Chiểu)에서 서쪽, 아난다 리조
트 방향. 택시 또는 쎄옴 7분

주소 : 52 Nguyễn Đình Chiểu,
khu phố 1, Hàm Tiến, Tp. Phan
Thiết, Bình Thuận

쑤오이띠엔 Fairy Stream, Suối Tiên
요정의 시냇물이란 뜻의 시내로 무이네
해변에서 유일한 시내다. 작은 다리 지
나 왼쪽으로 들어가면 매점이 나오고
동네 청년들이 강압적으로 신발 맡기고
가라고 한다. 어쩔 수 없이 신발을 맡
기고 맨발로 시내로 들어가면 시냇물은

발목 정도 깊이다.

시냇물은 부드러운 모래 위를 흐르고 북쪽으로 계속 걸어가면 왼쪽으로 비바람에 침식된 붉은 모래 언덕, 흰 모래 언덕이 독특한 풍경을 연출한다. 약 1km, 20~30분 정도 걸어가 폭포를 보고 돌아온다. 신발을 맡기지 않을 사람은 다리 건너가기 전 다리 밑으로 내려가면 되는데 생각보다 걷는 시간이 걸리므로 맡기고 가는 게 편하다.

교통 : 신투어리스트에서 동쪽, 하이허우 무이네 비치리조트&스파(Hải Âu Mui Ne Beach Resort&Spa) 지나 작은 다리 도착. 택시 또는 쎄옴, 스쿠터 5분

주소 : 12 Huỳnh Thúc Kháng, khu phố 4, Hàm Tiến, Tp. Phan Thiết

요금 : 없음. 신발 보관 5천 VND

어촌 Fishing Village, Làng Chài

쑤오이띠엔 동쪽 무이네 곶 방향에 위치한 어촌으로 길가 관광객이 모여 있는 언덕이 하차 지점이다. 언덕에서 많은 원형 대나무 배인 짜이뭄(Chài Múm) 떠있는 바다 풍경을 조망하기 좋다. 계단을 내려가면 바닷가로 다가갈 수 있으나 생선 냄새가 진동한다. 하차 지점에 식당과 노점이 있어 간단한 식사를 할 수 있다. *간혹 생선 건조나 큰 항아리에 베트남 대표 생선 소스(젓갈)인 **느억맘(Nước mắm)** 숙성하는 것을 볼 수 있다.

교통 : 신투어리스트에서 동쪽, 쑤오이띠엔 거쳐 무이네 곶 방향. 택시 또는

쎄옴, 스쿠터 9분 / 쑤오이띠엔에서
택시 또는 쎄옴 4분

주소 : Huỳnh Thúc Kháng, Mũi Né,
Tp. Phan Thiết, Bình Thuận

레드(옐로) 샌드듄 Red Sand Dunes, Đồi Hồng

무이네 동쪽에 위치한 모래 언덕으로
해질 무렵 모래가 붉게 보인다고 하여
레드 샌드라고 하나 보통은 모래 색깔
이 황색이어서 옐로 샌드라고 한다. 이
곳 모래 언덕은 바닷가 모래가 오랜
시간 동안 해풍을 타고 날아와 쌓여
형성된 것이다.

레드 샌드에 도착하면 장판 썰매를 대
여해주는 아낙과 어린이들이 모여 드는
데 장판 대여료가 제각각이니 바가지

쓰지 말자. 이들을 피해 모래 언덕에
오르면 드넓게 펼쳐진 사막이 한눈에
들어오고 낙타는 없지만 그런대로 사막
분위기가 난다. 모래 언덕에서는 사람
들이 장판을 깔고 썰매를 타기도 하는
데 모래 썰매 탈 때 소지품을 분실하
지 않도록 주의한다.

교통 : 신투어리스트에서 동쪽으로 가다가
좌회전 후 보응우옌잡(Võ Nguyên Giáp)
도로 직진. 택시 / 스쿠터 11분

주소 : 706B, Mũi Né, Tp. Phan
Thiết, Bình Thuận

요금 : 입장료 무료, 모래 썰매 장판 5
천 VND~1만 VND 내외

화이트 샌드듄 White Sand Dune, Đồi Cát Trắng

무이네 북동쪽에 있는 모래 언덕으로 모래 색깔이 흰색이어서 화이트 샌드라 불린다. 이곳 역시 해풍이 오랫동안 바닷가 모래를 날려, 쌓이면서 만들어졌다. 레드 샌드에 비해 사막의 넓이 넓고 모래 언덕의 높이도 높다. 이때문에 사륜오토바이인 ATV나 지프를 타고 사막을 둘러보기도 하나 도보로도 충분히 가능하다.

모래 언덕에 오르면 전체 사막의 풍경이 한눈에 들어오는데 부드러운 곡선으로 이어진 모래 언덕들이 한 폭의 그림을 연상케 한다. 이들 모래 언덕은 일출과 일몰 시 빛에 따라 신비한 풍경을 자아내므로 대개 사막 투어는 이 시간에 진행된다.

교통 : 신투어리스트에서 레드 샌드 지나 북동쪽 방향. 택시 또는 스쿠터 39분

주소 : Hòa Thắng, Bắc Bình District, Bình Thuận

요금 : 입장료 무료. ATV 20분 40만 VND 내외

☆여행 팁_윈드 서핑&카이트 서핑

무이네 해변에서 즐길 수 있는 해양 스포츠로는 윈드 서핑과 카이트 서핑, 서핑이 있는데 해변에서 보이는 풍경은 카이트 서핑뿐이다. 윈도 서핑은 서핑 보드 위에 설치된 돛을 이용한 서핑, 카이트 서핑은 패러글라이더(연)를 날려 연줄을 잡고 하는 서핑을 말한다.

윈드 서핑이나 카이트 서핑을 하기 좋은 시기는 바람이 세지는 겨울로 보통 11월~4월까지이고 최적은 12~1월이다. 카이트 서핑은 경험이 없다면 레슨을 받고 하는 것이 좋고 서핑을 하기 전 꼭 구명조끼를 착용한다.

또한 무이네 해변은 베트남 해변 중 수심이 낮은 해변에 속하지만, 사람이 적은 아침이나 저녁, 밤에는 바다 멀리 나가지 않는다. 위급 시 구해 줄 사람이 없음.

위치 : 무이네 해변

요금 : 카이트 서핑 레슨_1/3/5시간 50/150/250 USD, 키이트 장비대여_1시간/반나절 30/70 USD, 서핑 보드 대여_서핑 보드/패들 보드 1시간 12/25 USD 내외

상호	주소	전화번호
서프 포인트 베트남 Surfpoint Vietnam www.surfpoint-vietnam.com	52 Nguyễn Đình Chiểu, khu phố 1, Hàm Tiến, Tp. Phan Thiết	0167-342-2136
무이네 카이트서프 스쿨 Muine Kitesurf School www.muinekitesurfschool.com	42 Nguyễn Đình Chiểu, khu phố 1, Hàm Tiến, Muine	0128-611-3101
C2Sky 카이트서핑 C2Sky KiteSurfing https://c2skykitecenter.com	Đình 16 Nguyễn Đình Chiểu, khu phố 1, Hàm Tiến, Phan Tiet	091-665-5241

〈투어〉

샌드듄 투어 Sand Dunes Tour

무이네 대표 투어로 일출 또는 일몰 사막 투어가 있다. 이동 수단에 따라 버스 투어와 지프 투어로 나뉘기도 하는데 버스 투어만 해도 크게 불편한 점이 없다. 지프 투어 고급형은 지프로 모래 언덕까지 올라간다.

일출 사막 투어는 새벽에 지프를 타고 화이트 샌드듄에 도착해 모래 언덕에서 일출을 보고 레드 샌드로 이동해 모래 언덕 풍경을 감상하거나 모래썰매를 탄다.

이어 어촌에서 바다에 떠 있는 대나무 배 짜이뭄 풍경을 보고 쑤오이띠엔에서 모래 위로 흐르는 시냇물을 걸어본다. 일몰 사막 투어는 역순으로 가서 화이트 샌드에서 일몰을 보는 것으로 진행된다.

*투어 픽업 시 **여행사 직원을 사칭한 쎄옴 기사 주의! 차비 무료라고 했다가 돈 강탈함.** 호텔 앞에 있지 말고 프론트에서 기다리면 여행사 직원이 들어와 픽업!

시간 : 일출 04:30~08:00, 일몰 14:00~17:30

요금 : 버스_24만9천 VND, 지프_79만9천 VND

신청 : 신투어리스트 또는 무이네의 여행사

〈기타 투어〉

투어	개요	시간	요금(VND)
무이엔 MUI YEN	화이트 샌드 듄, 무이엔(해변) 등	04:30 /13:30	34만9천
타꾸산 투어 Tà Cú Mountain Tour	무이네 서쪽 48km 타꾸산, 린썬쭝토사	08:00~11:45	21만9천
타꾸산 투어_소수(5인) Tà Cú Mountain Tour	타꾸산, 린썬쭝토사, 참탑	08:00~11:45 13:00~16:45	99만9천
꾸라오꺼우섬&코타익사 투어 Cu Lao Cau Island&Co Thach Pagoda Tour	무이네 북동쪽 꾸라오꺼우섬, 타익사	08:00~18:00	32 USD
와인 캐슬&무이네 샌드듄 투어 Rang Dong Wine Castle&Mui Ne Sand Dunes Tour	와인 시음, 무이네 샌드듄	04:30~ /13:30~	10 USD

*신투어리스트, 무이네 트래블(http://muine-explorer.com) 기준. 투어, 시간, 요금 등
현지 상황에 따라 다를 수 있음

*레스토랑&카페

신밧드 레스토랑 Sindbad Restaurant

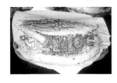
무이네 여행이 시작이자 종착지인 신투어리스트 인근에 있는 케밥 레스토랑이다. 외관은 허름해 보여도 케밥 메뉴는 다양하게 선보인다. 피타 샐러드, 고기와 채소를 피타(빵)에 싼 샤와르마, 꼬치구이인 시쉬 케밥, 샌드위치인 도너 케밥, 채소와 치즈에 올리브유 듬뿍 친 그릭 샐러드 등이 먹을 만하다.

교통 : 신투어리스트(144 Nguyễn Đình Chiểu)에서 서쪽, 도보 3분
주소 : 133 Nguyễn Đình Chiểu, khu phố 2, Hàm Tiến, Tp. Phan Thiết
전화 : 0359-328-950
시간 : 08:00~22:00
메뉴 : 피타 샐러드(Feta&Tomato &Cucumber) 4만9천 VND, 샤와르마(Shawarma) 6만 VND, 시쉬 케밥(Shish Kebab) 8만9천 VND, 도너 케밥(Döner Kebab) 4만 VND,그릭

샐러드(Greek Salad) 5만7천 VND 내외

홈페이지 : www.sindbad.vn

못낭 시푸드 레스토랑 Mot Nang Seafood Restaurant

해변에 자리한 해산물 레스토랑으로 바다를 조망하며 식사하기 좋은 곳이다. 근처에 비슷한 콘셉트의 레스토랑이 몇몇 있으므로 마음에 드는 곳으로 들어가면 된다. 해산물 요리 가격이 부담되면 베트남 요리를 맛보아도 괜찮다. 해변 식당 간판에서 자주 보이는 보케(Bờ Kè)라는 단어는 베트남어로 방조제란 뜻인데 해변을 따라 식당을 늘어서 있으므로 해산물 거리라고 생각해도 될듯!

교통 : 신투어리스트에서 서쪽, 도보 12분, 쎄옴 2분

주소 : 122 Nguyễn Đình Chiểu, khu phố 2, Hàm Tiến, Tp. Phan Thiết

전화 : 092-841-9988

시간 : 11:00~23:00

메뉴 : 조개, 새우, 게, 생선, 랍스터, 베트남 요리

조스 카페 Joe's Cafe

해변 큰 천막을 쳐놓은 듯한 카페다. 낮 시간 커피를 마시거나 파스타, 커리 같은 간단한 식사를 할 수 있고 밤 시간에는 맥주를 마시며 라이브 음악을 즐길 수 있다. 무이네 해변에서 레스토랑이나 카페 이동시 쎄옴을 이용하게 되는데 쎄옴 기사들이 무척 약삭빠름, 바가지 주의!

교통 : 신투어리스트에서 서쪽, 택시 또는 쎄옴 5분 / 도보 31분

주소 : 86 Nguyễn Đình Chiểu, khu phố 1, Hàm Tiến, tp. Phan Thiết

전화 : 0252-3847-177

시간 : 07:00~24:00
메뉴 : 커피, 맥주, 와인, 파스타, 커리, 샌드위치
홈페이지 :http://joescafemuine.com

껌빈단-후티에우고 Quán Cơm Bình Dân-Hủ Tiếu Gõ

응우옌딘찌에우(Nguyễn Đình Chiểu) 17번지에 있는 대중 식당, 껌빈전(Cơm bình dân)이다. 현지인이 주로 찾는 곳으로 목욕탕 의자에 앉아 먹는 곳이다. 메뉴는 쌀국수와 덮밥으로 저렴하게 간단히 먹을 수 있는 것들이다. 무이네 해변 동쪽, 어촌마을에도 몇몇 껌빈전이 있다.
교통 : 신투어리스트에서 서쪽, 택시 또는 쎄옴 10분
주소 : 17 Nguyễn Đình Chiểu, khu phố 1, Hàm Tiến, tp. Phan Thiết
시간 : 08:00~22:00
메뉴 : 미엔 가(Miến gà 닭고기 쌀국수), 미엔 빗(Miến vịt 오리고기 쌀국수), 껌가(Cơm gà 닭고기덮밥), 껌빗(Cơm vịt 오리고기 덮밥) 껌팃런(Cơm thịt lợn)

꺼이방 레스토랑 Cay Bang Restaurant, Nhà hàng Cây Bàng

무이네 해변 서쪽 끝에 있는 대형 해산물 레스토랑이다. 수족관에서 원하는 해산물을 선택하거나 메뉴에서 주문할 있다. 메뉴에서는 단품을 선택하는 것보다 해산물 튀김, 전골, 밥 등이 나오는 세트메뉴를 선택하는 것이 가성비가 높다.
교통 : 신투어리스트에서 서쪽, 택시 또는 쎄옴 11분
주소 : 2~4 Nguyễn Đình Chiểu, khu phố 1, Hàm Tiến, Tp. Phan Thiết
전화 : 0252-3847-009
시간 : 10:00~22:00
메뉴 : 해산물 요리, 세트메뉴1~36 14만~85만 VND 내외
홈페이지 :
http://caybangphanthiet.com.vn

함띠엔 시장 Ham Tien Market, Chợ Hàm Tiến

신투어리스트 동쪽에 위치한 재래시장으로 아침 시간 잠깐 문을 열고 낮 시간에는 시장 앞 과일, 주류 노점만 운영된다. 상시 운영되는 시장을 보려면 무이네 곳에 있는 무이네 시장(Chợ Mũi Né)으로 가보아도 괜찮다.

교통 : 신투어리스트(144 Nguyễn Đình Chiểu)에서 동쪽, 도보 13분 / 택시 또는 쎄옴 2분

주소 : Nguyễn Đình Chiểu, khu phố 3, Hàm Tiến, Tp. Phan Thiết

전화 : 0252-3847-045

시간 : 05:00~19:30

립컬 베트남 Rip Curl Vietnam

세계적인 서핑 관련 브랜드인 립컬(Rip Curl) 판매장이다. 매장에서 해변에서 신기 편한 쪼리(슬리퍼), 서핑 시 입을 반바지나 수영복, 간단한 물품을 넣을 수 있는 가방 등을 볼 수 있다. 무이네에서 가장 고급(?) 상점임으로 필요한 물품이 있으면 구입해보자.

교통 : 신투어리스트(144 Nguyễn Đình Chiểu)에서 서쪽, 택시 또는 쎄옴 6분

주소 : 103 Nguyễn Đình Chiểu, khu phố 1, Hàm Tiến, Tp. Phan Thiết

전화 : 090-683-4023

시간 : 09:30~22:00

홈페이지 : http://ripcurl.com.vn

롯데 마트 Lotte Mart Phan Thiết

무이네 해변 서쪽, 판티엣 시내에 있는 롯데 마트로 의류, 신발, 잡화, 식품 등 다양한 상품을 구입하기 좋다. 무이네에서 9번 버스를 타고 가면 되지만 굳이 휴양지인 무이네에서 판티엣까지 나갈 필요는 없어 보인다. 휴양지에서는 돌아다니지 않고 쉬며 노는 것이 제일이기 때문이다. 쇼핑은 호찌민으로 돌아갈 때 하면 충분하다.

교통 : 신투어리스트(144 Nguyễn Đình Chiểu)에서 서쪽, 9번 버스 이용, 롯데 마트 하차.
주소 : Khu dân cư Hùng Vương I, Phường Phú Thủy, Phú Thủy, Tp. Phan Thiết
전화 : 0252-3939-616
시간 : 08:00~22:00
홈페이지 : http://lottemart.com.vn

*마사지&스파 Massage&Spa

아난타라 스파 Anantara Spa

아난타라 무이네 리조트 내의 고급 스파로 고급스런 마사지룸에서 마사지와 스파를 즐기기 좋다. 마사지에는 타이 마사지, 허벌 컴프레스 마사지, 아로마틱 마사지, 스파 서비스로는 바디 스크럽과 랩, 스파 패키지 등이 있다. 서비스 가격은 조금 비싸지만 한번 받을 서비스면 고급 스파를 이용해 보는 것도 괜찮다. 저가 마사지숍은 무이네 해변 거리에 많으므로 발 마사지 정도

받으면 적당하다.
교통 : 무이네 신투어리스트에서 서쪽, 리조트 방향. 택시 10분
주소 : 12A Nguyen Dinh Chieu, Ham Tien, khu phố 1, Hàm Tiến, Phan Thiet
전화 : 0252-3741-888
시간 : 10:00~22:00
요금 : 풋 마사지, 바디 마사지, 바디 스크럽&랩, 스파 패키지(400만~ VND)
홈페이지 :
https://mui-ne.anantara.com

싼 스파 Xanh Spa
세일링 클럽 리조트 내에 위치한 스파로 방갈로 마사지룸에서 마사지를 즐기는 기분이 색다르다. 메뉴는 타이 마사지, 허벌 마사지, 풋 마사지, 훼이셜

등이 있고 키즈 서비스도 있어 아이들과 함께 방문해도 좋다. 무이네 해변에서 카이트 서핑을 즐긴 뒤 마사지를 받아도 괜찮다.

교통 : 무이네 신투어리스트에서 서쪽, 리조트 방향. 택시 9분
주소 : 24 Nguyen Dinh Chieu, Mui Ne, Phan Thiet
전화 : 0252-3847-440
요금 : 타이 마사지 90만 VND, 허벌 마사지 99만 VND, 허벌 바스&마사지 130만 VND, 풋 마사지 59만 VND 내외
홈페이지 : www.sailingclubmuine.com

노벨라 스파 Novela Spa

노벨라 무이네 리조트(Novela Muine Resort) 내에 있는 스파다. 무이네 해변의 일반 마사지숍에 비해 조금 나은 시설과 서비스를 자랑한다. 메뉴는 바디 마사지, 타이 마사지, 풋 마사지 훼이셜 마사지, 바디 스크럽 등으로 평범하다. 해변 도로에 난립한 마사지숍에서는 발 마사지 정도 받으면 적당하다.

교통 : 신투어리스트(144 Nguyễn Đình Chiều)에서 서쪽, 택시 또는 쎄옴 4분
주소 : 96 Nguyễn Đình Chiều, khu phố 1, Hàm Tiến, Hàm Tiến-Mũi Né
전화 : 062-3743-456
시간 : 09:00~22:00
메뉴 : 바디 마사지 23만 VND, 타이 마사지 25만 VND, 풋 마사지 16만 VND, 훼이셜 마사지 20만 VND, 바디 스크럽 22만 VND 내외

02 달랏 Da Lat

베트남 남부, 해발 1,400~1,500m의 고원 도시로 나트랑과 무이네 중간에 있다. 고원에 있어 연중 기온이 18~23℃로 쾌적하고 7~10월 강우량이 많다. 이 때문에 20세기 초 프랑스 식민시절 프랑스 관리들을 위한 휴양도시로 개발되었다.

20세기 초 동부 해안도시 판랑과 달랏 사이에 탑참-달랏 철도가 연결되었으나 현재 달랏에서 짜이맛까지만 관광기차로 운행된다.

달랏 시내에 고원 특산 딸기, 차, 커피, 와인을 살 수 있는 달랏 시장, 기묘한 건축물인 항응아 크레이지 하우스, 바오다이 여름 별장 같은 볼거리가 있다. 스쿠터를 타고 인근 다딴라 폭포, 쭉럼선원, 짜이맛, 랑비앙산 등으로 가보아도 즐겁다.

▲ 신투어리스트 & 여행자 거리
신투어리스트_22 Bùi Thị Xuân, Phường 2, Tp. Đà Lạt, 0263-3822-663, 여행자 거리_25 Trương Công Định 일대

▲ 교통

1) 베트남 내에서 달랏 가기

– 오픈 버스

나트랑, 무이네, 호찌민(사이공)에서 달랏으로 가는 오픈(여행사) 버스가 있다. 나트랑에서 달랏은 8시 15분과 13시에 출발해 4시간 소요, 무이네에서 달랏은 7시 30분과 12시 30분 출발해 4시간 소요, 호찌민과 달랏은 22시 25분/23시 출발해 8시간 소요된다.

베트남 중남부는 풍짱 버스(Phong Trang Bus)가 활발히 운행되므로 풍짱 버스를 이용해 보아도 좋다. 풍짱 버스로 호찌민에서 달랏까지 09시~23시 57분, 수시로 운행되는데 3열의 우등 버스가 이용된다.

슬리핑 버스의 경우 1층이 편하므로 티켓 구입 시 1층 좌석을 달라고 하고 버스 내에서 지갑과 귀중품 보관에 유의한다. 신투어리스트 기준, 출발·도착지는 신투어 인근임.

신투어리스트_www.thesinhtourist.vn
풍짱 버스 https://futabus.vn

노선	출발 시간(소요시간)	요금 (VND)
나트랑(Nha Trang)→달랏(Da Lat)	08:15, 13:00 ←07:30, 09:00, 12:30(4시간)	34만9천
무이네(Mui Ne)→달랏(Da Lat)	07:30, 12:30 ←07:30, 13:00(4시간)	31만9천
호찌민(Ho Chi Minh) →달랏(Da Lat)	22:25/23:00 ←21:30(8시간)	44만9천
호찌민(Ho Chi Minh) →달랏(Da Lat) *풍짱 버스	09:00~23:57 (8시간)	44만8천

*신투리스트 기준, 상황에 따라 출발 시간, 요금 다를 수 있음

- 시외 버스

하노이의 느억응엄(Nước Ngầm, 60만 VND)과 미딘 버스터미널(Mỹ Đình, 55만 VND), 다낭(26만 VND), 나트랑(13만5천 VND), 꾸이년(21만 VND), 호찌민의 미엔동 버스터미널(Miền Đông, 15만 VND) 등에서 리엔띤 달랏 버스터미널로 도착하는 버스와 다낭(21만 VND), 꾸이년(Qui Nhơn, 23만 VND), 뚜이호아(Tuy Hoà, 24만 VND) 등에서도 탄투이 버스터미널로 도착하는 버스가 있다.

리엔띤 달랏 버스터미널은 달랏 시내 남동쪽, 탄투이 버스터미널은 달랏 시내에서 북동쪽에 위치한다.

리엔띤 달랏 버스터미널 Bến xe liên tỉnh Đà Lạt

하노이의 느억응엄(Nước Ngầm, 60만 VND)과 미딘 버스터미널(Mỹ Đình, 55만 VND), 다낭(26만 VND), 나트랑(13만5천 VND), 꾸이년(21만 VND), 호찌민의 미엔동 버스터미널(Miền Đông, 15만 VND) 등

교통 : 달랏 시내인 호아빈 광장에서 남동쪽 방향, 택시/그랩 10분

주소 : 1 Đường Tô Hiến Thành, Phường 3, Tp. Đà Lạt, Lâm Đồng

전화 : 0263-3523-777

홈페이지 :
http://oto-xemay.vn/ben-xe/ben-xe-lien-tinh-da-lat-603.html

탄투이 버스터미널 Nhà Xe Thanh Thủy

다낭(21만 VND), 꾸이년(Qui Nhơn, 23만 VND), 뚜이호아(Tuy Hoà, 24만 VND) 등

교통 : 달랏 시내인 호아빈 광장에서 북동쪽 방향. 택시/그랩 5분

주소 : 186 Bùi Thị Xuân, Phường 2, Tp. Đà Lạt, Lâm Đồng

전화 : 063-3823-151

홈페이지 :
http://oto-xemay.vn/xe-khach/xe-khach-thanh-thuy--da-lat-747.html

2) 달랏 시내 교통

- 도보&자전거
달랏 시내인 호아빈 광장에서 달랏 시장, 쑤언흐엉 호수 정도 도보로 다니기 좋고 자전거를 탄다면 달랏 성당, 달랏 역, 항응아 크레이지하우스까지 다녀올 만하다. 자전거로 그 이상은 언덕이 있어 힘들 수 있다.

- 시내 버스
달랏 버스 노선 중 5번 달랏 시내 북쪽의 랑비앙산(Núi Lang Biang) 행, 6번 달랏 시내 동쪽의 짜이맛(Trại Mát)행, 3번 버스터미널행 등이 유용하다. 운행시간은 05:30~18:30, 기본 요금은 7천 VND 내외. 버스는 호아빈 광장 뒤 버스 정류장에서 탑승한다.

- 스쿠터
스쿠터(Scooter)는 달랏 시내 여행지는 물론 근교의 여행지를 돌아다니는데 가장 편리한 교통수단이다. 스쿠터 대여료는 1일 8만~12만 VND(4~6 USD)이고 휘발유 요금은 1리터(ℓ)에 2만 VND 정도이다. 주유소가 없는 곳에서 기름이 떨어졌다면 상점에서 뒷병(1ℓ)으로 파는 기름을 넣어도 된다. 스쿠터 운행 시 **헬멧**을 쓰고 운전 중 반듯이 **전방주시**와 풍경감상 금지, 저속만 지켜도 안전 운행에 도움이 된다. 또한 달랏은 산악 지역임으로 언덕이나 굴곡 구간에서 주의하고 날씨가 좋지 않은 날에는 운행하지 않는 것이 좋다.

- 택시
달랏에서 택시 보기 힘드나 탄다면 호텔에 택시를 불러달라고 해서 이용한다. 달랏에는 라도(LADO) 택시라는 회사가 있는데 주로 대절 택시로 이용된다. 택시 대절 요금(4인승)은 4시간 55만 VND, 8시간 80만 VND 내외이나 이용 전, 택시 기사와 코스, 요금을 흥정하고 탄다.

- 그랩
달랏에 그랩택시가 있다. 단, 택시 자체가 별로 없어 그랩택시도 그 수가 적은 편! 그래도 그랩은 행선지 별 요금이 표시되므로 바가지 쓸 일은 적다. 그랩 어플은 한국에서 미리 설치하는 것이 좋고 결재는 선등록 카드로 하는데 안되는 경우 현금을 내야하므로 현금도 준비한다.

- 탑참-달랏 철도 Thap cham-Dalat Railway
탑참-달랏 철도는 달랏 역(Ga Đà

Lat)에서 짜이맛 역(Ga Trại Mát)까지만 운행된다. 운행시간은 07:45, 09:50, 11:55, 14:00, 16:05, 소요시간은 약 30분. 요금은 VIP객차_VIP1 15만 VND, VIP1 13만5천 VND, 보통객차_소프트시트 12만6천 VND, 하드시트 9만 VND 내외. 단, 기차는 규정상 승객 25명~164명일 때 운행되는데 실상은 10~15명 정도면 운행된다. *기차역 입장료 1만 VND

회차	기차 번호	기차 시간
01	DL 1+2	07:45 → 09:25
02	DL 3+4	09:50 → 11:20
03	DL 5+6	11:55 → 13:25
04	DL 7+8	14:00 → 15:30
05	DL 9+10	16:05 → 17:35

*현지 사정에 따라 시간, 요금 다를 수 있음.

▲ 여행 포인트

① 달랏 성당, 크레이지 하우스, 여름궁전 등 달랏 볼거리 순례
② 달랏 역에서 기차타고 짜이맛 사원 둘러보기
③ 달랏 근교 다딴라 폭포, 쭉럼 선원 살펴보기
④ 랑비앙산 정상에서 달랏 전망 감상하기
⑤ 다딴라 폭포에서 캐녀닝(계곡 탐험) 즐기기

▲ 추천 코스

1일 달랏 시내~근교_다딴라 폭포→쭉럼 선원→바오다이 황제 여름궁전→항응아 크레이지 하우스→달랏 성당→쑤언흐엉 호수→달랏 시장→달랏 시장
2일 랑비앙산~짜이맛_랑비앙산→달랏 역→린푸억사→날랏 야시장
3일 캐녀닝(계곡 탐험) 투어_다딴란 폭포→다딴라 계곡
*Tip. 1일, 2일_달랏 여행 시 대중교통이 불편하므로 스쿠터 대여나 기사 딸린 관광오토바이를 이용하면 편리! 3일_캐녀닝 투어 외 트래킹, 산악자전거, 래프팅 투어도 있음

쑤언흐엉 호수(春香湖) Xuân Hương Lake, Hồ Xuân Hương

달랏 시내 남동쪽에 있는 초승달 모양의 호수다. 1919년 댐을 건설하며 만들어졌고 호숫가를 따라 약 7km의 산책로가 마련되어 있다. 호수 서쪽으로 달랏 시내, 남쪽으로 달랏 성당과 대형 할인점 빅씨(Big C), 동쪽으로 달랏 역, 북쪽으로 달랏 골프장이 자리해 호수가 달랏의 중심 역할을 한다. 호숫가를 산책한 뒤 호수가 레스토랑, 카페에서 식사를 하거나 차를 마시도 즐겁다.
교통 : 호아빈 광장(Khu Hoà Bình)에서 남쪽·호수 방향, 레다이한(Lê Đại Hành) 도로 직진. 도보 4분

주소 : Phường, Tp. Đà Lạt

달랏 플라워 가든 Dalat Flower Garden, Vườn hoa Đà Lạt

달랏 시내인 호아빈 광장 북동쪽, 쑤언흐엉 호숫가에 위치한 꽃 공원이다. 11헥타르(ha)의 방대한 부지에 장미, 백합, 수선화, 온실 내의 선인장 등 수많은 꽃과 식물들을 볼 수 있고 안쪽에는 오리 배를 탈 수 있는 작은 호수도 있다. 달랏은 연중 선선하고 일조량이 풍부한 고원 지대에 있어 다채로운 꽃을 재배하기 위한 최적의 장소다. 예쁜 꽃밭을 배경으로 기념촬영하기 좋고 시원한 분수가 그늘에 쉬어가기도 적당하다.

교통 : 호아빈 광장(Khu Hoà Bình)에서 택시 또는 스쿠터 8분 / 호아빈 광장에서 남쪽 방향, 레다이한(Lê Đại Hành) 도로 직진 후 로터리에서 좌회전, 호수길(Trần Quốc Toản) 직진. 도보 30분
주소 : Trần Quốc Toản, Phường 8, Tp. Đà Lạt

시간 : 07:30~18:00
요금 : 6만 VND

항응아 크레이지 하우스 The Crazy House, Biệt thự Hằng Nga

1990년부터 베트남 건축가 당비엣응아(Đặng Việt Nga)가 세운 독특한 모양의 건물로 일부는 호텔로 이용된다. 당비엣응아는 모스코바에서 건축 유학을 했고 하노이로 돌아온 뒤에는 정부에서 건축 관련 업무를 했다. 하노이에서 달랏을 이주한 후 달랏 건축 기관에서 일하고 있다. 그의 부친인 쯔엉찐(Trường Chinh 1907~1968년)은 독립투사이자 공산당 서기장을 역임한 유명 정치가. 본명은 당쑤언쿠(Đặng Xuân Khu).
건물 외관은 자연의 나무줄기나 나뭇잎을 콘셉트로 하는 아르누보 양식을 채용하여 흡사 스페인의 가우디 건물을 연상케 한다. 모든 건물은 계단이나 다리로 연결되어 있고 최고층에서 달랏 일대를 조망할 수도 있다. 건물 내 방에는 애니메이션에 나오는 캐릭터나

콤, 호랑이 인형을 비치해 마치 동화 속 나라에 있는 듯한 기분이 든다. *숙박 가능!

교통 : 호아빈 광장(Khu Hoà Bình)에서 택시 또는 스쿠터 6분 / 호아빈 광장에서 남쪽 방향 응우옌찌탄(Nguyễn Chí Thanh) 도로 직진 후 공원 앞에서 우회전. 다시 좌회전하여 바찌에우(Bà Triệu)-쩐푸(Trần Phú) 도로 이용. 도보 16분

주소 : 3 Huynh Thuc Khang, Trần Phú, Phường 4, Tp. Đà Lạt

전화 : 0263-3822-070

시간 : 08:30~19:00

요금 : 6만 VND *숙박(2인)_78만~ VND

홈페이지 : www.crazyhouse.vn

바오다이 황제 여름궁전 Bảo Đại Summer Palace, Dinh III Bảo Đại

달랏 시내 남서쪽 언덕 위에 있는 응우옌 왕조 마지막 황제 바오다이(재위 1926~1945년)의 여름 궁전이다. 이곳은 달랏에 세워진 3개의 여름궁전 중 하나.

1933~1937년 세워진 아트 데코 양식의 2층 건물로 내부에 25개의 방을 갖추고 있다. 1층은 황제 집무실, 응접실, 2층은 침실, 연회실 등으로 쓰였고 각 방 안에는 당시의 사진과 가구, 생활용품 등을 전시하고 있다. 1층 집무실의 흑백사진은 바오다이 황제의 초상. 1층 한쪽에 황제 복장을 대여해주는 곳이 있으므로 복장을 입고 기념촬영을 해도 즐겁다. 여름궁전 주위로 소나무 숲이 울창하므로 신선한 공기를 마시며 한가롭게 시간을 보내도 좋다. 이곳 외 달랏 역 동쪽에 딘1 바오다이(Dinh 1 Bảo Đại) 여름궁전(Trần Quang Diệu, Phường 10)이 자리한다.

교통 : 호아빈 광장(Khu Hoà Bình)에서 택시 또는 스쿠터 8분 *크레이지 하우스 지나 찌에우비엣브엉(Triệu Việt Vương) 도로에서 언덕길로 올라감 / 호아빈 광장에서 항응아 크레이지 하우스 지나 여름궁정 방향. 도보 33분

주소 : 1 Triệu Việt Vương, Phường 4, Tp. Đà Lạt
시간 : 07:30~17:30
요금 : 5만 VND *입장료+전통복장 착용 등 15만 VND

달랏 성당 The Cathedral of St. Nicholas Bari, Nhà thờ chính tòa Đà Lạt

1931~1942년 프랑스 식민시절 세워진 고딕 양식의 가톨릭 주교좌성당으로 달랏 시내 남쪽, 맞은편에 위치한다. 건물 중앙에 높이 47m의 첨탑, 중앙 첨탑 양쪽으로 작은 첨탑이 있고 중앙 첨탑 꼭대기 십자가 위에 수탉상이 놓여 있어 수탉 성당(Nhà thờ Con Gà)이라도 불린다. 내부는 프랑스에서 만들어 온 스테인드글라스로 장식되어 있다.

이 성당에서 봉헌하는 성 니콜라오는 4세기 중반 인물로 이탈리아 미라(Myra)의 주교를 역임했고 니케아 공의회에 참석했다고 전해진다. 바리(Bari)는 그가 묻힌 곳. 니콜라오가 가난한 세 처녀의 결혼지참금을 지원해준 것이 와전되어 그의 축일(12월6일) 전날 어린이들에게 선물을 주는 산타클로스로 불린다. 이 성당은 여느 베트남 성당처럼 미사 시간에 관광객이 출입이 금지되므로 참고!

교통 : 호아빈 광장(Khu Hoà Bình)에서 남쪽 방향, 레다이한(Lê Đại Hành) 도로 직진, 큰 로터리 지나 작은 로터리에서 우회전, 성당 방향. 도보 12분 / 택시 또는 스쿠터 4분
주소 : 17 Trần Phú, Phường 3, Thành phố Đà Lạt
시간 : 미사_평일 05:15, 17:10, 토 17:15, 일 05:15, 07:15, 08:30, 16:00, 18:00

달랏 역 Dalat Railway Station, Ga Đà Lạt

1938년 프랑스 식미시절 세워진 기차 역으로 콜로니얼 양식을 더한 아트 데코 양식의 건물이다. 건물 전면에 삼각형 모양의 박공벽과 박공벽 아래 커다란 창이 있는 3개의 현관이 인상적이어서 베트남에서 가장 아름다운 기차 역으로 여겨진다.

기차 역 안으로 들어가면 매표소와 휴

게실, 매점이 있고 개찰구 안쪽에 지금은 운행을 멈춘 증기기차, 짜이맛행 기차가 보인다. 프랑스 식민시절 건설된 철도는 판랑(Phan Rang)의 탑참(Tháp Chàm)~달랏 구간을 1964년까지 운행하였으나 베트남 전쟁으로 철도가 파괴되어 현재 짜이맛~달랏 구간만 관광기차로 운행된다. `

기차는 규정상 승객 25명~164명일 때 운행되는데 실상은 10~15명 정도면 운행된다. 달랏을 출발한 기차는 저속으로 약 30분을 달려 짜이맛에 도착해 약 25분 정차한다. 서둘러 역 인근의 린프억사(Chùa Linh Phước)를 다녀오면 딱 기차가 출발할 시간이다. 린프억사 외 딱히 볼 것이 없는 짜이맛이지만 천천히 둘러보면 좋은데 여름 성수기 외에 승객이 없을 수 있어 기차 운행여부가 불확실하므로 제 시간에 돌아가는 기차를 타는 것이 좋다.

교통 : 호아빈 광장(Khu Hoà Bình)에서 택시 또는 스쿠터 7분 / 호아빈 광장에서 호아빈 광장에서 남쪽 방향, 레 다이한(Lê Đại Hành) 도로 직진, 큰 로터리, 작은 로터리 지난 후 좌회전. 호수길 직진 후 우회전, 달랏 역 방향. 도보 31분

주소 : Quang Trung, Phường 10, Tp. Đà Lạt

전화 : 0263-3834-409

시간 : 06:30~17:00, 기차 시간_07:45, 09:50, 11:55, 14:00, 16:05

요금 : 입장료 1만 VND. VIP객차_VIP1 15만 VND, VIP1 13만5천 VND, 보통객차_소프트/하드시트 12만6천/9만 VND 내외

☆여행 이야기_탑참-달랏 철도 Thap cham-Dalat Railway

1903~1932년 프랑스 식민시절 달랏 동쪽 해변 도시인 판랑의 탑참(Tháp Chàm)에서 서쪽 산중 도시인 달랏(Đà Lạt)까지 건설된 산악 철도다. 산악 철도는 프랑스 식민정부가 베트남의 더위를 피할 산중 휴양지인 힐스테이션(Hill Station)을 달랏에 조성하며 만들어졌다. 당시 스웨덴 기술을 도입해 급경사에 지

그재그로 산악 철도를 놓았고 중간에 5개의 터널을 뚫었다고 한다. 철도 노선은 탑참(해발 32m)-떤미(Tân Mỹ)-쏭파(Sông Pha 해발 186m)-꼬보(Co Bo 해발 663m)-왜지오(Eo Gio 해발 991m)-던드엉(Đơn Dương 해발 1,016m)-짬한(Tram Hanh 해발 1,514m)-꺼우닷(Cầu Đất 1,466m)-다토(Đa Thọ 해발 1,402m)-짜이맛(Trại Mát 해발 1,550m)-달랏(해발 1,488m). 철도 총길이는 84km, 최고 높이의 짜이맛과 최저 높이의 달랏의 고도차는 1,518m.

산악 철도는 1968년까지 운행되었고 이후 베트남 전쟁으로 철로가 파괴되어 운행이 중지되었다. 현재 짜이맛에서 달랏까지만 관광기차로 운행된다. 기관차는 초기 증기기관차에서 현재 디젤 기관차로 변모됐는데 속도는 여전히 증기기관차 속도로 달린다.

〈달랏 인근〉

다딴라 폭포 Datanla Falls, Thác Datanla

달랏 시내에서 남쪽으로 약 6.6km 산중에 있는 폭포다. 폭포는 입구 남쪽 계곡에 있는데 도보로 내려갈 수 있으나 왕복 롤러코스터(Xe trượt ống)를 이용하는 것이 훨씬 편하고 재미있다. 단, 러시아나 중국 단체여행객이 몰리면 좀 기다릴 수 있다.

롤러코스터를 타고 숲속을 지그재그로 내려가면 첫 번째 다딴라 2단 폭포가 나타난다. 상층에서 한번, 하층에서 한번 시원한 물보라를 일으켜 무더위를 일순간 날려준다. 폭포 왼쪽에 케이블카(Cáp trượt-Thang máy)를 타고 좁은 계곡을 아슬아슬 내려가면 엘리베이터가 있고 이를 타고 다시 내려가면 두 번째 다딴라 폭포가 나온다. 두 번째 폭포는 상단이 좁고 하단이 넓은 단일 폭포로 시원한 물줄기를 자랑한다. 폭포 아래쪽으로 계곡이 이어지나 숲속이어서 사람이 없을 수 있으니 깊이 들어가지 않는다.

폭포 입구에 레스토랑, 첫 번째 다딴라 폭포에 매점이 있어 식사를 하거나 음료를 사마실 수 있다. 강한 모험을 즐기고 싶은 사람은 입구 옆 달랏 캐년 투어에서 계곡 투어, 약한 모험을 즐기고 싶은 사람은 입구 맞은 편 숲속의 하이 로프 코스에서 공중 줄타기를 해보자.

교통 : 달랏 시내 호아빈 광장에서 남쪽 방향, 큰 로터리, 작은 로터리 지나 호뚱머우(Hồ Tùng Mậu)-QL 20 도로 직진, 다딴라 폭포 방향. 택시 또는 스쿠터 13분

주소 : Đèo Prenn, Phường 3, Thành phố Đà Lạt

전화 : 0263-3831-804

시간 : 07:00~17:00

요금 : 입장료 5만 VND, 롤러코스터 8만 VND, 케이블카 10만 VND

≫하이 로프 코스 High Rope Courses

높은 나무와 나무 사이를 연결한 철선

위를 안전장치를 한 후 걷거나 매달려 이동하는 어드벤처 체험장이다. 이러한 체험은 20세기 초 프랑스에서 개발되었고 프랑스 군 체육에 들어가 있다고 한다. 남녀노소 누구나 즐길 수 있고 담력을 기르고 스릴을 즐기기 좋은 체험 프로그램이다.

위치: 다딴란 폭포 입구 앞 숲속(스쿠터 주차장 가는 길)

시간 : 07:00~17:00

요금 : 35만 VND

쭉럼 선원(竹林禪院) Trúc Lâm temple, Chùa Trúc Lâm

1993~1994년 세워진 불교 사찰로 달랏 시내 남쪽 뚜웬람 호수(Hồ Tuyền Lâm) 옆, 해발 1,300m 지점에 위치

한다. 이곳은 선(禪)을 중시해 베트남 최대 선원으로 여겨진다. 23,2 헥타르(ha)의 넓은 부지에 종루와 고루, 금빛 좌불이 모셔진 본당(Chính điện), 본당 뒤의 옛 선사를 모신 후당(Nhà tổ) 등이 배치되어 있다.

선원의 정식 출입문인 삼문은 뚜웬람 호수 쪽으로 나아 있으나 호수로 가는 길은 막혀 있고 출입은 종루 쪽으로 한다. 사찰 곳곳에 화사한 꽃이 심어져 있어 조용한 공원에 온 느낌도 든다. 사찰 출입 시 노출이 심한 옷차림을 금하므로 입구의 파란색 상자에서 겉옷을 입고 입장하자. *뚜웬람 호수는 QL20 도로에서 쭉럼 선원으로 들어오다가 갈림길에서 왼쪽 방향.

교통 : 달랏 시내 호아빈 광장에서 크레이지 하우스, 바오다이 여름궁전 지나 찌에우비엣브엉(Triệu Việt Vương) 도로 직진, 쭉럼선원 방향. 택시 또는 스쿠터 16분 / 달랏 버스터미널 남서쪽 로빈 힐에서 케이블카 이용 쭉럼 선원 도착 / 다딴라 폭포에서 달랏 방향으로 가다가 삼거리에서 좌회전. 택시 또는 스쿠터 6분

주소 : 1 Nguyễn Đình Chiểu, Phường 3, Tp. Đà Lạt

전화 : 0263-3823-782

시간 : 06:00~18:00, 요금 : 무료

≫로빈 힐-쭉럼 선원 케이블카 Robin Hill-Trúc Lâm temple Cable Car, Nhà ga Cáp treo Đà Lạt

달랏 버스터미널(Bến xe liên tỉnh Đà Lạt) 남서쪽 로빈 힐에서 쭉럼 선원이 잇는 케이블카다. 케이블카는 오스트리아 기술로 세워졌고 총길이는 2.3km이며 50개의 케이블카가 양방향으로 운행된다.

로빈 힐에서 쭉럼 선원으로 내려가며 뚜웬람 호수와 쭉럼 선원을 감상하기 좋다. 쭉럼 선원 케이블카역은 선원 입구에 위치.

교통 : 로빈 힐_달랏 시내 호아빈 광장에서 남쪽 방향, 큰 로터리, 작은 로터리 지나 호뚱머우(Hồ Tùng Mậu)-QL20 도로 직진 후 우회전, 동다(Đống Đa) 도로 직진. 택시 또는 스쿠터 9분

주소 : 로빈 힐_8 Đống Đa, Phường 3, Tp. Đà Lạt

시간 : 07:30~11:30, 13:30~17:00

요금 : 편도 8만 VND, 왕복 10만 VND

〈달랏 근교〉

짜이맛 Trại Mát

달랏 시내 동쪽 8km 지점에 위치한 마을로 예전 탑참-달랏 철도의 경유지였으나 현재 철도는 달랏-짜이맛 구간만 운행된다. 주요 볼거리는 짜이맛 역 앞 오른쪽의 불교사찰인 린프억사, 왼쪽의 다푸억 까오다이 사원이 있다. 관광철도로 왔을 때 시간이 약 25분밖에 없어 두 사원 중 한 곳만 다녀오면 달랏으로 되돌아갈 시간이 된다. 시간이 되면 짜이맛 역 주변에 구멍가게나 노점에서 초등생이 즐겨 찾는 주전부리를 맛보아도 즐겁다.

교통 : 달랏 역에서 기차(07:45, 09:50, 11:55, 14:00, 16:05) 이용, 짜이맛 역 도착 *기차는 승객 10~15명 이상일 때 출발 / 달랏 시내 호아빈 광장에서 달랏 역 거쳐 린프억사 방향, 택시 또는 스쿠터 20분

주소 : Trại Mát, Phường 11, Đà Lạt

≫린프억사 Linh Phuoc Pagoda,

Chùa Linh Phước

1949~1952년 세워졌고 유리, 도자기, 자기 조각으로 화려하게 장식되어 병사원(Chùa Ve Chai)라고도 불린다. 1990년 현재의 모습으로 중건되었다. 본관은 전면에 3탑으로 되어 있는데 중앙 탑 높이가 27m에 달하고 처마와 기둥마다 용장식이 되어 있다. 안으로 들어가면 보리수나무를 배경으로 금동좌불, 입구 오른쪽에 녹색 유리 좌불이 있다. 본관 2층으로 올라가면 주위 경치를 살펴볼 수 있는데 사원 뒤쪽, 멀리 다푸억 까오다이 사원이 보인다.

본관 맞은편에는 36m의 7층탑이 있는데 탑 2층에 높이 4.3m, 너비 2.3m, 무게 8.5톤으로 베트남에서 가장 큰

종이 걸려있다. 7층탑과 연결된 건물에는 건물 밖에 관음보상 조형물, 건물 내에 3층 크기의 대형 관음보살상이 세워져있다. 본관 오른쪽에는 대형 통나무를 조각한 달마상, 포대화상이 있어 눈길을 끈다. 전체적으로 화려한 장식, 크고 작은 불상이 매우 많은 사원으로 둘러보는 동안 심심할 새가 없다.

교통 : 짜이맛 역 앞에서 우회전(서쪽, 달랏 방향)으로 가다가 좌회전, 린프억사 방향. 도보 5분

주소 : 120 Tự Phước Thành Phố Đà Lạt, Trại Mát

시간 : 08:00~17:00, 요금 : 무료

교, 그리스 철학을 융합한 독특한 교리를 가지고 있다.

까오다이 사원은 중앙 현관을 중심으로 양옆에 높은 첨탑이 있는 모습인데 다른 곳의 까오다이 사원도 거의 같은 외관이다. 내부는 용장식이 있는 기둥이 늘어서 있고 중앙에 까오다이의 상징물인 일안이 보인다.

교통 : 짜이맛 역 앞에서 우회전(서쪽, 달랏 방향)으로 가다가 바로 좌회전, 직진 후 좌회전, 사원 방향. 도보 8분

주소 : Tự Phước, Trại Mát, Phường 11, Tp. Đà Lạt

전화 : 0263-3829-770

≫다푸억 까오다이 사원 Đa Phước Cao Dai Temple, Thánh thất Đà Lạt

랑비앙산 Langbiang Mountain, Đỉnh Lang Biang

20세기 초 베트남 남부에서 탄생한 까오다이교 사원으로 짜이맛 역 앞에서 왼쪽으로 보이는 언덕에 위치한다. 까오다이교는 프랑스 ·인도차이나 총독부의 하급관리였던 응오반찌에우가 창시했고 도교, 불교, 기독교, 민간신앙, 유

랑비앙 봉(2,167m)과 비도웁반 봉(Bidoup Ban 2,287m)으로 이루어진 산으로 달랏의 지붕이라 불린다. 전설에 따르면 랑비앙이란 연인인 랑이란 남자와 비앙이란 여자의 이름에서 유래된 것이다. 그들은 랑이 늑대의 공격으로부터 비앙을 구하면서 사랑에 빠지게 된다. 하지만 그들은 남녀의 부족 간 불화로 이루어지지 못했다고 한다. 매표소에서 도보로 약 1시간 걸려 구불구불한 숲길을 걸어 올라가거나 랑비앙 정상 차량터미널(Bến xe lên đỉnh Langbian)에서 지프를 타고 10여분 만에 오를 수도 있다. 차량터미널에서 출발하는 지프는 6인승인데 인원이 적을 경우 표를 끊으면 다른 사람과 합승을 시켜준다.

정상에 오르면 북쪽으로 쭈양신(Chư Yang Sin) 국립공원, 동쪽으로 혼바(Hòn Bà) 자연보호구역, 서쪽으로 단끼아(Đan Kia) 호수, 남쪽으로 달랏이 한눈에 들어온다. 정상에는 매점이 있어 커피나 간식을 맛볼 수 있고 생뚱맞게 놓인 군용 지프와 오토바이를 배경으로 기념촬영하거나 말을 타도 즐겁다. 아울러 정상에 수공예품을 판매하는 현지인 행상이 있으므로 마음에 드는 물건이 있다면 구입해도 좋다. 지프는 정상에서 약 1시간 정도 머물다 내려오므로 합승했다면 운전기사와 동승자들을 기억해두자. *달랏에서 스쿠터 타고 간다면 시내 벗어나 한적한 도로에서 속도 내지 말고 안전 운행할 것!

교통 : 호아빈 광장 뒤 버스정류장 또는 달랏 버스터미널에서 락즈엉(Lạc Dương)행 5번 버스, 적색 푸타 버스라인(FUTA Busline) 버스 이용, 랑비앙 정상 차량터미널 도착. 편도 1만 2천 VND 내외 / 호아빈 광장에서에서 판딘풍(Phan Đình Phùng)-쏘비엣응에띤(Xô Viết Nghệ Tĩnh)-단끼아(Đan Kia), 북쪽 방향. 택시 또는 스쿠터 28분 / 차량터미널-랑비앙 정상, 지프 11분, 지프 1대(6명) 왕복 36만 VND(1인 6만 VND) 내외

주소 : tt. Lạc Dương, Lạc Dương, Lâm Đồng

전화 : 0263-3839-088

요금 : 5만 VND

코스 : 랑비앙 정상 차량터미널-랑비앙 정상 3.7km, 도보 약 1시간 소요

☆여행 팁_이지라이더 Easy Raiders

오토바이 뒷자리에 타고 오토바이 기사의 가이드를 받는 투어를 말한다. 오토바이 택시 쎄옴에 비해 전문성이 있고 신원이 확실해 이용하기 좋다. 대중교통이 부족

한 달랏 같은 곳에서는 오토바이나 스쿠터를 대여하면 좋으나 오토바이나 스쿠터를 탈 줄 모른다면 이용해볼 만하다. 코스는 기사와 협의해 정하면 되고 당일 시티 투어 외 인근 지역으로 가는 장기 투어도 있다. 투어 신청은 달랏 여행자 거리인 쯩꽁딘(Trương Công Định) 거리의 이지라이더 사무실에서 하거나 각 홈페이지를 통해 하면 된다. 달랏 외 하노이, 후에, 다낭/호이안, 나트랑, 무이네, 호찌민 등에도 이지라이더 사무실이 운영된다. 오토바이 기사가 운전의 달인이긴 하지만 출발 전 과속하지 않도록 말해두면 마음이 편하다.

교통 : 베트남이지라이더/이지라이더/달랏이지라이더_호아빈 광장에서 북서쪽, 쯩꽁딘(Trương Công Định) 도로 이용, 도보 2분 / 3분 / 6분

요금 : 달랏 근교 45 USD, 달랏-나트랑 3~4일 225 USD, 달랏-호이안 5~6일 450 USD, 달랏-무이네 2~4일 150 USD, 달랏-사이공 4~5일 300 USD 내외

상호	주소	전화번호
베트남이지라이더 www.vietnameasyriders.vn	67 Trương Công Định	01667-632-059
이지라이더 www.easyriders.com.vn	71 Trương Công Định	0976-733-255
달랏이지라이더 www.dalat-easyrider.com	70 Phan Đình Phùng	090-9445-619

*이지라이더 투어, 현지 사정에 따라 일정, 요금 변경될 수 있음

〈투어〉

달랏 계곡 투어 Dalat Canyon Tour

다딴라 폭포 계곡에서 자일을 이용한 현수하강(Abseiling, 레펠), 트래킹, 폭포 점프 등을 하는 투어다. **캐녀닝 (Canyoning)**이라도도 한다.

투어는 시내에서 계곡으로 이동한 후 안전교육, 장비착용을 하는 것으로 시작한다. 처음으로 마른 바위를 18m 하강하여 폭포에서 물놀이를 즐기고 이어 스카이폴(Skyfall)이란 별칭의 30m 폭포를 물을 맞으며 하강한다. 폭포에서 나와 숲길 트래킹을 한 후, 2~5m의 절벽에서 시냇물로 점프를 하며 시간을 보낸다. 끝으로 32m 경사면을 하강하고 7~15m 절벽에서 시냇물로

점프하는 것으로 투어를 마친다.

이런 계곡 투어를 캐녀닝(Canyoning) 하는데 자일을 이용한 하강과 절벽에서의 점프 등 스릴이 넘쳐 인기 어드벤처 투어로 떠오르고 있다. 단, 미끄러운 계곡을 맨몸으로 내려가고 폭포에 들어가는 투어이므로 반듯이 헬멧을 쓰고 안전조끼를 입는다. 또한 가이드의 지시에 잘 따르고 돌발행동을 하지 않는다.

*계곡 투어와 기타 투어 이용 시 여행객이 많은 여름 성수기 외 인원부족으로 취소되는 경우 있음.

교통 : 달랏 시내 호아빈 광장에서 남쪽 방향, 로터리 지나 호뚱머우(Hồ Tùng Mậu)-QL20 도로 직진, 다딴라 폭포 방향. 택시 또는 스쿠터 13분

주소 : 다딴라 폭포_Đèo Prenn, Phường 3, Thành phố Đà Lạt

시간 : 신투어/달랏투어_08:00/08:00, 09:00, 10:00, 13:00, 14:00, 15:00

요금 : 신투어/달랏투어_199만9천/188만6천 VND *입장료, 교통 등 포함

신청_신투어리스트 또는 달랏의 여행사, 게스트하우스

신투어리스트_www.thesinhtourist.vn

달랏투어_

http://dalattourist.com.vn/hoat-dong/canyoning

〈기타 투어〉

투어	개요	시간	요금 (VND)
달랏 시티 투어 1/2 Day Da Lat City Tour	바오다이 여름궁전, 달랏성당, 쭉럼 선원 등	08:15~11:30	16만
꽁찌엥 투어 Cong Chieng Tour (Gongs Show)	전통주 르어우껀 시음, 바비큐 시식, 민속공연	18:15~20:30	37만9천
일출 투어 Cloud Hunting & Sunrise In Da Lat 1/2 Day	일출 감상, 까우닷 그린티 힐, 딸기 농장 등	04:00~11:00	47만9천
랑비앙산&엘레펀트 폭포 The Langbiang Mountain& Elephant Waterfall	꽃과 커피농장, 실크공장, 엘레펀트 폭포, 랑비앙산	08:15~15:30	37만
트래킹_타이거 폭포 Trekk 1 Day_Tiger Waterfall	숲속 트래킹, 타이거 폭포 달랏 동쪽 16km	08:30~16:00	65만9천
산악자전거 투어 Mountain Biking 1 Day North Of Dalat	쑤언흐엉 호수, 반한사 달랏 북쪽	09:00~16:00	65만9천
화이트워터 래프팅 White Water Rafting 1 Day	다영강 래프팅 달랏 남서쪽 53km	08:00~16:30	176만9천

*신투어리스트 기준, 투어는 현지 상황에 따라 변동될 수 있음. 2024년 2월 현재 일부 투어 정지 중!

*레스토랑&카페

랑팜 뷔페 L'angfarm Buffet

달랏 토산품을 판매하는 랑팜에서 운영하는 디저트 뷔페다. 주요 먹거리는 허브티, 커피, 과일 주스, 특제 잼, 건과일과 과일, 크림 젤라토, 토스트, 찐 고구마, 찐 옥수수, 베트남식 피자 등으로 다양하다. 고구마, 옥수수, 토스트 같은 메뉴가 있어 식사대용으로도 적당하다.

교통 : 호아빈(Hòa Bình) 광장에서 남동쪽, 달랏 야시장 방향. 도보 4분
주소 : 6 Nguyễn Thị Minh Khai, Phường 1, Tp. Đà Lạt
전화 : 0263-351-0520
시간 : 07:30~22:30
메뉴 : 뷔페_6만9천 VND
홈페이지 : www.langfarmdalat.com

달랏 야시장 식당가

달랏 야시장이 열리는 응우옌티민카이(Nguyễn Thị Minh Khai) 거리에 있는 노점 식당가다. 여러 식당이 있는데

메뉴는 소고기 쌀국수인 퍼보(Phở bò), 닭고기 쌀국수인 퍼가(Phở gà), 덮밥인 껌(Cơm), 전골인 러우(Lau) 등으로 비슷하니 손님 많은 곳을 택하면 된다. 노점이라 위생이 신경 쓰이는 사람은 이용하지 않아도 된다.

교통 : 호아빈(Hòa Bình) 광장에서 남동쪽, 달랏 야시장 방향. 도보 4분
주소 : Nguyễn Thị Minh Khai, Phường 1, Tp. Đà Lạt
시간 : 16:00~22:00
메뉴 : 퍼보(Phở bò, 소고기 쌀국수), 퍼가(Phở gà, 닭고기 쌀국수), 껌(Cơm 덮밥), 러우(Lẩu 전골)

150

윈드밀 카페 Windmills Cafe

달랏 시내에 몇 곳이 있는 커피 전문점이다. 파스텔 톤의 인테리어가 편안한 느낌을 주고 베트남 커피에 달달한 케이크를 맛보기 좋은 곳이다. 여름이라면 시원한 과일 스무디를 맛보며 시간을 보내보자.

교통 : 호아빈 광장에서 서쪽, 여행자 거리 지나 북쪽, 도보 6분
주소 : 133A Phan Đình Phùng, Phường 2, Thành phố Đà Lạt
전화 : 0263-3540-806
시간 : 08:00~22:00
메뉴 : 커피, 차, 스무디, 케이크

리엔호아 Lien Hoa Bakery

달랏에서 규모가 큰 제과점 겸 베트남 레스토랑이다. 1층 제과점에서 바게트(샌드위치)인 반미(Bánh mì)나 원하는 빵을 고를 수 있고 2층 레스토랑에서 쌀국수나 소고기 스테이크인 빗떽(Bít-tết) 등을 맛보기 좋다. 패스트푸드점 분위기여서 맛은 기본을 하는 정도! *TV예능 〈나 혼자 산다〉에서 케이크 산 곳!

교통 : 호아빈광장에서 남서쪽, 바탕하이(Ba tháng Hai) 거리 방향. 도보 2분
주소 : 19 Ba tháng Hai Phường 1, Phường 1, tp. Đà Lạt
전화 : 092-564-8289
시간 : 08:00~22:00
메뉴 : 제과, 커피, 반미(Bánh mì, 바게트), 퍼(Phở, 쌀국수), 빗떽(Bít-tết, 소고기 스테이크), 러우(Lẩu 전골), 보네(Bò nè, 소고기 철판구이)

곡하탄 Goc ha Thanh

여행자 거리에 위치한 레스토랑으로 고급 레스토랑처럼 깔끔한 분위기를 자랑한다. 영어 메뉴에 메인으로 치킨, 비프, 포크 등이 있어 입맛에 따라 선택하기 좋다. 인기 메뉴는 별표를 해놓아 선택을 돕고 있기도 하다. 생선조림 같은 포트(Pot) 요리를 맛보려면 길 건너

자뀌(Dã Quỷ) 레스토랑으로 가도 좋다.

교통 : 호아빈 광장에서 서쪽, 쯔엉꽁딘(Trương Công Định) 거리 직진. 도보 2분

주소 : 51 Đường Trương Công Định, Phường 1, Thành phố Đà Lạt

전화 : 0263-3553-369

시간 : 08:00~23:00

메뉴 : 망고 치킨·갈릭 치키 6만5천 VND, 코코넛 치킨 커리 7만9천 VND, 소테이드 비프(Sauteed Beef 소고기볶음) 7만9천 VND, 스위트&사워(Sour) 포크 6만5천 VND, 포크 커리 7만9천 VND 내외

B21 바 B21 Bar

DJ가 흥겨운 음악을 들려주는 클럽 겸 바(Bar)다. 낮 시간에는 클럽 테라스에 앉아 시원한 맥주 한 잔하기 좋고 밤 시간에는 음악을 들으며 칵테일 한 잔 해도 괜찮다. 일행이 있다면 식사+안주+맥주가 나오는 세트메뉴도 있으니 고려해보자.

교통 : 호아빈 광장에서 서쪽, 쯔엉꽁딘(Trương Công Định) 거리 따라 내려간다. 도보 4분

주소 : 68 Trương Công Định, Phường 1, Tp. Đà Lạt

전화 : 091-779-2121

시간 : 15:00~익일 01:30

메뉴 : 맥주, 칵테일, 위스키, 볶음밥, 스파게티

호아쎈 Nhà Hàng Chay Hoa Sen

PX 호텔 1층에 위치한 채식 전문 레스토랑이다. 식당 분위기는 홍콩에서 볼 수 있는 차찬텡(茶餐廳) 느낌이 난다. 메뉴에 베트남어와 영어, 중국어가 병기되어 있어 주문하기 편리하다. 샐러드에 볶음밥 정도 먹으면 좋고 일행이 있으면 전골인 러우를 주문해도 괜찮다. 대체로 음식이 깔끔하고 먹을 만하다.

교통 : 호아빈 광장에서 서쪽, 쯔엉꽁딘(Trương Công Định) 거리 따라 내려간 뒤 좌회전. 도보 5분

주소 : 62 Phan Đình Phùng,

Phường 1, Tp. Đà Lạt
전화 : 0263-3567-999
시간 : 07:00~14:00, 16:00~21:00
메뉴 : 바나나 플라워 샐러드 4만 VND,
보일드 워터 스피나쉬(시금치) 3만 VND,
그린 카배지(양배추) 스프 3만 VND, 로투
스 라이스(볶음밥) 3만 VND, 보네(Bò nè
인조고기), 러우(Lẩu 전골) 14만~ VND 내
외

퍼 히에우 Pho Hieu Dalat

호아빈 광장 북쪽에 있는 쌀국수 집으
로 소고기 쌀국수인 퍼보, 돌솥 쌀국수
인 퍼보닷다, 후에 쌀국수인 분보후에
등을 낸다. TV예능 〈나 혼자 산다〉 나
와 화제가 된 곳!
교통 : 호아빈 광장에서 북쪽, 도보
17분 또는 택시/쎄옴 7분
주소 : 103 Nguyễn Văn Trỗi,
Phường 2, Thành phố Đà Lạt
전화 : 097-125-7848
시간 : 06:00~20:30
메뉴 : 퍼보(Phở Bò 소고기 쌀국수)
중 5만 VND, 퍼보밧다(Phở bò bát

đá 돌솥 쌀국수) 9만 VND, 분보후에
(Bún bò Huế 후에 소고기 쌀국수) 5
만 VND, 반미+계란, 반콰이(꽈베기)

욕뇨이팃 33 Quán ốc nhồi thịt 33

달랏 지역 특산 요리라는 달팽이 요리,
욕뇨이팃을 내는 식당이다. 달팽이 요
리 외 구이와 탕을 내는 식당으로 TV
예능 〈나 혼자 산다〉에 나오며 화제가
된 곳!
교통 : 호아빈 광자에서 북쪽, 도보
14분 / 택시 또는 쎄옴 7분
주소 : 181 Đường Hai Bà Trưng,
Phường 6, Thành phố Đà Lạt
전화 : 093-601-5619
시간 : 09:00~22:00
메뉴 : 욕뇨이팃(ốc nhồi thịt 달팽이
요리), 볶음밥, 각종 구이, 탕

트레인 카페 Train Cafe
달랏 역사 뒤쪽에 위치한 카페로 옛날
기차의 객차를 카페로 이용한다. 객차
내부에 음료를 내는 미니 바가 있고
테이블과 좌석도 마련되어 있다. 객차

천정에는 회전식 선풍기가 한낮의 더위를 식혀준다.

교통 : 달랏 역내

주소 : 1 Quang Trung 10 tp. Đà Lạt 10 tp. Đà Lạt

시간 : 05:30~20:00

메뉴 : 커피, 디저트

*쇼핑

달랏 시장 Dalat Market, Chợ đêm Đà Lạt

달랏 최대 시장으로 의류, 신발, 기념품, 잡화 상점이 있는 옥내 시장과 의류, 기념품, 과일, 음식 노점이 늘어선 옥외 시장으로 나뉜다.

시장 앞 조각상이 있는 로터리는 시민들의 휴식처가 되고 호수 쪽으로 이어진 응우옌티민카이(Nguyễn Thị Minh Khai) 도로 양쪽은 상점과 레스토랑 노천 음식점들이 늘어서 상점가이자 이 시장이다. 여러 상품 중 달랏 특산인 달랏 와인, 고원에서 재배한 딸기가 인기이다. 그런데 딸기가 달지 않음!

그 외 베트남 커피, 망고 같은 열대 과일 등은 흔히 볼 수 있는 것들이다. 물건을 살 때는 반듯이 2~3곳 가격을 물어보고 구입한다.

초록색 국기봉 같이 생긴 꽃봉오리는 아티초크(Artichoke, Atisô)로 단백질 비타민 A, C, 칼슘 등이 풍부해 서양에서 불로초라 불리고 식용이나 차, 약재로 사용된다.

교통 : 달랏 시내인 호아빈 광장(Khu Hoà Bình)에서 도보 1분

주소 : Nguyễn Thị Minh Khai

Phường 1, Tp. Đà Lạt, Lâm Đồng
시간 : 06:00~20:00

Phường 1, Tp. Đà Lạt
시간 : 17:00~24:00

≫달랏 야시장 Chợ đêm Đà Lạt

랑팜 L'angfarm

매일 밤, 달랏 시장 앞, 응우옌티민카이(Nguyễn Thị Minh Khai) 거리에서 열리는 야시장이다. 야시장 인기 품목은 기념품, 건과일, 젤리, 베트남 커피, 과일 잼 등. 단, 물품 구입 시 흥정은 필수! 야시장 둘러보며 노점에서 숯불에 구워주는 베트남식 피자, 꼬치도 맛을 보자. 단, 야시장은 매우 혼잡하니 소지품 분실 주의! *TV예능 〈나 혼자 산다〉에서 야시장 식당이 나옴.
교통 : 호아빈 광장에서 달랏 시장 방향. 도보 1분
주소 : Nguyễn Thị Minh Khai,

달랏 특산품을 판매하는 곳으로 베트남 커피, 달랏 와인, 딸기 잼, 건과일, 아티초크 차 등을 구입하기 좋다. 이들 상품을 시장이나 노점에서도 살 수 있으나 이곳 물건은 포장이 되어 있어 선물로 사기 적당하다. 달랏 시내에 몇몇 분점이 있고 호찌민, 나트랑, 다낭에도 분점이 영업 중이다.
교통 : 호아빈 광장에서 달랏 시장 방향, 달랏 시장 지나. 도보 2분
주소 : 40 Nguyễn Thị Minh Khai, Bùng binh Chợ Đà lạt
전화 : 0263-3811-081
시간 : 07:30~23:00

홈페이지 : www.langfarmdalat.com

빅씨 Big C

쑤언흐엉 호수 남쪽에 있는 대형할인매장이다. 지하에 있어 밖에서는 광장밖에 보이지 않으나 안으로 들어가면 의류, 잡화, 식품, 제과, 과일 같은 상품이 가득한 매장이 나타난다.

베트남 커피나 차를 구입하기 좋고 베이커리에서 막 구워낸 빅사이즈의 반미는 현지 사람들이 즐겨 찾는 인기 품목이다. 망고, 바나나 같은 열대 과일도 저렴함 편이다. *〈나 혼자 산다〉에 나온 마트로 생선소스 느억맘, 베트남 간장 등이 있는 소스 코너가 크다.

교통 : 호아빈 광장에서 레다이한(Lê Đại Hành) 거리 직진 후 좌회전, 쩐꿕또안(Trần Quốc Toản)-호뚱머우(Hồ Tùng Mậu) 거리 직진. 택시 8분

주소 : Trần Quốc Toản, Hồ Tùng Mậu, Phường 10, Tp. Đà Lạt

전화 : 0263-3545-066

시간 : 06:30~22:15

홈페이지 :
www.bigc.vn/store/big-c-da-lat

03 나트랑(냐짱) Nha Trang

베트남 중남부 최대 도시이자 베트남에서 유명한 해변 휴양지다. 옛날 참파 왕조의 영역에 속해 나트랑 시내 북쪽에 참파 유적인 뽀나가르탑이 있다. 1862년 프랑스에 점령당해 코친차이나 일부가 되었고 1949년까지 프랑스의 지배를 받았다. 당시 세워진 파스퇴르 연구소에서 열대 질병 연구, 해양 연구소에서 남중국해 어족자원 조사 등을 진행하기도 했다. 나트랑은 크게 여행자 거리인 흥브엉 거리와 해변 지역, 나트랑 대성당과 롱썬사 지역, 뽀나가르탑과 탑바 온천 지역, 빈펄랜드와 섬 지역 등으로 나눠진다.

나트랑 시내부터 외곽 순으로 여행하면 좋다. 또 나트랑 명물 마마린 투어는 섬 투어로 유람하며 먹고 마시는 여행이어서 인기를 끈다. 나트랑은 야자수 심어진 해변에서 한가롭게 선베드에 누워, 일없이 하루를 보내기 좋은 곳이다. ※'냐짱'이 현지어에 가깝지만, 나트랑이 외부에 많이 알려져 '나트랑'으로 표기.

▲ 신투어리스트 & 여행자 거리

신투어리스트_130 Hùng Vương, 0258-352-4329, 여행자 거리_Hùng Vương 과 Biệt Thự 교차로 일대

▲ 교통

1) 베트남 내에서 나트랑 가기

- 항공

하노이, 호찌민, 하이퐁, 빈(Vinh), 다낭 등에서 베트남 에어라인(VIETNAM AIRLINES), 저가항공인 비엣젯(VIETJET)과 젯스타(JETSTAR) 같은 항공편을 이용해 나트랑에 도착할 수 있다. 하노이에서 1일 11회, 호찌민에서 1일 11회 운항. 나트랑 공항은 나트랑 시내에 있던 공항이 폐쇄되어 나트랑 시내 남쪽 35m 지점에 있는 깜란 국제공항(공항코드 CXR)을 이용한다. 깜란 국제공항에서 나트랑 시내까지는 공항버스나 택시/그랩을 이용하면 된다.

깜란 국제공항 Cam Ranh International Airport, Sân bay quốc tế Cam Ranh

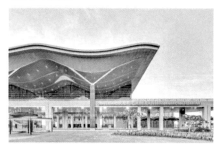

교통 : 공항에서 공항 버스(04:30 ~ 19:55, 30분 간격, 6만 VND) 또는 택시(30~40만 VND, 공항←25~30만 VND)/그랩 이용, 40~50분 소요

*공항버스(Bus Đất Mới) 종점_10 예르신(yersin) 거리(나트랑 경기장 남쪽), 0258-625-4455, 0966-282-388/385

주소 : P. T., Nguyễn Tất Thành, Cam Nghĩa, Tp. Cam Ranh, Khánh Hòa

전화 : 0258-398-9956

홈페이지 : https://vietnamairport.vn/camranhairport

- 오픈 버스

호이안, 무이네, 달랏, 호찌민(사이공)에서 나트랑으로 가는 오픈(여행사) 버스가 있다. 호이안에서 나트랑은 오후 18시 15분 출발해 약 11시간 소요, 무이네에서 나트랑은 오후 13시과 오

전 1시 출발해 약 5시간 소요, 달랏에서 나트랑은 오전 7시 30분과 오후 13시 출발해 약 4~5시간, 호찌민에서 나트랑은 오전 7시와 오후 21시에 출발해 약 11시간 소요된다. 오픈 버스 승하차 위치는 신투어리스트 기준, 비엣투(Biệt Thự)와 흥브엉(Hùng Vương) 교차로 부근이다. 신투어리스트는 130 흥브엉 거리에 있음.

노선	출발 시간(소요시간)	요금 (VND)
호이안(Hoi An)→나트랑(Nha Trang)	18:15(11시간) ←19:00	39만9천
무이네(Mui Ne)→나트랑(Nha Trang)	13:30(5시간) ←07:15, 20:00	14만9천
달랏(Da Lat)→나트랑(Nha Trang)	07:30, 12:30(4시간) ←08:15, 13:00	21만9천
호찌민(Ho Chi Min)→나트랑(Nha Trang)	08:00, 22:30(11시간) ←20:00	39만9천

*신투어리스트 기준, 출발, 도착, 소요 시간, 요금은 현지 사정에 따라 다를 수 있음 / ←표시는 반대 노선 *2024년 2월 현재 호이안발 버스 중지중!

- 철도
하노이 또는 호찌민(사이공)에서 나트랑으로 가는 직행 SE, 완행 TN, SNT, SQN 기차를 이용할 수 있다. 참고로 하노이→호찌민은 SE/TN, SNT, SQN, 홀수, 호찌민→하노이는 SE/TN, SNT, SQN 짝수 번호가 붙는다. 하노이-나트랑 기차 시간은 SE7 06:00, SE5 09:00, TN1 13:10, SE1 19:30, SE3 22:00, 소요 시간은 14시간 30분 내외. 호찌민→나트랑 기차 시간은 SE8 06:00, SE6 09:00, SE22 11:55, TN2 13:10, SE2 19:30, SE26 22:00, SNT2 20:30, SQN2 21:25, SE4 22:00, 소요 시간은 7시간 30분 내외.
기차 좌석은 하드 시트(Hard Seat), 소프트 시트(에어컨), 하드 베드(Hard Berth 6인 3층 침대), 소프트 베드(Soft Berth 4인 2층 침대)가 있다.

10시간 전후로 탑승하므로 침대 좌석을 이용하는 것이 좋고 보안을 신경 쓴다면 6인의 하드 베드보다 따로 객실 문이 달린 4인의 소프트 베드를 이용하는 것이 낫다.

나트랑 역은 나트랑 시내인 흥브엉 거리에서 북서쪽 약 2km 지점에 있어 접근성이 좋다. 기차표는 역, 여행사(수수료 포함), 인터넷 사이트에서 살 수 있는데 역에서 사는 것이 가장 저렴하다. 인터넷 사이트 중 철도청 사이트(https://dsvn.vn/#)는 베트남 현지 발행 신용카드가 아니면 결제가 되지 않으니 주의. 그 외 베트남-레일웨이(http://vietnam-railway.com), 베트남트레인(www.vietnamtrain.com) 같은 사설 사이트를 이용할 수 있는데 정상적인 사이트인지 확인할 것!

나트랑 역 Ga Nha Trang

교통 : 나트랑 시내인 흥브엉 거리(Biệt Thự과 Hùng Vương 교차로 일대)에서 택시/그랩 이용, 5만 VND 내외

주소 : 17 Thái Nguyên, Phước Tân, Tp. Nha Trang

전화 : 058-3822-113

시간 : 07:00~11:30, 13:30~17:00

구간	기차번호, 출발~도착시간	요금
하노이(Ha Noi) →나트랑(Nha Trang)	SE7 06:00~08:27	SE 기준_ 하드 시트(에어컨)_56만6천 VND 소프트 시트(에어컨)_81만9천 VND 하드 베드(3층/2층/1층)_81만1천/95만5천/1백2만3천 VND 소프트 베드(2층/1층)_108만천/115만 VND
	SE5 09:00~11:15	
	TN1 13:10~17:43	
	SE1 19:30~21:14	
	SE3 22:00~22:04	
호찌민(Sai Gon) →나트랑(Nha	SE8 06:00~13:18	SE 기준_ 하드 시트_17만2천 VND 소프트 시트(에어컨)_26만3천 VND 하드 베드(3층/2층/1층)_32만4천/39만4
	SE6 09:00~16:21	
	SE22	

Trang)	11:55~19:46	/42만7천 VND 소프트 베드(2층/1층)_43만2천/45만9천 VND
	TN2 13:10~21:17	
	SE2 19:30~03:13	
	SE26 22:00~03:49	
	SNT2 20:30~05:30	
	SQN2 21:25~06:45	
	SE4 22:00~04:52	

*베트남 철도청 상황에 따라 기차번호, 시간, 좌석, 요금 변경될 수 있음.

- 시외버스

나트랑 서쪽의 닥농(Đăk Nông 15만 VND)에서 나트랑 북부/남부 버스터미널, 나트랑 북쪽의 다낭(23만5천~25만 VND), 꾸이년(Quy Nhơn 11만 VND) 떠이 호아(Tuy Hòa 7만 VND), 달랏(14만 VND), 나트랑 남쪽의 까마우(Cà Mau 35만 VND), 끼엔장(Kiên Giang), 안장(An Giang), 하우장(Hậu Giang), 박리우(Bạc Liêu_끼안하박 33만 VND), 껀또(Cần Thơ 29만 VND), 호찌민(16~21만 VND), 판띠엣(Phan Thiết 11만 VND) 판랑(Phan Rang 6만 VND), 다낭(23만5천 VND), 나트랑 서쪽의 쁠레이꾸(Pleiku 17만 VND, 꼰똠(Kon Tum 19만 VND) 등에서 나트랑 남부 버스터미널로 도착할 수 있다. 시외버스 이용 시 시외버스 터미널까지 가야 하는 수고가 있고 버스가 낡아 장거리 이용 시 불편할 수 있으므로 가급적 오픈버스를 이용하는 것이 좋다. 나트랑 북부 버스터미널은 나트랑 시내에서 북쪽으로 약 7km, 나트랑 남부 버스터미널은 남쪽으로 8km 지점에 있다.

나트랑 북부 버스터미널 Bến xe Phía Bắc Nha Trang
교통 : 나트랑 시내인 흥브엉 거리에서 북쪽 방향, 택시/그랩 이용, 30분

주소 : Số 01 đường 2/4, Vĩnh Hòa, Nha Trang
전화 : 058-3838-799
행선지 & 시간_
http://oto-xemay.vn/ben-xe/ben-xe-phia-bac-nha-trang-2646.html
*참고 단어_Nhà xe(차고≒터미널), Nơi đi(출발지), Nơi đến(행선지), Giá vé(요금)

나트랑 남부 버스터미널 Bến xe Phía Nam Nha Trang
교통 : 나트랑 시내인 흥브엉 거리에서 서쪽 방향, 택시/그랩 이용, 30분

주소 : Số 58 Đường 23/10, TP.Nha Trang
전화 : 058-3812-812
행선지 & 시간_
http://oto-xemay.vn/ben-xe/ben-xe-phia-nam-nha-trang-401.html

2) 냐트랑 시내 교통

- 도보&자전거&씨클로
흥브엉 여행자 거리(Biệt Thự과 Hùng Vương 교차로 일대)에서 나트랑 해변 정도 도보로 다니기 좋다.
여행자 거리에서 조금 떨어진 다낭 성당, 롱썬사는 자전거를 타고 가면 편리하다. 자전거 대여 1일 5~6만 VND 내외.
여행자 거리에서 냐트랑 해변, 나트랑 야시장 정도는 자전거 택시인 씨클로(Cyclo)를 타도 즐겁다. 씨클로 요금은 5만 VND 내외이나 관광객이 이 요금에 타기 쉽지 않다. 씨클로 탑승 전 반듯이 요금을 흥정하고 이용한다.

- 쎄옴
오토바이 택시를 쎄옴(Xe Om)이라고 하는데 요금은 보통 1km 당 1만 VND 정도 한다. 흥브엉 여행자 거리에서 다낭 성당까지 약 2km 정도 되므로 요금은 2만 VND 정도 나올 텐데 관광객에게는 요금을 더 부르는 경우가 있다. 가급적 가까운 거리를 이용하고 타기 전 흥정하고 이용한다.
*그랩바이크가 생겨 사라지는 추세!

- 스쿠터

스쿠터는 여행지가 뜨문뜨문 떨어져 있는 나트랑을 여행하는데 가장 편리한 교통수단이다. 스쿠터 대여료는 1일 10만~16만 VND(5~8 USD)이고 휘발유 요금은 1리터(ℓ)에 2만 VND 정도이다. 스쿠터로 다낭 성당, 롱썬사, 보나가르탑 정도 다녀오면 적당하다.

스쿠터는 호텔(숙소) 내에서 빌리는 것보다 대여점에서 빌리는 것이 더 저렴하다. 대여 전 전후좌우 스쿠터 상태를 사진 찍어 둔다. 스쿠터 이용 시 꼭 **헬멧**을 쓰고 보통 보험이 없으므로 **교통법규**를 지키며 **과속하지 않고** 운전 중 **전방주시**한다. 아침, 저녁 출퇴근 시간에 도로에 나섰다면 도로 가득한 스쿠터, 자동차에 당황하지 말고 **차량흐름대로** 천천히 운행한다. 방향을 바꿀 때에는 깜박이 켜고 바꿀 방향으로 힐끔보면서 천천히 방향을 전환하면 된다. 사고 시 대여점, 호텔(숙소), 영사관에 전화를 걸어 도움을 청한다.

- 택시

나트랑에서 비교적 믿을만한 흰색 비나썬(Vinasun, 028-38272727)과 녹색 마이린(Mai Linh, 028-38383838) 택시를 이용한다. 그 외 다른 회사 택시는 타지 말 것! 비나썬이나 마이린 택시를 이용하더라도 미터를 사용하는지, 돌아가진 않는지를 잘 살피고 팁은 주지 않아도 된다.

택시 기본요금은 자동차 크기(소·중·대), 운행 시간에 따라 1만~1만5천 VND이고 1km 당 1만5천~1만8천 VND 추가된다. 택시미터 표시는 1,000단위이므로 탈 때 '10' 표시되어 있으면 1만 VND임. 택시 내에 신용카드 결제기가 있는 때도 있으나 가급적 현금 결제를 하고 카드 결제 시 영수증(호아돈 hoá đơn)을 받는다. 현금 결제 시 잔돈이 없다고 하는 경우가 있으므로 평소에 잔돈을 준비해 둔다.

택시 승차는 가급적 호텔(숙소)에서 불러달라고 해서 타는 것이 좋고 관광지 나갔을 때는 관광지 대기 택시를 탄다. 택시 대절 요금은 1일 40만~60만 VND(20~30 USD) 정도이나 이용 전,

택시 기사와 코스, 요금을 흥정하고 탄다. 여성이라면 호텔(숙소)에서 택시를 불러달라고 해서 타고 택시 대절 시에는 택시 번호와 기사 전화번호를 호텔 직원에게 전달하고 이용하자.

- 그랩
스마트폰 호출 차량/오토바이 서비스로 그랩 카/그랩 바이크 등이 있다. 음식을 배달해 주는 그랩 푸드도 운영한다. 그랩은 주로 나트랑 시내에서 운행하므로 근교로 나갈 시 그랩을 잡지 못할 수 있음. 그랩 카/오토바이 대절 시 그랩 기사와 흥정! 대절 비용은 택시 대절비와 비슷!

▲ 여행 포인트

① 나트랑 No. 3, 나트랑 대성당, 롱썬사, 뽀나가르탑 둘러보기
② 나트랑 해변에서 물놀이나 일광욕 즐기기
③ 탑바 온천에서 진흙 온천 체험하기
④ 어트랙션, 워터파크, 해변 등이 있는 빈펄랜드에서 놀기
⑤ 스노클링, 해변 물놀이 즐기는 섬 투어 참가하기
⑥ 다이빙, 스노클링, 산악자전거, 래프팅 등 레포츠투어 즐기기

▲ 추천 코스

1일 나트랑 시내_나트랑 해변→알렉상드르 예르생 박물관→나트랑 대성당→롱썬사→덤 시장→뽀나가르탑→탑바 온천
2일 빈펄랜드_해상 케이블카→아웃도어 펀→아쿠아리움→워터파크→빈펄 해변
3일 섬 투어_쩨응우옌 아쿠아리움→미에우 해변→못섬→문섬
*3일_섬 투어 외 몽키 아일랜드 투어, 레포츠 투어 추천

탑바 온천

센스파

강

섬

다리

섬

섬

보나가르탑

↑다낭, 호이안 방향

한수안(해산물) R

공원

까이강

다리

섬

다리

다리

지류

다리

H 공원

무앙탄 럭셔리 칸호아

지류

지류

멈 시장 S

바다

S 롯데마트

롱썬사

짬안 치킨라이스 R

알렉상드르 예르생 박물관

나트랑 스타디움

H 선라이즈 나트랑

공항버스 승차장

나트랑 역

종합병원

롯데마트 S

S 나트랑 센터 &시티마트
나트랑 센터 푸드코트

나트랑 대성당

H 쉐라톤 나트랑

H 인터콘티넨탈 나트랑

OP 마트 S

쏨모이 마트 S

하바나 나트랑 호텔 H
스카이라이트(루프톱)

H 파라다이스 클럽

마탄 경기장

R
분카 응우엔로안
(생선 쌀국수)

르모어 호텔 H

나트랑 야시장 S

바다

R 아이 엠 케이크

H 노보텔 나트랑

R 드리머 커피숍

나트랑 해변

믹스 레스토랑 R

여행자 거리

R 망고 커피

R 세일링 클럽

해양 박물관,
빈펄랜드,
캄란 국제공항 방향
↓

루이지애나 브루하우스 R

165

〈나트랑 시내〉

나트랑 해변 Nha Trang Beach, Bãi Biển Nha Trang

나트랑 대표 해변이자 베트남에서 가장 아름다운 해변, 베트남의 지중해, 동양의 나폴리 등 여러 별칭이 있다. 해변은 완만한 타원형으로 길이는 약 6km이다. 해변을 따라 야자나무가 심겨 있어 이국적인 느낌이 들고 바다에서 수영하거나 물놀이를 하기 좋다. 3~9월은 파도가 잔잔해 물놀이하기 좋고 10~2월은 바람이 불고 파도가 높아 물놀이하기에 적합하지 않다.

해변 왼쪽으로 산처럼 보이는 곳이 혼쫑 곶(Hòn Chồng), 오른쪽에 보이는 섬이 빈펄랜드(Vinpearl Land)가 있는 쩨섬(Hòn Tre). 나트랑 해변에는 호텔, 레스토랑, 펍 등이 늘어서 있어 식사하거나 맥주 한잔하기 좋다.

교통 : 여행자 거리(흥브엉 Hùng Vương과 비엣투 Biệt Thự 교차로)에서 나트랑 해변 방향. 도보 1분

주소 : 78 Trần Phú, Lộc Thọ, Tp. Nha Trang

요금 : 선베드 2만~4만 VND, 코코넛 3만 VND, 맥주 2만 VND 내외, 음료 1만 VND 내외

알렉상드르 예르생 박물관 Alexandre Yersin Museum, Bảo tàng Alexandre Yersin

프랑스 식민지 시절, 나트랑에서 세균 연구를 한 프랑스 의학자 알렉상드르 예르생(Alexandre Émil John Yersin)의 박물관이다. 그는 오랫동안 베트남에서 의학과 농업 발전에 헌신하여 베트남 사람들로부터 은인으로 기억되고 있다. 박물관은 그의 연구소가 있던 곳으로 생전에 사용하던 책상과 서적, 실험기기, 빛바랜 흑백사진 등을 볼 수 있다. 입구에서는 그의 일대를 소개한 책자, 엽서 등을 판매한다.

교통 : 흥브엉 여행자 거리에서 흥브엉(Hùng Vương)-파스퇴르(Pasteur) 도로 이용, 북쪽 방향, 레러이(Lê Lợi) 도로에서 U턴, 박물관 방향. 택시/그랩 또는 쎄옴, 스쿠터 10분

주소 : 20 Trần Phú, Lộc Thọ, Tp. Nha Trang
시간 : 07:30~11:30, 14:00~17:00

휴무 : 토~일요일
요금 : 2만 6천 VND 내외

☆여행 이야기_알렉상드르 예르생 Alexandre Émil John Yersin

알렉상드르 예르생(1863~1943)은 스위스 출신으로 로잔 대학과 파리 대학에서 의학을 수학하고 1888년 프랑스에서 국적을 얻은 뒤 박사 학위를 취득했다. 1889년 파스퇴르 연구소에 들어가 디프테리아 독소를 발견했다. 1890년 프랑스 식민지였던 베트남 연안 증기선의 내과 의사가 되어 통킹(베트남 북부), 안남(베트남 중남부) 등에서 일했고 1893년 프랑스 식민지 관료를 위한 고원 휴양지 탐사를 나서, 달랏(Dalat)에 도달하기도 했다. 1894년 홍콩에서 페스트균을 발견하고 1895년 파리에서 페스트균 혈청 생산에 힘쓰다가 나트랑으로 돌아와 혈청 생산을 위한 연구소를 세웠다. 1902년 하노이에 의과대학을 설립하고 1904년까지 학장을 역임했으며 농업에도 관심을 두어 1897년 브라질에서 고무나무를 수입하고 1915년 남미에서 항말라리아 성분이 있는 키니네 나무를 수입해 나트랑 인근 혼바(Hon Ba) 지역에서 길렀다. 이후 나트랑의 파스퇴르 연구소에서 연구하다가 제2차 세계대전 중인 1943년 숨을 거뒀다.

나트랑 대성당 Nha Trang Cathedral, Nhà thờ Chánh Tòa Kitô Vua
1886년 프랑스 선교사에 의해 세워진 가톨릭 성당으로 중부 베트남 나트랑 가톨릭 교구의 주교좌성당이다. 현재 건물은 1928년 고딕 리바이벌 양식으로 재건립된 것이다. 1930년 부활절에 '그리스도의 왕'이란 명칭으로 봉헌되었다. 언덕 아래 성모마리아 상이 있고 언덕을 올라가면 고딕풍의 성당 건물이 나타난다. 성당 전면에 높이 38m의 첨탑인 스티플(Steeple)이 있고 건물 좌우에 회랑을 두었다. 성당 내부는 아치형 천정이 있고 제단 뒤에 그리스도를 묘사한 스테인드글라스가 보인다. 제단에서 출입문 위를 바라보면 스테인드글라스를 배경으로 그리스도상이 세워져 있고 그 위에 원형 꽃 모양 스테인드글라스인 장미의 창이 자리한다. 스테인드글라스를 통해 들어오는 빛이 신비함을 자아내어 기도를 올리는 베트남 사람에게선 경건함이 묻어난다. 성당이 언덕에 있어, 나트랑 시내를 둘러보기 좋다. *성당 올라갈 때 소액 기부금을 요구하니 내고 올라가자.

교통 : 흥브엉 여행자 거리에서 흥브엉 (Hùng Vương) 도로 이용, 북쪽 방향, 레탄똔(Lê Thánh Tôn) 도로에서 우회전. 성당 방향. 택시/그랩 또는 쎄옴, 스쿠터 10분
주소 : 31 Thái Nguyên, Phước Tân, Tp. Nha Trang
전화 : 058-3823-335
시간 : 04:30~11:00, 14:00~20:30
요금 : 기부금 2만 VND 내외

롱썬사(隆山寺, 융산사) Long Son Pagoda, Chùa Long Sơn

1886년 반프랑스 운동을 이끌었던 승려 틱응오찌(Thích Ngộ Chí 1856-1935)가 나트랑 북쪽 언덕에 '당롱 파고다(Dang Long Pagoda)'라는 이름으로 세웠다. 1900년 태풍으로 파괴되어 현 위치에 재건되었다. 1940년 전체적으로 증·개축 되었으나 1968년 베트남 전쟁으로 파괴되었고 1971년 복구되었다. 삼문을 들어서면 커다란 향로가 있고 그 뒤로 이중 지붕의 대웅전, 대웅전 뒤 언덕에 대형 좌상이 보인다. 대웅전 안에 여러 개의 팔과 사면 얼굴을 가진 천수 관음상이 반기고 천수관음 뒤로 부처상이 안치되어 있다. 대웅전 뒤로 언덕길을 오르면

1963년 응오딘지엠 정권(남베트남 정부, 1954~1963년)에 의해 희생된 승려를 위해 세워진 높이 24m의 흰색 좌불이 있어 눈길을 끈다. 이곳에서 나트랑 시내를 조망하기도 좋다. ※간혹 대웅전 또는 사찰 내에서 향을 건네주며 기부금(20만 VND 내외)을 요구는 경우가 있으나 내키지 않으면 거절하자.

교통 : 흥브엉 여행자 거리에서 흥브엉(Hùng Vương) 도로 이용, 북쪽 방향, 레탄똔(Lê Thánh Tôn)-타이응우옌(Thái Nguyên) 도로 이용, 나트랑 역 지나, 롱썬사 방향. 택시/그랩 또는 쎄옴, 스쿠터 15분

주소 : Phật Học, Phường Sơn, Tp. Nha Trang

전화 : 058-3827-239

시간 : 24시간, 요금 : 무료

뽀나가르탑 Po Nagar Tower, Tháp Bà Po Nagar

7~12세기 참파 왕조 때 당시 카우타라(Khauthara)라 불리던 지역에 세워진 힌두 사원이다. 사원은 여신 얀 뽀나가르(Yan Po Nagar)에게 바쳐졌는데 얀 뽀나가르는 '10개의 팔을 가진 힌두 여신인 바가바티(Bhagavathi) 또는 마히샤수라마르디니(Mahishasura-mardini, 두르가 Durga)로 여겨진다. 얀 뽀나가르는 베트남 사람들에게는 티

엔이타인마우(Thiên Y Thánh Mâu)로도 불린다. 774년과 784년 자바(인도네시아)의 공격으로 사원의 대부분이 파괴되었는데 10세기 이후 일부가 재건되었다.

사원은 까이 강가 꾸라오(Cù Lao) 언덕에 세워졌다. 원래 8개의 탑(사원)이 있었으나 현재 4개만 남아 있다. 입구를 지나면 평대 만타파(Mantapa) 역할을 하는 벽돌 기둥들이 세워져 있다.

그 뒤에는 높이 25m로 가장 큰 탑찐(Thập chinh)이 보인다. 817년 세워진 시바 사원으로 사원 내에 시바를 상징하는 링가(Linga)가 있었으나 크메르(Khmer, 캄보디아)와의 전쟁 중 약탈당했다. 현재 얀 뽀나가르의 화신이자 시바의 부인인 우마(Uma)를 모신다. 탑찐 박공벽의 관을 쓰고 흰 소인 난디를 밟고 춤추는 팔 네 개인 여인상은 두르가(Durga). 탑찐 옆 탑남(Thập Nam)은 12세기 복원되었는데 높이 약 20m이고 피라미드 형상이다. 탑남 옆, 탑동남(Thập Đông Nam)은 미션에서 본 중앙 성소 모양으로 사각형 건물 위에 스페이드 모양의 석관이 올라간 형태지만, 크기는 뽀나가르탑 중에 제일 작다.

탑찐 뒤의 탑떠이박(Thập Tây Bắc)은 시바의 아들이고 지혜의 신인 가네쉬(Ganesh)에게 바쳐진 사원이다. 이탑은 탑동남과 같은 형태이고 외관의 보존상태가 좋은 편! 탑떠이박 옆에는 매일 민속 악단의 반주에 맞춰, 부채춤, 항아리춤 등 참족 민속공연이 열리니 시간이 되면 지켜보자.

교통 : 흥브엉 여행자 거리에서 흥브엉(Hùng Vương) 도로, 북쪽으로 가다가 우회전, 쩐푸(Trần Phú) 해안 도로 북쪽 방향 직진, 탑바(Tháp Bà) 도로에서 좌회전. 택시/그랩 또는 쎄옴, 스쿠터 15분

주소 : Hai Tháng Tư, Vĩnh Phước, Tp. Nha Trang
시간 : 06:00~18:00
요금 : 2만5천 VND

탑바 온천 Tháp Bà Spa, Suối Khoáng nóng Tháp Bà

뽀나가르탑 뒤쪽에 있는 진흙 온천 유원지로 수영장과 폭포, 공용탕, 독탕, 객실 등 다양한 시설을 갖추고 있다. 진흙 온천은 염화나트륨, 미네랄 등이 포함되어 있어 관절염, 류머티즘에 효과가 있다고 한다. 온천 온도는 약 40℃.

혼자 온천을 이용한다면 독탕, 연인이라면 2인 탕, 가족이라면 객실 탕, 친구들과 함께라면 3~8인 탕을 이용하면 좋다. 유원지 내 레스토랑이 있으므로 온천욕하고 휴식하며 하루를 보내기 적당하다. 야외 온천탕과 수영장을 이용하려면 수영복을 준비해야 하고 간식으로 먹을 과일, 음료 등 싸가도 괜찮다.
*교통은 셔틀버스로 가는 것이 가장 편하고 스쿠터로 갈 때 좁은 골목에

차량이 오가므로 안전 주의!

교통 : 뽀나가르탑에서 북쪽 첫 번째 골목으로 들어가 응오덴(Ngô Đến) 골목 직진 후 'Tắm bùn-Mud Bath' 간판 보고 우회전, 탑바 온천 방향. 택시/그랩 또는 쎄옴, 스쿠터 15분 // 나트랑 시내(신투어리스트)에서 셔틀버스 이용, 8:00~11:00·13:00~16:00(←11:30~18:30), 편도3만 VND

주소 : 15 Ngoc Son, Ngọc Hiệp, Tp. Nha Trang

전화 : 0848-578-585

시간 : 07:30~17:30

요금 : 수영장 12만 VND, 핫 미네랄 머드 배스(1~4명) 35만 VND, 스페셜 미네랄 머드 배스(1~4명) 42만5천 VND, 누이 스파(1인) 100만VND, 마사지_전신/발(45분) 30만/20만 VND 내외

홈페이지 : https://tambunthapba.vn

해양 박물관(바오탕 하이즈엉홉) Museum of Oceanography, Bảo Tàng Hải Dương Học

해양 기구(Institute of Oceanography) 내에 있는 해양 박물관이다. 해양 기구는 1922년 인도차이나 어업 기관(Service des Pêche de l'Indochine)로 시작해 베트남 바다와 해양 생물을 연구하는 해양 기구로 확대, 발전했다.

박물관은 7개 연구소 내의 전시장 형태로 운영되고 전체 전시장에는 약 6만여 개의 해양 동물, 표본, 뼈대 등이 전시한다. 먼저 수족관과 아쿠아리움에서 살아있는 거북이, 상어, 투구 게 등을 만날 수 있고 해양 다양성 실에서 18m 길이의 고래 뼈대, 길이 275cm, 무게 400kg의 바다 소 등을 살펴볼 수 있으며 표본실에서 유리병에 담긴 엄청난 수의 물고기 표본을 확인할 수 있다.

교통 : 여행자 거리(흥브엉 Hùng Vương과 비엣투 Biệt Thự 교차로)에서 흥브엉(Hùng Vương) 도로 이용, 북쪽으로 가다 해안도로 방향으로 U턴, 쩐푸(Trần Phú) 해안도로 직진, 박물관 방향. 택시/그랩 또는 쎄옴, 스쿠터 20분

주소 : Cầu Đá-Hòn Một, Cầu Đá, Vĩnh Nguyên, Tp. Nha Trang

전화 : 058-3590-048

시간 : 06:00~18:00

요금 : 4만 VND

홈페이지 : www.vnio.org.vn

빈펄랜드 VinWonders Nha Trang Vinpearl Land

나트랑 시내 남쪽, 쩨섬(Hòn Tre, Bamboo Island)에 있는 테마파크다. 나트랑항(Cảng Nha Trang) 지나 빈펄랜드 매표소 겸 케이블카 정류장에서 바다를 가로지르는 케이블카를 타고 쩨섬으로 들어간다.

케이블카에서 내리면 어트랙션이 모여 있는 아웃도어 펀(Outdoor Fun), 아웃도어 펀 북쪽으로 쇼핑가와 레스토랑, 예쁜 열대어를 볼 수 있는 아쿠아리움(Aquarium), 4D 영화를 볼 수 있는 무비 캐슬(Movie Castle), 워터 어트랙션이 있는 워터파크(Water Park), 일광욕하기 좋은 해변(Beach)이 늘어서 있다. 여러 놀거리가 있으므로 오전에는 어트랙션과 아쿠아리움, 오후에는 워터파크와 해변으로 나누면 좋다.
빈펄랜드에서 더 머물고 싶은 사람은 빈펄 리조트 & 빌라(Vinpearl Nha Trang Bay Resort & Villas)를 이용하면 되고 골프에 관심 있다면 빈펄 골프장에서 골프를 즐겨도 괜찮다. 빈펄랜드를 찾는 중국과 러시아 관광객이 많으므로 빈펄랜드에 가려면 아침 일찍 가자.

교통 : 여행자 거리(Hùng Vương과 Biệt Thự 교차로)에서 흥브엉(Hùng Vương) 도로 이용, 북쪽으로 가다 해안도로 방향으로 U턴, 쩐푸(Trần Phú) 해안도로 직진, 나트랑항(Cảng Nha Trang) 지나 빈펄랜드 방향. 택시/그랩 또는 쎄옴, 스쿠터 23분
주소 : Trần Phú, Vĩnh Nguyên, Tp. Nha Trang
전화 : 093-555-3030
시간 : 하이시즌(6~8월) 09:00~22:00, 로우시즌(9~5월) 일~목 08:30 ~ 21:00, 금~토 08:30~22:00
요금 : 성인 75만 VND, 어린이(키 1.4m 이하) 65만 VND 내외
홈페이지 :
https://vinpearl.com/en/nha-trang

≫케이블카 Cable Car

나트랑 남쪽, 빈펄랜드 매표소 겸 케이블카 정류장과 쩨섬의 빈펄랜드를 케이블카로 연결한다. 케이블카의 길이는

3,320m로 베트남에서 가장 길다. 케이블카가 지나는 높이는 54m. 케이블카 밑으로 지나가는 어선이 작게 보이고 바람 불면 케이블카가 흔들려 스릴(?)이 넘친다.

≫아웃도어 펀&대관람차 Outdoor Fun&Sky Wheel

롤러코스터, 회전 마차, 스카이드롭, 바이킹 등 스릴 넘치는 어트랙션이 가득! 인기 어트랙션은 몇 번이고 다시 타도 좋아! 대관람차는 높이 120m로 베트남 최대를 자랑한다. 대관람차 위에서 보는 풍경은 말을 잊게 한다.

≫아쿠아리움 Aquarium

3.400㎡의 넓은 면적에 300여 종의

다양한 해양 동물을 볼 수 있는 곳이다. 산호초부터 열대어, 게, 상어, 가오리까지 신기한 해양 동물이 많아 시간 가는 줄 모른다.

≫"백만 달러" 멀티미디어 리얼리티 아트 쇼 "million dollar" multimedia reality art show

한밤 65m 높이의 거대한 성 앞에 베트남 최대 규모의 3D 매핑 기술(쇼)이 펼쳐진다. 3D 매핑 쇼와 함께 국제 수준의 댄서가 등장해 화려한 퍼포먼스를 보여준다.

≫베트남 최고의 짚라인

빈펄랜드에 설치된 짚라인은 길이 880m, 최고 경사 130m, 높이 5.8m

로 최대 100km/h의 아찔한 속도를 낸다. 막상 타려면 무서운 생각이 들지만 일단 출발하면 신난다!

≫워터파크 Water Park

베트남 최초 워터파크이자 바다에 접한 워터파크로 50,000㎡의 광대한 면적에 워터 슬라이드, 유수풀 등 재미있는 워터 어트랙션이 많다. 탈의장, 샤워장도 잘 갖추어져 있어 수영복만 준비하면

즐겁게 지낼 수 있다.

≫해변 Beach

워터파크 앞의 약 1.5km 길이의 타원형 해변이다. 빈펄랜드 안에 있는 해변이므로 외부 사람들 방해 없이 한가롭게 해변을 즐기기 좋다. 해변에서 물놀이해도 좋고 선베드에 누워 나트랑 시내를 조망하며 일광욕을 즐겨도 괜찮다.

☆여행 팁_나트랑에서의 다이빙 유람선 여행&스킨스쿠버 체험

나트랑 해변의 세일링 클럽 다이버스에서 세계적인 스쿠버 다이빙 회사인 파디(PADI, Professional Association of Diving Instructors)의 전문 강사와 함께 다이빙 유람이나 파디 코스를 진행한다. 주요 상품으로 다이빙 유람의 펀다이브, 스쿠버 리뷰/리프레시, 어드벤처 다이브, 파디 코스의 스쿠버 다이버, 오픈 워터

다이버, 온라인 오픈 워터 다이버 등이 있다. 나트랑에 머물며 가볍게 다이빙 유람을 다녀오거나 며칠 시간을 내서 파디의 스쿠버 자격증을 따보는 것도 즐겁다.
*보통 파디 코스 요금이 한국에 비해 저렴한 편이므로 동남아 다이빙 클럽에서 파디 코스를 수료하는 것도 괜찮다.

세일링 클럽 다이버스 Sailing Club Divers
교통 : 나트랑 여행자 거리인 비엣투와 흥브엉 사거리에서 동쪽, 해변 방향으로 간 뒤, 쩐푸(Trần Phú) 해변 도로에서 우회전, 직진. 도보 6분
주소 : 72-74 Trần Phú, Lộc Thọ, Tp. Nha Trang
전화 : 058-3522-788, 시간 : 07:30~20:00
홈페이지 : http://sailingclubdivers.com

구분	상품	내용	요금(VND)
다이빙 유람선	스노클링 Snorkeling	2 Snorkeling Sites	70만
	펀다이브 Fun Dives	2 Boat Dives	170만
	스쿠버 리뷰/리프레시 Scuba Review/Refresher	2 Boat Dives	180만
	어드벤처 다이브 Adventure Dives	2 Boat Dives	180만
파디 코스 PADI Course	스쿠버 다이버 Scuba Diver	2Boat Dives-2day	700만
	오픈 워터 다이버 Open Water Diver	4Boat Dives-3day	900만
	어드벤스드 오픈 워터 다이버 Advanced Open Water Diver	5Boat Dives-2day	800만

※현지 사정에 따라 상품, 내용, 요금 다를 수 있음.

〈근교 투어〉

섬 투어 Islands Tour

섬 투어는 마마 린 투어(Mama Linh Tour)로 알려진 섬 투어로 앞바다의 섬을 돌며 스노클링을 즐기는 투어다. 보통 나트랑의 여행사에서 섬 투어를 신청하면 실제 진행은 전문업체가 하는 식으로 운영된다.

투어는 미에우섬의 쩨응우옌 아쿠아리움, 미에우 해변, 못섬의 수상 양식장, 문섬의 문섬 해변 순으로 진행된다. 섬의 해변은 육지의 해변보다 물이 깨끗해 물놀이나 스노클링하기 좋고 스릴 넘치는 해양 스포츠를 즐기기도 괜찮다. 못섬의 수상 양식장에서는 여행사 밴드의 흥겨운 음악 속에 투어에 참가한 각국 사람들과 어울려 춤을 추거나 노래를 부르는 시간이 있어 즐겁다.

한가롭게 섬들을 오가며 물놀이하기 좋은 투어이고 투어 중에 먹을 간식이나 맥주, 와인 등을 준비하면 더욱 즐겁다. ※섬 투어 내용은 여행사, 현지 상황에 따라 다를 수 있음.

교통 : 나트랑 시내 남쪽, 꺼우다(Cầu Đá)의 나트랑항(Cảng Nha Trang)에서 투어 보트 이용

주소 : 5 Trần Phú, Vĩnh Nguyên, Tp. Nha Trang

투어 : 시간_08:20~17:00

요금 : 49만9천~ VND 내외 *섬과 아쿠아리움 입장료, 스노클링 비 제외

신청 : 신투어리스트, 나트랑의 여행사

≫쩨응우옌 아쿠아리움 Tri Nguyen Aquarium, Bến Tàu Trí Nguyên

1971년 세워진 아쿠아리움으로 돛단배 모양의 건물은 1996년 건립됐다. 열대어 모양의 입구로 들어가면 돛단배 아쿠아리움이 나오고 아쿠아리움 안에 스톤 피시, 엔젤 피시, 패롯 피시 등 다양한 열대 물고기, 형형색색의 산호초 등을 관찰할 수 있다. 아쿠아리움 위로 올라가면 시원한 바닷바람을 맞으며 미에우섬 앞바다, 빈펄랜드 케이블카 등을 조망하기도 좋다. 아쿠아리움 건너편에는 물개 쇼장이 있으나 투어로 가면 시간이 없어 관람하기 어렵다.

교통 : 나트랑항(Cảng Nha Trang)에서 투어 보트 또는 연락선 이용

주소 : Hòn Miễu, Vĩnh Nguyên, Tp. Nha Trang

전화 : 058-3599-166

시간 : 06:00~21:00, 물개쇼 10:00, 15:30

요금 : 9만 VND 내외

≫미에우 해변 Mieu Beach

물놀이나 바나나 보트, 제트스키, 패러세일링 등 해양 스포츠를 즐기기 좋은 곳이다. 해양 스포츠는 정가표가 있으므로 바가지 걱정 없이 즐길 수 있다. 수영을 못하는 사람은 튜브 대신 구명조끼를 입고 놀아도 괜찮다. 투어로 오면 이곳에서 간단한 덮밥 식사를 한다.
요금 : 바나나 보트 5인 15분 85만 VND, 제트스키 2인 15분 60만 VND, 패러세일링 1인/2인 1.5km 65만/130만 VND 내외

≫못섬 Mot Island, Hòn Một

미에우섬과 문섬 사이에 있는 섬으로 투어에서 섬에 상륙하진 않고 섬 인근 수상 양식장에 보트를 댄다. 같은 회사 다른 보트도 접안하면 한 보트에 드럼, 기타 등 여행사 밴드가 꾸려지고 이내 경쾌한 밴드 연주가 시작된다. 섬 투어에 참가한 각국 여행자들과 함께 신나는 음악에 맞춰 춤을 추거나 노래를

부르며 즐거운 시간을 갖는다. 한바탕 밴드 연주가 끝나면 신나는 음악 속에 다이빙하며 수영을 즐긴다.

≫문섬 Mun Island, Hòn Mun

못섬 동쪽에 있는 문섬으로 보트가 문섬 해변(Bãi tắm Hòn Mun)에 정박한다. 여느 섬 해변과 달린 에메랄드빛 바다를 볼 수 있는 곳이어서 스노클링하는 재미가 있다. 스노클링을 하지 않

을 사람은 튜브를 타고 놀거나 해변에서 선베드에 누워 일광욕을 즐겨도 괜찮다. 스쿠버 다이빙을 신청한 사람은 섬 투어와 나뉘어 문섬 인근에서 다이빙한다.

요금 : 문섬 입장료 2만2천 VND, 스노클링 장비 2만 VND, 민물 샤워 1만 VND 내외

☆여행 팁_나트랑 인근 참파 왕국 도시들

나트랑 인근 꾸이년, 판랑 등은 참파 왕국에 속한 지역이므로 이들 도시에서 참파 유적을 찾아볼 수 있다. 이들 도시는 관광 도시가 아니므로 보통 베트남 사람들 모습을 보기 좋고 스쿠터를 빌려 한가롭게 유적을 둘러보기 좋다. 단, 오픈 버스가 서는 곳이 아니므로 기차나 시외버스를 이용해야 한다.

· 꾸이년 Quy Nhon

나트랑 북쪽, 약 230km 지점에 있는 도시로 빈딘(Bình Định) 성의 성도이다. 꾸이년은 11세기부터 500년간 참파 왕국의 수도였던 비자야의 외항이었다. 꾸이년 교외에 금탑이라 불리는 푸록탑(Tháp Phú Lốc), 은탑이라 불리는 반잇탑(Tháp Bánh Ít), 동탑이라 불리는 칸띠엔탑 (Tháp Cánh Tiên), 상아탑이라 불리는 즈엉롱탑(Tháp Dương Long), 안탑이라 불리는 냔탑(Tháp Nhan) 그 외 뚜티엔탑(Tháp Thủ Thiện), 도이탑(Tháp Đôi), 빈람탑(Tháp Bình Lâm) 등 여러 참파 유적이 남아 있어 둘러볼 만하다.

교통 : 나트랑 피아박 버스터미널에서 버스 이용, 05:15~14:30, 30분 간격, 4시간 소요, 요금 10만 VND 내외 / 호찌민에서 철도 이용, 디에우찌 (Diêu Trì) 역 하차, 셔틀버스 이용, 꾸이년 하차

주소 : Qui Nhơn, Binh Dinh

· 판랑 Phan Rang

나트랑 남쪽, 약 100km 지점에 있는 도시로 닌투언(Ninh Thuận)성의 성도이다. 닌투언성은 베트남에서 참족의 인구가 가장 많은 곳으로 전체 베트남 참족 중 절

반이 이곳에 살고 있다. 11세기 이후 나트랑 북쪽 비자야로 수도가 이전되면서 판랑 지역에 여러 사원이 세워졌다. 주요 참파 유족으로는 포끄롱가라이(Pô Klaung Garai), 포로메(Pô Rome), 호아 라이(Hòa Lai) 등이 있다. 판랑 인근에 직물 마을인 미응이예프(Mỹ Nghiệp),

도자기 마을 바우 추록(Bàu Trúc) 등도 들릴 만하다.

교통 : 나트랑 피아박 버스터미널에서 버스 이용, 05:30~13:30, 30분 간격, 약 3시간 소요, 요금 4만 VND 내외 / 호찌민 또는 나트랑에서 철도 이용, 탑짬(Tháp Chàm) 역 하차

주소 : Phan Rang, Ninh Thuận

〈기타 투어〉

투어 명	개요	시간	요금 (VND)
빈펄랜드 나트랑 Vinpearl Land Nha Trang	케이블카, 어뮤즈파크, 워터파크, 아쿠아리움	1일	90만
다이빙 Diving (1 Time, Without Diving License)	문섬, 다이빙 2회, 점심	07:30~15:00	84만9천
디엡썬섬 Diep Son Island - Doc Let Beach	디엡썬 사찰, 마을, 점심, 자유시간(수영)	07:30~18:00	84만9천
항라이-빈랍 해변 1일 Hang Rai - Binh Lap Beach 1 Day	항라이 와이너리, 빈랍 해변, 수영	07:00~17:00	71만9천
섬 투어 Islands Tour - Nha Trang	마린 파크, 섬심, 라이브 쇼 뮤직(플로팅 바)	07:00~17:00	59만9천
섬 투어 고급	마린 파크, 점심, 라이브 쇼	07:00~17:00	84만9천

Islands Tour (Deluxe)	뮤직(플로팅 바)		
오션 피싱+스노클링 Ocean Fishing + Snorkeling	쩨섬 낚시, 마린 파크, 스노클링	08:30~18:00	81만9천
머드 배스(탐 섬) 1일 Mudbath At Hon Tam Island 1 Day	머드 매스, 점심	07:30~15:00	94만9천
나푸 베이 1일 Nha Phu Bay 1 Day Tour (Monkey Island + Orchid Island)	몽키 섬, 오키드 섬	08:00~16:00	69만9천
나트랑 시티 투어 1일 Nha Trang City Tour 1 Day	룽썬사, 보나가르탑, 담시장	08:00~16:30	64만9천
나트랑-달랏 2일 Nha Trang – Da Lat – Nha Trang 2 Days 1 Night	달랏, 공쇼	08:15~익일 17:00	200만
나트랑-무이네 2일 Nha Trang – Mui Ne – Nha Trang 2 Days 1 Night	무이네, 썬드던 투어, 타꾸 산맥 투어	08:00~익일 18:00	150만
나트랑-호이안 3일 Nha Trang – Hoi An – Da Nang – Nha Trang 3 Days 4 Nights	호이안, 다낭, 바나힐	19:00~	450만

*신투어리스트 투어 기준, 상황에 따라 투어, 요금 변동될 수 있음 / 래프팅, 낚시, 시골 자전거 투어, 양바이 폭포 투어 등 있었으나 2024년 2월 현재 중단 중! 예고 없이 재개될 수 있음

반미 판 Bánh Mì Phan

베트남에서 꼭 먹아봐야 할 것이 바게
트 샌드위치인 반미이다. 이곳은 반미
전문점으로 토핑에 따라 토핑 믹스인
혼합, 구운 치킨, 미트볼 구이, 소고기
치즈 토스트, 삼겹살 BBQ 등 다양한
반미를 판매하고 있다. 한국어 메뉴가
있어 메뉴 선택의 어려움도 없다.
교통 : 나트랑 여행자 거리인 비엣투와
흥브엉 사거리에서 북쪽으로 가다가 좌
회전, 도보 8분
주소 : 164 Bạch Đằng, Tân Lập,
Nha Trang, Khánh Hòa
전화 : 0372-776-778
시간 : 07:00~20:30

메뉴 : 혼합(토핑 믹스), 구운 치킨, 미
트볼 구이, 소고기 치즈 토스트, 삼겹
살 BBQ 등 3만 VND 내외

믹스 레스토랑 MIX Restaurant

그리스 요리를 주로 내는 레스토랑으로
내부는 넓고 쾌적하지만, 항상 사람들
로 북적인다. 대표 메뉴인 믹스 미트는
돼지 안심과 삼겹살, 닭 가슴살, 소고
기 패티, 소시지, 피타(빵) 등을 머스터
드, 바비큐 소스 등에 찍어 먹는 요리
로 푸짐한 양을 자랑한다. 해산물 믹스
는 여러 가지 해산물, 믹스 믹스는 믹
스 미트의 곱빼기라고 보면 된다. 믹스
파스타와 믹스 라이스, 믹스 버거는 여
러 가지 파스타와 볶음밥, 버거를 한
번에 먹을 수 있는 메뉴다.
교통 : 나트랑 여행자 거리인 비엣투와
흥브엉 사거리에서 남쪽. 도보 1분
주소 : 77 Hùng Vương, Lộc Thọ,
Tp. Nha Trang
전화 : 0165-967-9197

시간 : 12:00~14:30, 17:00~21:30
메뉴 : 믹스 미트 24만 VND, 해산물 믹스 26만 VND, 믹스 믹스 56만 VND, 믹스 파스타 21만 VND, 믹스 라이스 17만 VND, 믹스 버거 23만 VND, 닭고기 꼬치 13만 VND, 엑소 히코(양념 돼지볶음) 15만 VND, 무사 카 11만 VND, 스파게티 9만~11만 VND 내외

홍득 Hồng Đức

길가 반 노점 형태의 레스토랑으로 메뉴는 크게 빵 종류인 반미, 국수인 퍼(Phở), 밥 종류인 껌(Cơm) 등으로 나뉜다. 메뉴는 베트남어, 영어, 러시아어로 병기되어 있고 각 메뉴에 사진이 있어 주문하는 데 어려움이 없다. 노점 식당으로 가성비가 좋으니 여러 가지 주문해 먹어보자.
교통 : 나트랑 여행자 거리인 비엣투와 흥브엉 사거리에서 남쪽, 도보 2분
주소 : 23 Hùng Vương, Lộc Thọ, Tp. Nha Trang
전화 : 0905-946-352

시간 : 07:00~23:00
메뉴 : 반미(Bánh mì)_햄버거, 샌드위치, 비프 스테이크 위드 샌드위치 각 4만 VND, 비프스프 위드 브레드 4만 VND, 쌀국수 4만 VND, 후라이드 라이스 3만5천 VND, 라이스 비프(소고기 덮밥) 5만 VND, 씨푸드 후라이드 라이스 6만 VND 내외

가네쉬 Ganesh Indian Restaurant

호찌민, 호이안, 후에, 달랏 등에 체인점이 있는 인디안 레스토랑이다. 향신료를 다채롭게 쓰는 인도 북부와 향신료를 덜 쓰는 남부 요리는 물론 채식주의자를 위한 인디안 요리도 낸다.
요리 재료는 크게 치킨과 램(양) 고기가 있고 이것을 활용해 커리, 티카 마살라(Tikka Masala), 허브커리인 사그와라(Saagwala), 요구르트와 크림을 넣은 볶음인 코르마(Korma) 등으로 나뉜다. 취향에 따라 닭이나 양이냐 만 결정하면 된다. 여기에 탄두리 화덕에서 구운 치킨 티카, 인도 넓적 빵인 난(Naan), 조리된 밥인 플라우 라이스

(Pulao Rice)와 함께 먹으면 좋다. 간단히 여러 가지 요리가 나오는 탈리(Thali) 세트로 주문해도 괜찮다.

교통 : 나트랑 여행자 거리인 비엣투와 흥브엉 사거리에서 남쪽, 도보 3분

주소 : 186 Hùng Vương, Lộc Thọ, Nha Trang

전화 : 0258-3526-776

시간 : 11:00~22:00

메뉴 : 치킨 커리 8만9천 VND, 치킨 티카 마살라 10만8천 VND, 램 사그와라(양고기 허브 커리), 15만 VND, 피시 코르마(생선 요구르트+크림 볶음) 10만8천 VND, 치킨 티카(닭꼬치) 9만4천 VND, 난 3만6천 VND, 플라우 라이스(조리된 밥) 4만5천 VND 내외

홈페이지 : www.ganesh.vn

그릴 가든 1·2 Vườn Nướng Grill Garden 1·2

예전 잘로 뷔페와 같이 입장료를 내고 원하는 고기, 생선, 채소 등을 가져다 숯불에 구워 먹는 시스템으로 운영된다. 음식 재료는 가성비가 좋은 것이지, 품질(?)이 좋은 것은 아니니 참고! 개구리 같은 색다른 음식 재료를 맛볼 수 있는 정도로 만족하길! 그릴 가든 1호점(21 Biệt Thự), 2호점(30A Nguyễn Thiện Thuật,)이 있었으나 1호점은 2023년 현재 휴업 중!

교통 : 1호점_나트랑 여행자 거리인 비엣투와 흥브엉 사거리에서 서쪽, 도보 1분 / 2호점_여행자 사거리에서 남쪽, 도보 11분

주소 : 21 Biệt Thự / 86c, Trần Phú, Lộc Thọ, Nha Trang

시간 : 17:00~22:00

메뉴 : 성인 20~30만 VND *콜라, 맥주 2만 VND 내외

나트랑 센터 푸드코트 Nha Trang Center Food Court

쇼핑몰 나트랑 센터 3층에 있는 푸드코트로 베트남식, 한식, 일식, 타이식, 러시아식, 피자 등 다양한 음식을 한자리에서 맛볼 수 있다. 나트랑 센터에서 쇼핑하고 푸드코트에서 식사를 하면 좋고 식사 후에는 같은 층에서 볼링을

치거나 영화를 관람해도 괜찮다.

교통 : 나트랑 여행자 거리인 비엣투와 흥브엉 사거리에서 북쪽 방향, 직진 후 예르신(Yersin)에서 우회전 뒤 우회전. 택시/그랩 또는 쎄옴, 스쿠터 7분 또는 도보 20분

주소 : Nha Trang Center, 20 Trần Phú, Xương Huân, Tp. Nha Trang

전화 : 0258-6261-999

시간 : 09:00~22:00

홈페이지 : www.nhatrangcenter.com

호텔 뷔페 레스토랑

쉐라톤 나트랑의 피스트와 노보텔 나트랑의 스퀘어, 인터콘티넨탈 호텔의 쿠키북 카페, 그린 월드 호텔의 파라다이스 레스토랑 등에서 뷔페를 선보인다. 뷔페는 고기 뷔페인 BBQ와 해산물 뷔페인 씨푸드로 나뉘니, 입맛에 따라 찾아가 보자.

주소 : 쉐라톤_26-28 Tran Phu, 인터콘티넨탈_32-34 Trần Phú, 노보텔_50 Trần Phú, 그린 월드_44 Nguyễn Thị Minh Khai

전화 : 쉐라톤_058-3880-000, 인터콘티넨탈_058-3887-777, 노보텔_058-6256-900, 그린 월드_058-3528-666

호텔	뷔페	일시	가격 (VND)
쉐라톤 나트랑, 피스트 레스토랑	금_BBQ(고기) 토_해산물	18:00~22:00	98만9천
인터콘티넨탈 나트랑, 쿠키북 카페 레스토랑	씨푸드	7~8월 매일, 7~8월 외 수~일 17:30~21:30	97만
하바나 나트랑 호텔 셰프 클럽 스카이라이트	씨푸드	17:00~22:30	59만7천
노보텔 나트랑, 스퀘어 레스토랑	목~일 씨푸드	목~일 18:00~22:00	69만9천
그린 월드 호텔 파라다이스 레스토랑	월~금 BBQ 씨푸드 토~일 스팀보트, BBQ	18:30~21:30	27만9천

*호텔 사정에 따라 뷔페 일시, 가격 등 변동될 수 있음

*쇼핑

나트랑 센터&시티 마트 Nha Trang Center&Citi Mart

나트랑 센터는 쇼핑센터, 호텔, 고급 아파트가 있는 주상복합 빌딩이다. 쇼핑센터는 층별로 지상층(G/F) 롯데리아, 리바이스, 화장품 코너, 1층 사파실크, 밤부, 캔버스 등 패션숍, 2층 시티마트, 귀금속, 선글라스 숍, 3층 푸드코트, 볼링장, 영화관 등으로 운영된다. 2층 시티 마트에서 판매하는 베트남 커피, 차, 기념품 등은 나트랑 야시장보다 싸다는 말이 있다.

교통 : 나트랑 여행자 거리인 비엣투와 흥브엉 사거리에서 북쪽 방향, 직진 후 예르신(Yersin) 거리에서 우회전 뒤 우회전. 택시/그랩 7분 또는 도보 20분

주소 : Nha Trang Center, 20 Trần Phú, Xương Huân, Tp. Nha Trang

전화 : 0258-6261-999

시간 : 09:00~22:00

홈페이지 : www.nhatrangcenter.com

야시장 Night Market, Chợ đêm

노보텔 나트랑 호텔 인근 골목에서 매일 야시장(Chợ đêm 쩌뎀) 열린다. 해변 쪽 야시장 입구에 낀짜오궈카익 (Kính Cháo Quý Khách)이라 적혀 있으나 이는 야시장 이름이 아닌 '귀빈, 안녕하세요!' 정도의 뜻!

야시장에서는 마그네틱, 엽서, 배지 같은 기념품, 모자, 티셔츠 같은 패션 제품, 베트남 커피, 차 같은 기호 식품, 말린 과일 같은 식품, 기타 길거리 먹거리 등을 판매한다. 단, 구매 시 흥정은 필수!

교통 : 나트랑 여행자 거리인 비엣투와 흥브엉 사거리에서 서쪽·해변 방향으로 간 뒤, 해변 도로에서 좌회전, 직진. 도보 5분

주소 : Trần Phú, Lộc Thọ, Nha Trang

시간 : 19:00~22:00

롯데 마트 LOTTE Mart

한국계 대형할인점으로 1층에 롯데리아, 하이랜드 커피, 레스토랑, 식품 매장 등이 있고 2층에 의류, 가전 등을 판매하는 매장이 자리한다. 백팩이 있다면 입구의 무료 로커에 맡기거나 와이어로 백팩 잠금을 한 뒤 입장한다. 눈에 띄는 상품을 베트남 커피와 차, 베트남 과자, 말린 과일 등이고 여행 중 간단히 사용할 슬리퍼나 티셔츠, 수영복 등을 사기도 좋다. ※룽썬사 부근에 규모가 더 큰 롯데마트 1호점(58 Đ. 23 Tháng 10, Phường sơn, Nha Trang)가 있음. 쩐흥다오점은 2호점.

교통 : 나트랑 여행자 거리인 비엣투와 흥브엉 사거리에서 북쪽, 택시/그랩 5분, 도보 18분

주소 : 01 Trần Hưng Đạo, Lộc Thọ, Nha Trang

전화 : 090-105-7057

시간 : 08:00~22:00

홈페이지 : http://lottemart.com.vn

덤 시장 Dam Market, Chợ Đầm

나트랑에서 가장 큰 재래시장으로 나트랑 시내 북쪽에 자리한다. 원형 2층 건물로 잡화, 의류, 신발, 과일, 건어물 상점이 영업한다. 덤 시장 주변 거리에도 채소와 과일 노점, 먹거리 노점이 늘어서 있다. 시장에서 과일이나 건어물 등을 쇼핑하면 좋지만 숙소 인근에 슈퍼마켓이 있는 경우 굳이 방문할 이유가 없다. *바가지 주의! 2~3곳 알아보고 구매!

교통 : 여행자 거리에서 흥브엉(Hùng Vương)-쩐흥다오(Trần Hưng Đạo) 도로 직진, 북쪽 방향, 예르생 박물관 부근에서 좌회전, 한투웬(Hàn Thuyên) 도로 직진 후, 좌회전, 담 시장 방향. 택시/그랩 또는 쎄옴, 스쿠터 15분

주소 : Vạn Thạnh, Tp. Nha Trang

시간 : 05:00~18:30

스카이라이트 Skylight

하바나 나트랑 호텔 루프톱으로 전망대인 스카이 데크, 루프톱 비치 클럽, 레스토랑 등이 있다. 호텔에서 입장권을 사 엘리베이터 타고 43층까지 오르면 레스토랑이고 레스토랑 밖으로 나오면 작은 수영장이 있는 루프톱비치클럽, 클럽 위쪽에 스카이 데크(44층)와 등대 조형물(45층)이 자리한다.

스카이 데크에 오르면 앞바다와 시내가 한눈에 들어온다. 간혹 바람이 세게 불거나 비가 오는 날에는 스카이 데크와 등대 조형물에 출입이 금지되기도 한다. 하지만 야외 테라스나 레스토랑에서도 풍경을 감상하는 데 부족함이 없다. 한밤 클럽에서 DJ가 음악을 틀고 흥을 돋우지만, 그리 흥겹지는 않다는 평! 참고로 클럽은 20:00 이후 16세 이하 출입금지. *09:00~20:00는 스카이데크 전망대, 20:00 이후는 루프톱비치클럽으로 운영! 요금도 다름.

교통 : 나트랑 여행자 거리인 비엣투와 흥브엉 사거리에서 북쪽·하바나 호텔 방향 직진. 택시/그랩 6분, 도보 13분
주소 : 43F, 38 Trần Phú, Lộc Thọ, Tp. Nha Trang
전화 : 0258-352-8988
시간 : 스카이 데크_09:00~14:00, 16:30~20:00, 루프톱 비치 클럽_20:00~익일 01:00, 레스토랑_17:00~22:30
요금 : 스카이데크_09:00~14:00 5만 VND, 16:30~20:00 15만 VND, 루프톱 비치 클럽_화·목·일 남성 15만 VND(음료 1잔)/여성 무료, 금~토 남성/여성 20만/15만 VND(음료 1잔)
홈페이지 : http://skylightnhatrang.com

파라다이스 클럽 Paradise Club Nha Trang

하바나 나트랑 호텔 건너편에 있는 클럽으로 DJ가 틀어주는 신나는 음악과

물담배 시샤가 있는 곳! 다만 테이블 잡고 술 마시는 분위기라 춤을 추고자 하는 클러버에게는 어떨지. 춤추자면 루프톱 비치 클럽이 낫지 않을까. ※유명 나이트클럽 지마는 폐업!

교통 : 나트랑 여행자 거리인 비엣투와 흥브엉 사거리에서 서쪽·해변 방향으로 간 뒤, 해변도로에서 좌회전, 직진. 택시/그랩 5분, 도보 13분

주소 : Du Lịch Bốn Mùa, 38 Trần Phú, Lộc Thọ, Nha Trang

전화 : 078-505-2000

시간 : 20:00~익일 03:00

홈페이지 : https://paradiseclub.vn

인피니티바 Infinity Bar

알라나 호텔 21층에 있는 루프톱바로 360도 방향에서 나트랑 시내, 앞바다를 조망하기 좋다. 바다 방향에는 작은 수영장도 있어 이른 저녁에는 수영을 즐기는 사람도 보인다. 여느 루프톱 클럽과 달리 비교적 조용한 분위기에서 풍경을 즐기기 좋은 곳!

교통 : 나트랑 여행자 거리인 비엣투와 흥브엉 사거리에서 남쪽으로 가다가 좌회전, 알라나 호텔 방향. 도보 4분

주소 : Alana Hotel 21F, 7 Trần Quang Khải, Lộc Thọ, Tp. Nha Trang

전화 : 0258-352-8686

시간 : 08:00~23:00

메뉴 : 맥주, 칵테일, 간단 요리

홈페이지 : http://alananhatrang.com

어보브 스카이바 Above Sky Bar

리버티 센트럴 호텔 21층에 있는 루프톱바! 나트랑 시내와 앞바다를 조망하며 칵테일 한잔하기 좋은 곳이다. 알라나 호텔과 같이 4성급 호텔이므로 가성비를 고려한다면 숙박을 해도 괜찮다.

교통 : 나트랑 여행자 거리인 비엣투와 흥브엉 사거리에서 바로

주소 : Liberty Central Hotel 21F, 9 Biệt Thự, Lộc Thọ, Tp. Nha Trang

전화 : 0258-3529-555

시간 : 17:00~24:00

메뉴 : 맥주, 칵테일, 간단 요리
홈페이지 :
www.libertycentralnhatrang.com

세일링 클럽 Sailing Club

나트랑 해변에 있는 레스토랑 겸 클럽으로 야자수 사이로 바와 일행이 함께하기 좋은 카바나, 해변 좌석까지 해변의 정취를 느끼기 좋은 곳! 식사하기보단 밤에 칵테일 한잔하며 클럽 광장에서 열리는 불 쇼를 보거나 DJ의 신나는 음악 들으며 시간을 보내기 좋다. 단, 금~토에는 밤 10시경부터 자리가 없으므로 미리 와야 한다. 또 사람들로 붐비므로 소매치기 주의!
교통 : 나트랑 여행자 거리인 비엣투와 흥브엉 사거리에서 동쪽, 해변 방향으로 간 뒤, 쩐푸(Trần Phú) 해변도로에서 우회전, 직진. 도보 6분
주소 : 72-74 Trần Phú, Lộc Thọ, Tp. Nha Trang
전화 : 0258-352-4628
시간 : 07:00~익일 02:00 *22:00 이후 클럽

메뉴 : 베트남식, 일식, 양식, 맥주, 칵테일 *클럽 입장료 15만 VND(음료 1잔 포함) 내외
홈페이지 :
https://sailingclubnhatrang.com

루이지애나 브루하우스 Louisiane Brewhouse, Nhà Hàng Bia Tươi Louisiane

나트랑 해변에 있는 대형 레스토랑 겸 맥주 브루어리(Brewery)이다. 자체 제조한 하면 발효의 다크 라거(Dark Lager 부드러움), 필스너(Pilsener 쓴맛), 상면 발효의 레드 에일(Red Ale 쓴 맛), 윗비어(Witbier, 절제된 맛)를 제공한다. 식사는 베트남식에서 일식, 양식까지 다양한 편이고 저녁 시간 라이브 밴드의 연주를 즐기며 맥주를 마셔도 좋다. 낮이라면 레스토랑 내 수영장에서 물놀이하거나 해변에서 바다 수영을 즐겨도 괜찮다.
교통 : 나트랑 여행자 거리인 비엣투와 흥브엉 사거리에서 동쪽, 해변 방향으로 간 뒤, 쩐푸(Trần Phú) 해변도로에

서 우회전, 직진. 도보 9분 / 세일링
클럽에서 바로
주소 : 29 Trần Phú, Vĩnh Nguyên,
Tp. Nha Trang
전화 : 0258-3521-948
시간 : 07:00~익일 01:00 *마사지

08:00~17:00
메뉴 : 하우스 맥주, 베트남식, 일식,
양식, 해산물 요리, 디저트 & 음료
홈페이지 :
www.louisianebrewhouse.com.vn

*스파&마사지

코코넛 풋 마사지 Coconut Foot Massage

쇼핑몰인 나트랑 센터 3층(L2층)에 있
는 마사지숍으로 비타민, 라벤더, 코코
넛 오일을 이용한 마사지를 선보인다.
여러 오일 중 코코넛 오일이 조금 비
싼 편! 천연 재료인 오일을 이용해 마
사지를 받다보면 사르르- 여행 피로가
풀리는 기분이 든다.
교통 : 나트랑 여행자 거리인 비엣투와
흥브엉 사거리에서 북쪽 방향, 직진 후
예르신(Yersin) 거리에서 우회전 뒤 우
회전. 택시/그랩 또는 쎄옴, 스쿠터 7
분 또는 도보 20분

주소 : Nha Trang Center 3F, 20
Trần Phú, Xương Huân, Tp. Nha
Trang
전화 : 0258-6258-661
시간 : 09:30~22:00
요금 : 발 마사지_비타민/코코넛 오일 36
만 VND, 스페셜(바디) 마사지_라벤더/코코
넛 오일 38만 VND 내외

쑤 스파 Su Spa Serene Beauty

연 노란색 건물이 인상적인 스파로 내
부에는 수상인형극의 인형, 동양화 등
으로 꾸며져 편안함이 느껴진다. 메뉴
를 보면 독특하게 치유를 강조한 전통

의약 스파(TRADITIONAL MEDICINE SPA) 메뉴가 눈에 띈다. 배, 허리, 다리, 등, 위, 간 등 신체 부위별 마사지를 받을 수 있게 되어 있어 몸이 불편하다면 치료 마사지를 받아볼 만하다. 나머지 카테고리는 마사지, 바디 스크럽 & 랩, 스파 패키지 등을 다루는 일반적인 메뉴를 취급한다.

교통 : 나트랑 여행자 거리인 비엣투와 흥브엉 사거리에서 동쪽으로 가다가 사거리에서 좌회전. 도보 3분

주소 : 229 Nguyễn Thiện Thuật, Lộc Thọ, Nha Trang

전화 : 0258-3523-242

시간 : 09:00~22:30

요금 : 발 마사지 40 VND, 베트남 마사지(전신), 스웨디쉬, 아로마 각 53만 VND, 핫스톤 74만 VND, 스파 패키지 86만~ VND 내외

갈리나 스파 Galina Mud Bath & Spa

갈리나 호텔 & 스파 내의 고급 스파로 머드 배스, 자쿠지, 사우나 등을 해 볼 수 있는 곳이다. 시설은 일반 스파보다 깔끔하고 쾌적해 기분을 좋게 한다. 가격은 조금 비싸지만 안락한 시설에서 받는 마사지나 스파는 심신을 절로 편안하게 한다.

교통 : 나트랑 여행자 거리인 비엣투와 흥브엉 사거리에서 북쪽 방향, 도보 3분

주소 : Galina Hotel & Spa 3~4F, 5 Hùng Vương, Lộc Thọ, Tp. Nha Trang

전화 : 0258-3839-999

시간 : 08:00~21:00

요금 : 베트남 마사지(전신), 타이 마사지 각 64만 VND, 아로마, 핫스톤 각 90만 VND, 풋 마사지 49만 VND, 스파 패키지 110만~150만 VND 내외

라벤더 스파 Lavender Spa

알라나 호텔 20층에 있는 스파로 주로 발 마사지인 풋 리플렉설러지, 전신 마사지인 베트남 바디, 타이, 아로마, 스웨디쉬 마사지 등을 서비스한다. 호텔 내에 있어 자쿠지, 사우나, 수영장 같은 부대시설이 잘 갖춰져 있고 마사지

사의 실력도 뛰어난 편이다.

교통 : 나트랑 여행자 거리인 비엣투와 흥브엉 사거리에서 남쪽으로 가다가 좌회전. 도보 5분

주소 : Alana Nha Trang Beach Hotel 20F, 7 Trần Quang Khải, Lộc Thọ, Tp. Nha Trang

전화 : 0258-3528-686

시간 : 09:00~22:00

요금 : 베트남 바디, 타이, 아로마, 스웨디쉬 마사지 각 50만 VND, 핫스톤 75만 VND, 풋 리플렉설러지(마사지) 40만 VND 내외

홈페이지 : http://alananhatrang.com

젠 스파 Zen Spa&Massage

크지 않은 업소이나 마사지를 받는 데 불편함이 없다. 시설 역시 약간 오래되어 보인다. 그 대신 요금은 살짝 저렴한 편! 발 마사지, 전신 마사지 정도 받으면 적당할 듯!

교통 : 나트랑 여행자 거리인 비엣투와 흥브엉 사거리에서 북쪽 직진 후, 좌회전. 도보 9분

주소 : 152 Bạch Đằng, Tân Lập, Nha Trang

전화 : 0775-416-921

시간 : 10:00~22:00

요금 : 전신 마사지(90분) 30만 VND, 오일 마사지(90분) 39만 VND, 발 마사지 24만 VND 내외

4. 호텔&호스텔

01 특급 호텔

〈호찌민〉

파크 하얏트 사이공 Park Hayatt Saigon

호찌민의 번화가 동커이 지역에 있는

럭셔리 호텔이다. 콜로니얼 건물을 연상케 하는 웅장한 건물에 245개의 다양한 객실을 보유하고 있다. 오페라, 스퀘어원 같은 레스토랑에서 최고의 음식을 제공하고 람선 바에서는 칵테일한 잔하기 좋다. 스퀘어 원 레스토랑에서 베트남 요리 강습(15:00~17:00, 315만 VND)이 열리고 떤선녓 국제공항까지 픽업 또는 드롭오프 서비스(4인승 195만 VND, 6인승 220만 VND)

도 제공한다.

교통 : 데탐 여행자 거리에서 북동쪽, 동커이 방향. 택시/그랩 12분

주소 : 2 Công trường Lam Sơn, Quận 1, Hồ Chí Minh

전화 : 028-3824-1234

요금 : 디럭스 476 USD, 스위트 542 USD, 람선 스위트 645 USD, 디럭스 스위트 771 USD 내외

홈페이지 : https://saigon.park.hyatt.com

승 185만 VND)를 이용하면 편리하다.

교통 : 데탐 여행자 거리에서 북동쪽, 동커이 방향. 택시/그랩 11분

주소 : 88 Dong Khoi, Quận 1, Hồ Chí Minh

전화 : 08-3827-2828

요금 : 프리미어 디럭스 189 USD, 디럭스 201 USD, 프리미어 스튜디오 242 USD 내외

홈페이지 : www.sheratonsaigon.com

쉐라톤 사이공 호텔 Sheraton Saigon Hotel

동커이 거리에 위치한 특급 호텔로 디럭스 스튜디오, 스위트 등 485개 객실을 갖고 있다. 레스토랑 사이공 카페에서 맛보는 뷔페가 먹을 만하고 5층에 마련된 아담한 야외 수영장에서 시간을 보내기 좋다. 번화가 동커이 거리를 거닐기도 편리하다. 리바이 레스토랑에서 딤섬 뷔페(11:00~16:30, 70만 VND)를 즐기거나 공항에서 호텔 이동시 공항픽업 서비스(4인 155만 VND, 10인

호텔 콘티넨털 사이공 Hotel Continental Saigon

1880년 베트남 최초로 세워진 콜로니얼 양식의 특급 호텔이다. 같은 시기에 노트르담 성당, 중앙 우체국 같은 콜로니얼 건물이 세워졌다. 객실은 리뉴얼되지 못해 야간 올드한 느낌을 주지만 레스토랑과 바는 오히려 옛 모습을 지내고 있어 로맨틱한 느낌을 준다.

교통 : 데탐 여행자 거리에서 북동쪽, 동커이 방향. 택시/그랩 11분

주소 : 132 Đồng Khởi, P. Bế

Nghé, Quận 1, Hồ Chí Minh
전화 : 028-3829-9201
요금 : 슈페리어 109 USD, 디럭스 119 USD, 오페라 131 USD, 헤리티지 154 USD 내외
홈페이지 : http://continentalsaigon.com

롯데 호텔 사이공 Lotte Hotel Saigon

사이공 강가에 위치한 특급 호텔로 호찌민 시내인 레탄똔, 동커이 거리와도 가깝다. 객실은 283개를 보유하고 있고 객실에서 사이공강, 사이공 시내를 조망하기 좋다. 지상층(GF) 아트리움 카페에서의 풍성한 점심 또는 저녁 뷔페도 인기를 끈다. 호텔-중앙우체국-오페라 하우스-벤탄 시장 순으로 운행하는 호텔 무료셔틀버스(08:00~16:00, 2시간 간격)가 편리하고 공항픽업 서비스(4인승 100만 VND, 7인승 110만 VND)도 제공한다.
교통 : 데탐 여행자 거리에서 북동쪽, 동커이 방향. 택시/그랩 10분
주소 : 2A-4A Tôn Đức Thắng, Bến Nghé, Quận 1, Hồ Chí Minh
전화 : 028-3823-3333

요금 : 디럭스 157 USD, 이그제규티브 디럭스 231 USD, 스위트 499 USD 내외
홈페이지 : www.lottehotel.com/saigon

뉴월드 사이공 호텔 New World Saigon Hotel

데탐 여행자 거리에 가까운 곳에 있는 특급 호텔이다. 특급 호텔 중에서도 조금 저렴한 편이어서 이용하는데 부담이 적다. 다이너스티 레스토랑에서의 딤섬(얌차) 뷔페가 인기를 끌고 루프톱바인 칠 스카이바도 찾는 사람이 많다. 공항에서 호텔 이동시 공항픽업 서비스(4인승 100 USD 내외)를 이용하면 편리하다.
교통 : 데탐 여행자 거리에서 북쪽, 호텔 방향. 도보 5분
주소 : 76 Lê Lai, Bến Thành, Quận 1, Hồ Chí Minh
전화 : 028-3822-8888
요금 : 트윈 124 USD, 디럭스 132 USD, 슈페리어 182 USD, 클럽 디럭

스 167 USD 내외

홈페이지 :
https://saigon.newworldhotels.com

호텔 니코 사이공 Hotel Nikko Saigon

데탐 여행자 거리 서쪽에 있는 특급 호텔로 334개의 객실을 보유하고 있다. 다양한 해산물을 맛볼 수 있는 해산물 뷔페가 인기이고 렌 스파는 한번 쯤 체험해보고 싶은 럭셔리 스파이다. 5층 야외 수영장에서 한가롭게 물놀이를 즐겨도 괜찮다. 호텔-벤탄 시장-오페라 하우스-노트르담 성당-독립(통일)궁 등으로 운행하는 무료셔틀버스(1일 6회)가 편리하고 공항픽업 서비스(4인승 100 USD 내외)도 제공한다.

교통 : 데탐 여행자 거리에서 서쪽, 호텔 방향. 택시/그랩 8분

주소 : 235 Nguyễn Văn Cừ, Nguyễn Cư Trinh, Quận 1, Hồ Chí Minh

전화 : 028-3925-7777

요금 : 디럭스 154 USD, 디럭스 프리미어 165 USD, 클럽 디럭스 196 USD 내외

홈페이지 :
www.hotelnikkosaigon.com.vn

〈무이네〉

아난타라 무이네 리조트 Anantara Mui Ne Resort

세계적인 리조트 체인 아난타라 무이네 점이다. 프리미어, 디럭스, 오션 스위트 등 90개의 객실을 보유하고 있고 레스토랑, 바, 야외 수영장도 훌륭하다. 특급 리조트에 묵는다면 리조트 밖으로 나가지 않는 것이 이득! 무이네에서 이곳 시설이 제일 좋다. 호찌민 떤선녓 국제공항에서 리조트 이동 시 공항픽업 서비스(4인승 150 USD 내외)를 이용하면 편리!

교통 : 무이네 신투어리스트에서 서쪽, 리조트 방향. 택시 10분

주소 : 12A Nguyen Dinh Chieu,

Ham Tien, khu phố 1, Hàm Tiến, Phan Thiet

전화 : 0252-3741-888

요금 : 프리미어 150 USD, 디럭스 170 USD, 오션 스위트 235 USD 내외

홈페이지 : https://mui-ne.anantara.com

미아 리조트 무이네 Mia Resort Mui Ne

무이네 해변의 고급 리조트 중 하나로 빌라 형태의 객실은 가만히 누워 있어도 시원할 것만 같다. 야외 수영장에서 물놀이를 하거나 야자수 그늘에 누워 책을 읽기도 좋다. 풍성하게 나오는 뷔페 조식은 고급 리조트 투숙객만의 특권이다. 호찌민 떤선녓 국제공항에서 리조트까지 공항픽업 서비스(4인승 150 USD 내외) 제공!

교통 : 무이네 신투어리스트에서 서쪽, 리조트 방향. 택시 9분

주소 : 24 Nguyen Dinh Chieu, Mui Ne, Phan Thiet

전화 : 0252-3847-440

요금 : 사파 하우스 149 USD, 슈페리어 사파 201 USD, 방갈로 224 USD 내외

홈페이지 : www.miamuine.com

무이네 리조트 Mui Ne Resort

신투어리스트에서 운영한다고 알려진 중저가 리조트다. 고급 리조트를 원하지 않는다면 편안한 객실, 야외 수영장, 레스토랑 등이 잘 되어 있어 가성비가 높다.

신투어리스트가 바로 옆에 있어 샌드듄(사막 언덕) 투어 신청이나 오픈 버스, 렌트카 이용도 편리하다. 고급 리조트나 호텔가 아니면 중급 리조트나 호텔은 시설이 비슷하므로 해변이나 신투어리스트 접근성을 따져보고 선택하는 것이 좋다.

교통 : 무이네 신투어리스트에서 바로

주소 : 144 Nguyễn Đình Chiểu, khu phố 2, Hàm Tiến, Tp. Phan Thiết

전화 : 098-211-7238

요금 : 방갈로 27 USD, 빌리 31 USD 내외

홈페이지 : www.themuineresort.vn

〈달랏〉

아나 만다라 빌라 달랏 리조트 Ana Mandara Villas Dalat Resort&Spa

달랏 호아빈 광장 동쪽, 산중에 있는 리조트다. 숲속에 유럽풍의 빌라가 세워져 있어 동화 속 나라를 연상케 한다. 고원도시 달랏을 즐기기에는 최적의 숙소라고 할 수 있다. 객실 발코니 의자에 앉아 책을 읽거나 리조트 수영장에서 물놀이를 하며 시간을 보내기 좋다.

교통 : 달랏 시내인 호아빈 광장에서 동쪽, 리조트 방향. 택시/그랩 8분

주소 : Lê Lai, Phường 5, Tp. Đà Lạt, Lâm Đồng

전화 : 0263-3555-888

요금 : 르 프티 190 USD, 빌라 200 USD, 빌라 스튜디오 220 USD 내외

홈페이지 : http://anamandara-resort.com

달랏 팰리스 헤리티지 럭셔리 호텔

Dalat Palace Heritage Luxury Hotel

쑤언흐엉 호수 남쪽, 언덕에 있는 특급 호텔로 콜로니얼 양식의 웅장한 자태를 뽐낸다. 43개의 객실은 에드워드&아르 데코 양식으로 매우 고급스럽게 장식되어 있다. 객실에서 바라보는 쑤언흐엉 호수 전경이 멋있고 호텔 레스토랑에서 맛보는 식사도 근사하다.

골프 마니아라면 호텔과 같은 계열인 달랏팰리스 골프클럽에서 골프를 즐겨도 좋고 달랏 공항에서 이동시 공항픽업 서비스(4인승 50 USD 내외)를 이용하면 편리!

교통 : 달랏 호아빈 광장에서 남쪽, 호텔 방향. 택시/그랩 5분, 도보 16분

주소 : 2 Trần Phú, Phường 3, Tp. Đà Lạt, Lâm Đồng

전화 : 0263-3825-777

요금 : 슈페리어 229 USD, 럭셔리 273 USD, 스위트 405 USD 내외

홈페이지 : www.dalatpalacehotel.com

〈나트랑〉

빈펄 리조트 Vinpearl Resort&Spa Nha Trang Bay

빈펄 리조트는 쩨섬 안에 있어 이곳저곳 돌아다니지 않고 섬 내의 해변, 수영장, 테마파크와 워터파크(빈펄랜드, 무료), 골프장 등을 이용하며 휴양을 취할 사람에게 적합한 곳! 더구나 하루 3끼 무료여서 맛집을 찾아다니는 수고도 필요 없다. 섬 밖으로 나갈 사람은 케이블카(무료) 타고 나가 택시로 나트랑 시내로 이동하면 된다.

교통 : 나트랑 시내에서 택시로 남쪽 빈펄 리조트 케이블카 정류장 도착 후 케이블카로 빈펄랜드 도착

주소 : Hon Tre island, Vĩnh Nguyên, Tp. Nha Trang

전화 : 0258-359-8999

요금 : 디럭스 162 USD, 디럭스 오션뷰 194 USD, 풀 빌라(3 베드) 486 USD 내외

홈페이지 : https://vinpearl.com/vi/hotels/vinpearl-resort-spa-nha-trang-bay

선라이즈 나트랑 비치 호텔 Sunrise Nha Trang Beach Hotel&Spa

나트랑 시내 북쪽에 해변에 있는 특급 호텔로 객실에서 보는 앞바다 풍경이 상쾌하다. 호텔 내 원형 수영장에서 수영을 즐기거나 호텔 앞 해변에서 일광욕하기 좋다. 식사는 베트남식과 인터내셔널식을 내는 임페리얼 레스토랑, 베트남식을 내는 흐엉비엣 레스토랑에서 할 수 있다.

교통 : 나트랑 여행자 거리인 비엣투와 흥브엉 사거리에서 북쪽·선라이즈 비치 호텔 방향. 택시/그랩 9분, 도보 25분

주소 : 12~14 Trần Phú Str., City,, Tp. Nha Trang

전화 : 0258-3820-999

요금 : 스탠더드, 스탠더드 트윈 각 146 USD, 클럽룸 186 USD, 선라이즈 클럽 스위트 228 USD 내외

홈페이지 : https://sunrisenhatrang.com.vn

쉐라톤 나트랑 Sheraton Nha Trang

Hotel&Spa

세계적인 호텔 체인 쉐라톤 호텔로 디럭스, 쉐라톤클럽룸, 스위트 등 280여 개의 객실을 보유하고 있다.

인터콘티넨탈 나트랑 InterContinental Nha Trang

킹베드 프리미엄, 2싱글베드 프리미엄, 디럭스 등 279여 개의 객실을 갖춘 특급 호텔이다. 호텔 예약 시 조식 포함과 불포함 가격이 있는데 이왕이면 조식 포함 가격을 선택하자.

하바나 나트랑 호텔 HAVANA Nha Trang Hotel

쉐라톤과 인터콘티넨탈 호텔과 같은 5성 호텔이지만, 요금은 조금 저렴한 특급 호텔이다. 객실은 나트랑 시내를 볼 수 있는 시티뷰와 앞바다를 볼 수 있는 오션뷰로 나뉘는데 이왕이면 오션뷰로 하는 것이 여행하는 맛이 난다.

노보텔 나트랑 Novotel Nha Trang

세계적인 유명 호텔 체인으로 단순한 디자인의 객실은 편안한 잠자리를 보장해 준다. 스퀘어 레스토랑의 디너 뷔페가 유명하고 수영장 옆 풀바에서 칵테일 한 잔은 여행을 온 느낌을 배가시킨다. 여행자 거리나 야시장과도 가까워 밤마실 나가기 편리하다.

02 비즈니스(중급) 호텔

〈호찌민〉

로즈랜드 코프 호텔 Roseland Corp Hotel

레탄똔 거리 인근에 있는 중가 호텔이다. 객실은 슈페리어, 디럭스, 프리미엄 더블, 로즈랜드 럭셔리 등을 갖추고 있다. 특급 호텔 가격이면 보다 넓은 방에 맛있는 식사까지 할 수 있어 실속파 여행자에게 인기를 끈다. 공항에서

호텔 이동시, 공항픽업 서비스(4/7인승

57~68만 VND 내외)를 이용하면 편리하고 픽업보다 씨오프(드롭오프)가 조금 저렴!

교통 : 데탐 여행자 거리에서 북동쪽, 호텔 방향. 택시/그랩 12분
주소 : 8A / 6D2 Thai Van Lung, Quận 01, Bến Nghé, Hồ Chí Minh
전화 : 028-3823-8762
요금 : 슈페리어 70 USD, 디럭스 80 USD, 프리미엄 더블 90 USD 내외
홈페이지 : www.roselandhotels.com

아쿠아리 호텔 Aquari Hotel

동커이 인근에 있는 중가 호텔로 호텔에서 오페라 하우스, 노트르담 성당, 동커이 거리 등으로 가기 편리하다. 객실은 90개를 보유하고 있고 부대시설로 레스토랑, 스파도 이용할 만하다. 호텔 주변에 여러 레스토랑이 있으므로 점심이나 저녁 식사하기 좋다. 커피 코너에서는 매일 14:00~17:00 커피와 스낵 등을 30% 할인을 하는 해피아워를 운영하니 참고!

교통 : 데탐 여행자 거리에서 북동쪽, 호텔 방향. 택시/그랩 12분
주소 : 9 Thi Sách, Bến Nghé, 1, Hồ Chí Minh
전화 : 08-3829-2828
요금 : 슈페리어 82 USD, 디럭스 89 USD, 로열 스위트 104 USD, 스위트 126 USD 내외
홈페이지 : www.aquarihotel.vn

리버티 호텔 사이공 파크뷰 Liberty Hotel Saigon Park View

팜응우라오 거리에 있는 중가 호텔이다. 디럭스, 프리미엄 디럭스, 이그제큐티브 디럭스 등 89개의 객실을 보유하고 있다. 신투어리스트와 가까워 투어 상품을 이용하거나 다른 지역으로 가는 오픈 버스를 타기 편하다.

교통 : 데탐 여행자 거리에서 팜응우라오 거리, 호텔 방향. 도보 2분
주소 : 265 Phạm Ngũ Lão, 1, Hồ Chí Minh
전화 : 028-3836-4556
요금 : 디럭스 70 USD, 프리미엄 디럭스 78 USD, 이그제큐티브 디럭스

97 USD 내외

홈페이지 :
www.odysseahotels.com/saigonpa
rkview

비엔동 호텔 Vien Dong Hotel

팜응우라오 거리의 중가 호텔로 슈페리어, 디럭스, 스위트 같은 110개 객실을 보유하고 있다. 호텔 요금은 이른 시간에 예약하는 얼리버드 요금, 1~2일 앞두고 예약하는 당일 요금 등 조건에 따라 다르므로 호텔 예약사이트를 잘 살펴, 예약한다. 중가 호텔 선택 시 조식 여부가 중요한(?) 선택 기준이 될 수 있으니 호텔 예약할 때 조식이 제공되는지 확인해 보자.

교통 : 데탐 여행자 거리에서 팜응우라오 거리, 호텔 방향. 도보 3분

주소 : 275A Phạm Ngũ Lão, Quận 1, Hồ Chí Minh

전화 : 028-3836-8941

요금 : 슈페리어 58 USD, 디럭스 62

USD, 스위트 101 USD 내외

홈페이지 :
http://viendonghotel.net

엘리오스 호텔 Elios Hotel

데탐과 팜응우라오 거리에서 가까운 곳에 있는 중가 호텔이다. 데탐 지역은 중저가 호텔이 모여 있어 호텔 정하기 좋지만 여행자 거리여서 북적이는 게 싫다면 동커이 지역을 생각해봐도 괜찮다. 루프톱인 블루스카이 레스토랑에서 식사를 하며 전망을 즐기기도 적당하다.

교통 : 데탐 여행자 거리에서 팜응우라오 거리로 간 뒤 좌회전, 호텔 방향. 도보 2분

주소 : Hẻm 241 Phạm Ngũ Lão, Quận 1, Hồ Chí Minh

전화 : 028-3500-7222

요금 : 슈페리어 48 USD, 시니어 슈페리어 60 USD, 디럭스 66 USD 내외

홈페이지 : www.elioshotel.vn

<붕따우>

삼미 호텔 Sammy Hotel Vung Tau

붕따우(투이번) 해변의 중가 호텔로 슈페리어, 디럭스, 스위트 등 119개의 객실을 보유하고 있다. 객실에서 보는 붕따우 바다 풍경이 멋지고 수영장에서 시간을 보내기도 좋다.

교통 : 붕따우 버스터미널에서 남쪽, 붕따우(투이번) 해변, 호텔 방향. 택시 8분

주소 : 157 Thùy Vân, Thắng Tam, Thành phố Vũng Tàu, Bà Rịa-Vũng Tàu

전화 : 0254-3854-755

요금 : 슈페리어 53 USD, 슈퍼 디럭스 74 USD, 럭셔리 트윈 99 USD 내외

홈페이지 :
www.sammyhotel.com.vn

뉴웨이브 호텔 New Wave Hotel

Vung Tau

붕따우 해변의 중가 호텔로 객실에서 붕따우 바다를 조망하기 좋다. 야자나무 심어진 커다란 수영장에서 물놀이를 하거나 일광욕을 즐겨도 좋고 바다 수영을 하고 싶다면 도보 1분 거리의 해변으로 나가도 괜찮다.

교통 : 붕따우 버스터미널에서 남쪽, 붕따우 해변, 호텔 방향. 택시 8분

주소 : 151B Thùy Vân, Thắng Tam, Thành phố Vũng Tàu, Bà Rịa-Vũng Tàu

전화 : 0254-3535-333

요금 : 슈페리어 42 USD, 트윈 49 USD, 퀀룸 55 USD 내외

홈페이지 :
http://newwavevungtau.vn

<달랏>

티티시 호텔(응옥란) TTC Hotel Premium Ngoc Lan

호아빈 광장 남쪽에 있는 중가 호텔로 티티시(TTC) 호텔 체인 중 하나다. 디

럭스, 프리미엄 디럭스, 스위트 등 91개 객실이 있고 레스토랑, 카페, 스파 같은 부대시설도 잘되어있다. 호텔 앞에 달랏 시장과 야시장이 있어 도보로 접근하기 좋다. 호텔에서 진행하는 시티 투어(반나절/하루 코스 126만/168

만 VND)에 참여해도 좋고 공항에서 호텔로 이동 시 공항픽업 서비스(2/4인 53만/63만 VND)를 이용하면 편리하다.

교통 : 달랏 호아빈 광장에서 남쪽, 호텔 방향. 도보 3분

주소 : 42 Nguyễn Chí Thanh, Phường 1, Tp. Đà Lạt, Lâm Đồng

전화 : 0263-3838-838

요금 : 디럭스 72 USD, 프리미엄 디럭스 87 USD 내외

홈페이지 : http://ngoclan.ttchotels.com

〈나트랑〉

그린 월드 호텔 Green World Hotel Nha Trang

슈페리어, 디럭스, 스위트 등 201개의 객실과 27개의 프리미엄 아파트먼트를 갖춘 호텔이다. 21층 파라다이스 레스토랑에서는 월~금 바비큐 & 씨푸드(29만9천 VND), 토~일 스팀보트 & 바비큐 뷔페를 진행해 뷔페 마니아의 군침

을 돌게 한다. 마사지와 스파 서비스를 제공하는 그린 월드 스파도 관심을 가져볼 만하다.

교통 : 나트랑 여행자 거리인 비엣투와 흥브엉 사거리에서 북쪽으로 간 뒤, 응우옌티민카이(Nguyễn Thị Minh Khai) 도로에서 우회전. 도보 6분

주소 : 44 Nguyễn Thị Minh Khai, Lộc Thọ, Tp. Nha Trang

전화 : 0258-3528-666

요금 : 슈페리어 74 USD, 디럭스 105 USD, 시니어 디럭스 115 USD, 이그제큐티브 아파트 270 USD 내외

홈페이지 : www.greenworldhotelnhatrang.com

므엉탄 럭셔리 나트랑 호텔 Mường Thanh Luxury Nha Trang

베트남에서 가장 큰 호텔 체인 중 하나로 여행자 거리에서 가까운 곳에 있다. 객실은 디럭스킹/트윈, 이그제큐티브 스위트 등으로 다양하고 레스토랑은 유럽식과 아시아식을 내는 혼쩨(Hon Tre), 바비큐 뷔페를 내는 혼곰(Hon Gom), 간단한 음식과 커피를 내는 혼문(Hon Mun) 레스토랑을 운영한다.
교통 : 나트랑 여행자 거리인 비엣투와 흥브엉 사거리에서 서쪽·해변 방향으로 간 뒤, 해변 도로에서 좌회전. 도보 3분
주소 : 60 Trần Phú, Lộc Thọ, Tp. Nha Trang
전화 : 0258-389-8888
요금 : 디럭스킹/트윈 각 108 USD, 디럭스킹/트윈 오션뷰 123 USD, 이그제큐티브 스위트 193 USD 내외
홈페이지 :
http://luxurynhatrang.muongthanh.com

아시아 파라다이스 호텔 Asia Paradi-se Hotel

굳이 유명 호텔 브랜드를 고집하지 않는다면 4성급 같은 3성급의 아시아 파라다이스 호텔도 지낼 만하다. 객실 깔끔하고 조식 잘 나오고 수영장 있고 스파도 할 수 있고 자전거도 대여해주니 불편한 것이 없다. 해변 3분 거리!

리버티 센트럴 호텔 Liberty Central Hotel

아시아 파라다이스 호텔 건너편에 있는 4성급 호텔로 디럭스 킹/트윈, 프리미어 오션뷰 킹/트윈, 이그제큐티브 클럽 등 227개 객실을 보유하고 있다. 매일 테마 파티가 열리는 루프톱바인 어보브 스카이바(Above Sky Bar)에서는 맥주를 마시며 나트랑 시내나 앞바다를 조

망하기 좋다.

알라나 비치 호텔 Alana Beach Hotel

루프톱인 인피니트 루프톱바에서 나트랑 야경을 감상하기 좋고 루프톱 수영장에서 색다른 물놀이를 즐겨도 괜찮다. 호텔 홈페이지를 살펴보면 때때로 특가 이벤트를 실시하므로 놓치지 말자. 알라나 호텔에서는 2박 3일 패키지로 객실, 공항-호텔 교통, 디너, 칵테일 서비스 등이 포함된 상품을 판매한다.

03 저가 호텔&호스텔

〈호찌민〉

킴 호텔 Kim Hotel

헴28 부이비엔 거리와 함께 중저가 호텔, 호스텔이 밀집된 헴40 부이비엔(Hẻm 40 Bùi Viện)에 있는 저가 호텔이다. 객실에는 침대, TV, 욕실 등 기본 시설만 되어 있지만 지내는데 큰 불편은 없다.

교통 : 데탐 여행자 거리에서 팜응우라오 거리-헴40 부이비엔 골목 방향. 도보 2분

주소 : Hẻm 40 Bùi Viện, Bùi Viện, Phạm Ngũ Lão, Hồ Chí Minh

전화 : 08-3836-7495

요금 : 스탠더드 23 USD, 디럭스 30 USD 내외

홈페이지 : www.kimhotel.com

에덴 가든 호텔 Eden Garden Hotel

헴28 부이비엔(Hẻm 28 Bùi Viện)에 있는 저가 호텔이다. 객실은 스탠더드, 슈페리어, 디럭스 등으로

다양하나 객실 간 큰 차이는 없으니 아무 객실을 골라도 상관없다. 가장 저렴한 객실은 창문이 없는 객실로 하룻밤 지내는데 큰 불편이 없다. 전망은 루프톱 카페(?)에서 즐겨도 충분하다. 공항에서 호텔 이동 시, 공항픽업 서비스(4인승 100 USD 내외)를 이용하면 편리!

교통 : 데탐 여행자 거리에서 팜응우라오 거리-헴28 부이비엔 골목 방향. 도보 2분

주소 : 175/21 Phạm Ngũ Lão, Hồ Chí Minh

전화 : 028-3836-5254

요금 : 스탠더드 30 USD, 슈페리어 33 USD, 디럭스 35 USD 내외

홈페이지 : www.edengardenhotel.com

판란 2 호텔 Phan Lan 2 Hotel

 팜응우라오 거리 남쪽에 위치한 저가 호텔이다. 15개의 객실을 보유하고 있고 혼자 이용할 때에는 조금 저렴한 싱글룸을 달라고 하면 된다.

교통 : 데탐 여행자 거리에서 팜응우라오 거리로 간 뒤, 좌회전, 호텔 방향. 도보 5분

주소 : 283/6 Đường Phạm Ngũ Lão, Phạm Ngũ Lão, Quận 1, Hồ Chí Minh

전화 : 028-3837-8749

요금 : 더블 24 USD, 트윈 26 USD, 트리플 30 USD 내외

홈페이지 : www.phanlanhotel.com

플립사이드 호스텔 Flipside Hostel HCM

중저가 호텔, 호스텔이 밀집한 헴28 부이비엔(Hẻm 28 Bùi Viện)에 있는 호스텔(게스트하우스)다. 전 객실이 도미토리로 운영되는데 6인~18인실까지 다양하고 조식이 제공된다. 루프톱바에서 시원한 맥주를 마시거나 크지 않은 (?) 인피니트풀에서 물장난을 해도 즐겁다.

교통 : 데탐 여행자 거리에서 팜응우라오 거리-헴28 부이비엔 골목 방향. 도보 2분

주소 : 175/24 Phạm Ngũ Lão, Quận 1, Hồ Chí Minh

전화 : 028-3920-5656

요금 : 도미토리 6인/8인/14인/18인실 9 USD 내외

홈페이지 :
http://flipsideadventuretravel.com

스위트 백팩커스 인 Suite Backpac-kers Inn

데탐 여행자 거리에 있는 게스트하우스

(호스텔)이다. 신투어리스트 옆에 있어 찾기 쉽고 여행자 거리의 레스토랑이나 카페를 이용하기도 편리.

교통 : 데탐 여행자 거리에서 호스텔 방향. 바로

주소 : 230 Đường Đề Thám, Phạm Ngũ Lão, Hồ Chí Minh

전화 : 08-3838-8382

요금 : 도미토리 6/12 USD, 4인실 40 USD, 6인실 60 USD 내외

홈페이지 :
http://suitebackpackersinn.com

〈붕따우〉

사오 마이 호텔 Sao Mai Hotel

붕따우 해변에서 조금 떨어진 곳에 있는 저가 호텔이다. 객실은 아무 장식 없이 침대, TV, 욕실 등 기본 시설만 되어 있으니 하룻밤 지내는데 큰 어려움이 없다. 호텔에서 스쿠터를 빌려 붕따우 일대를 둘러보거나 도보 3분 거리의 붕따우 해변에서 시간을 보내도

괜찮다.

교통 : 붕따우 버스터미널에서 남쪽, 호텔 방향. 택시/그랩 7분

주소 : 40 Phó Đức Chính, Thắng Tam, Tp. Vũng Tàu, Bà Rịa-Vũng Tàu

전화 : 098-394-6979

요금 : 더블 12 USD, 쿼드러플 20 USD, 패밀리 30 USD 내외

드라곤 호스텔 Dragon Hostel Vũng Tàu

붕따우 시내인 남키코이응이아(Nam Kỳ Khởi Nghĩa) 거리에 있는 호스텔이다. 객실은 도미토리와 더블룸으로

운영되고 피트니스룸에 복싱 운동기구와 자전거 등이 운동기구가 놓여 있다.

교통 : 붕따우 버스터미널에서 남서쪽, 호스텔 방향. 도보 12분, 택시/그랩 3분
주소 : 15a Nam Kỳ Khởi Nghĩa, Thắng Tam, Tp. Vũng Tàu, Bà Rịa-Vũng Tàu
전화 : 093-385-2469
요금 : 도미토리 5 USD, 더블룸 17 USD, 쿼드러플룸 24 USD 내외

〈메콩델타〉

띠엔장 호텔 Nha Khach Tien Giang Hotel

미토 시내에 위치한 호텔로 냐카익(Nhà khách)은 접대소, 숙소라는 뜻. 트윈, 트리플 등 49개의 객실을 보유하고 있고 부대시설로 레스토랑, 회의실 등을 운영한다.
교통 : 미토 버스터미널에서 남동쪽, 미토 시내 방향. 택시 8분
주소 : 6 Rạch Gầm, Phường 1, Thành phố Mỹ Tho, Tiền Giang
전화 : 0273-3971-017

요금 : 트윈 21 USD, 트리플 29 USD 내외

벤쩨 리버사이드 리조트 Ben Tre Riverside Resort

벤쩨 시내 서쪽, 메콩강가에 자리 잡은 리조트다. 슈페리어, 디럭스, 스위트 등 81개의 객실을 보유하고 있고 레스토랑, 야외 수영장 같은 부대시설도 잘 되어 있다. 야외 좌석에서 메콩강 야경을 감상하며 식사하기 좋고 나룻배를 빌려 선상에서 디너를 즐길 수도 있다.

공항에서 호텔 이동 시 공항픽업 서비스(7인승/16인승 70/84 USD)를 이용하면 편리하다.

교통 : 벤쩨 버스터미널에서 남쪽, 리조트 방향. 택시 16분

주소 : 708 Nguyễn Văn Tư, Phường 7, Phường 7, tp. Bến Tre, Bến Tre

전화 : 0275-3545-454

요금 : 슈페리어 48 USD, 디럭스 59 USD, 이그제큐티브 스위트 100 USD 내외

홈페이지 : www.bentreriverside.com

비바 2 호텔 Viva 2 Hotel

껀터 선착장과 껀터 시장 남쪽에 있는 저가 호텔이다. 객실 안으로 들어서면 벽이 욕실에 봄직한 흰 타일로 장식되어 있어 독특하다는 생각이 든다.

호아응옥 호텔 Hoa Ngọc Hotel

빈롱 시내에 있는 저가 호텔로 쿼드러플(4인), 패밀리(6인) 룸 등을 보유하고 있다. 객실은 침대와 욕실로 이렇다 할 시설이 없으나 지내는데 큰 불편이 없다.

〈무이네〉

쏭흐엉 호텔 Song Huong Hotel

신투어리스트 길 건너에 있는 저가 호텔이다. 관광지 저가 호텔이어서 객실에는 침대, TV, 욕실 정도 갖춰져 있지만 지내는데 큰 불편은 없다. 호텔에서 해변이 가까워 해변으로 나가 물놀이나 일광욕을 즐겨도 괜찮다.

교통 : 무이네 신투어리스트에서 길 건너. 도보 1분

주소 : 241 Nguyễn Đình Chiểu, khu phố 2, Hàm Tiến, Mui Ne

전화 : 0169-977-8630

요금 : 스탠더드 더블 14 USD 내외

무이네 쓰어 카페 호스텔 Mui Ne Xua Cafe Hostel

무이네 해변에 있는 게스트하우스(호스텔)로 카페를 겸하고 있다. 도미토리는 2층(?) 나무 집 바닥에 매트리스를 깔고 자는데 벽엔 창문 대신 돗자리로

걸쳐놓아 시원한 바람이 송송 들어온다. 밤에 카페에서 시원한 맥주나 칵테일 한 잔하기도 좋다.

교통 : 무이네 신투어리스트에서 서쪽, 호스텔 방향. 택시 2분, 도보 18분

주소 : 179 Nguyễn Đình Chiểu, khu phố 2, Hàm Tiến, Mui Ne

전화 : 098-550-2535

요금 : 도미토리 8인실 8 USD 내외

무이네 백팩커 리조트 Muine Backpackers Resort

무이네에서 가장 큰 규모를 자랑하는 호스텔이다. 4인실~12인실 도미토리, 더블룸, 트리플룸 등 다양한 객실을 보유하고 있고 야외 수영장도 크다. 레스토랑에서 간단한 식사나 맥주를 하기 좋고 프론트에서 투어 상품도 알선해

준다.

교통 : 무이네 신투어리스트에서 서쪽, 호스텔 방향. 택시/그랩 4분

주소 : 137 Nguyễn Đình Chiểu, khu phố 1, Hàm Tiến, Tp. Phan Thiết

전화 : 062-374-1047

요금 : 도미토리 6~7 USD, 스탠더드 더블 20 USD, 디럭스 22 USD 내외

홈페이지 : www.muinebackpackervillage.com

〈달랏〉

골드 나이트 호텔 Gold Night Hotel Dalat

달랏 시장 앞 달랏 야시장 거리에 있

는 중저가 호텔이다. 2성급 호텔임에도 깨끗한 객실을 자랑하고 레스토랑에서 뷔페 조식을 맛볼 수 있다. 호텔 앞이 달랏 시장과 달랏 야시장이고 호텔에서 여행자 거리인 쯔엉꽁빈(Trương Công Định) 거리도 가깝다.

교통 : 달랏 호아빈 광장에서 달랏 시장 지나. 도보 4분

주소 : 6 Nguyễn Thị Minh Khai, Phường 1, Tp. Đà Lạt, Lâm Đồng

전화 : 063-382-2616

요금 : 스탠더드 20 USD, 디럭스 패밀리 30 USD, 패밀리 스위트 40 USD 내외
홈페이지 :
http://goldnighthoteldalat.com

욜로 호스피털리티 YOLO Hospitality

달랏 여행자 거리인 쯔엉꽁딘 거리에 있는 호스텔이다. 내부는 새로 단장되어 지내는데 큰 불편이 없고 1층에 레스토랑 겸 바가 있어 저녁에 맥주 한 잔 하기 좋다.
교통 : 달랏 호아빈 광장에서 쯔엉꽁딘(Trương Công Định) 거리 방향, 도보 2분
주소 : 31 Trương Công Định, Phường 1, Tp. Đà Lạt, Lâm Đồng
전화 : 1900-2221
요금 : 도미토리 8인실 5.5 USD, 6

인실 6 USD, 더블룸 20 USD 내외
홈페이지 :
http://dalatyolohostel.com

테이 백팩커 호스텔 Tay Backpackers Hostel

호아빈 광장 남서쪽에 있는 호스텔로 1층에 바가 있고 2층부터 도미토리와 더블룸으로 운영된다. 저녁에 바에서 들리는 음악 소리가 클 수 있으나 낮에 충실히 여행했다면 잠드는데 아무 문제가 없다.
교통 : 달랏 호아빈 광장에서 바탕하이(Ba Tháng Hai) 거리 방향. 도보 5분
주소 : 35 Thủ Khoa Huân, Phường 1, Tp. Đà Lạt, Lâm Đồng
전화 : 063-351-1634
요금 : 도미토리 4/8/10인실 5 USD, 더블룸 12 USD 내외

〈나트랑〉

니스 스완 호텔 Nice Swan Hotel

객실 넓은 것으로는 3성급, 가격 면에

서는 2성급 느낌이 나는 호텔이다. 저렴한 가격이 마음에 든다면 부대시설이

조금 떨어지는 것은 충분히 감수할 수 있으리라. 레스토랑에서 조식 뷔페를 즐기고 호텔의 자전거나 스쿠터를 대여해 나트랑 시내를 돌아보기 좋다.

교통 : 나트랑 여행자 거리인 비엣투와 흥브엉 사거리에서 북쪽으로 직진. 도보 5분
주소 : 44 Hùng Vương, Lộc Thọ, Tp. Nha Trang
전화 : 0258-3525-680
요금 : 스탠더드 22~30 USD, 슈페리어 30~35 USD, 디럭스 45~50 USD, VIP 55~60 USD 내외
홈페이지 : www.niceswanhotel.vn

까르페 디엠 호텔 Carpe DM

객실만 있는 전형적인 저가 호텔로 하룻밤 지내는 데 큰 불편이 없다. 호텔 밖을 나가면 여러 레스토랑이 있으므로 원하는 음식을 맛보기 좋다.

하쩜 호텔 Hà Trâm Hotel

나트랑 해변, 여행자 거리에서 가까운 곳에 있는 미니 호텔이다. 창문이 없는 방도 있지만 그 대신 가격이 매우 저렴하다.

그린 피스 호텔 Green Peace Hotel

2성급 호텔로 객실이 좁고 부대시설이 조금 떨어지는 대신, 가격이 저렴하다. 일부 고층 객실에서는 나트랑 시내나 앞바다를 조망할 수도 있어 특급 호텔이 조금밖에 부럽지 않다.

타발로 호스텔 Tabalo Hostel

옛날 땀 냄새 밴 침구가 있는 호스텔(게스트하우스)이 아닌 빳빳하고 깨끗한 침구가 있는 신설 호스텔이다. 도미토리는 남녀 공용의 믹스드(Mixed), 여성전용의 피메일(Female)로 나뉘고 여럿이 쓸 수 있는 더블, 트리플, 콰트

로(4명) 룸도 운영된다. 아침에 커피와 샌드위치 정도의 블랙 퍼스트가 제공된다.

교통 : 나트랑 여행자 거리인 비엣투와 흥브엉 사거리에서 서쪽을 간 뒤, 사거리에서 우회전 후 좌회전. 도보 7분

주소 : 37/2/7 Nguyễn Thiện Thuật, Tân Lập, Tp. Nha Trang

전화 : 0338-511-629

요금 : 믹스드/피메일(여성) 도미토리 7 USD, 디럭스 더블/트리플/콰트로(룸) 20/30/40 USD 내외

백팩커 어보드 호스텔 Backpack Abode Hostel

여행자 거리에서 가까운 게스트하우스로 조금 낡았지만 무난한 시설을 갖추고 있다. 서양 여행자에게 조금 친절한 경향을 보이지만 주인장 청년과 어울릴 일이 없으니 별 상관은 없다.

더 앨리 호스텔 The Alley Hostel (Nhà nghỉ Hẻm)

미니 빌딩 전체를 호스텔로 이용한다. 도미토리와 더블룸은 침대, 화장실, 샤워실 등 있을 것만 있고 없을 것은 없어 지내는 데 불편이 없다.

센코텔 나트랑 Senkotel Nha Trang

호스텔이라기보다 미니 호텔로 보이는 곳이다. 객실은 1인실에서 4인실까지 있는데 내부는 확실히(?) 호스텔보다는 고급스럽다. 동행이 있는 개인 여행자에 어울리는 숙소!

5. 여행 정보

01 여권

해외여행은 해외에서 신분증 역할을 하는 여권(Passport) 만들기부터 시작한다. 여권은 신청서, 신분증, 여권 사진 2장, 여권 발급 비용 등을 준비해 서울시 25개 구청 또는 지방 시청과 도청 여권과에 신청하면 발급받을 수 있다. 여권의 종류는 10년 복수 여권, 5년 복수 여권, 1년 단수 여권(1회 사용) 등으로 나뉜다. 여권은 보통 전자칩이 내장된 전자 여권으로 발급된다.

예전 여권 표지 색은 녹색, 새로운 여권 색은 청색으로 발급!
외교부 여권 홈페이지_
www.passport.go.kr

▲ 준비물_신청서(여권과 비치), 신분증(주민등록증, 운전면허증 등), 여권 사진 1매(6개월 이내 촬영), 발급 수수료(10년 복수 여권 5만 3천 원/5년 복수 여권 4만 5천 원/1년 단수 여권 2

만 원) *병역미필자(18세~37세)_여권 발급 가능. 단, 출국 시 국외여행 허가서(병무청) 필요!

▲ 주의 사항_여권과 신용카드, 항공권 구매 등에 사용하는 영문 이름이 같아야 함/여권 유효 기간이 6개월 이내일 경우 외국 출입국 시 문제생길 수 있으므로 연장 신청.

▲ 베트남 비자

· 베트남 45일 무비자

비자(VISA)는 사증이라고도 하며 일종의 입국 허가서이다. 베트남은 한국인 **45일 무비자 입국이 가능**하다. 무비자 조건은 45일 이내 체류, 왕복 항공권 소지, 여권 유효기간 6개월 이상. 45일 무비자 만료 시 현지에서 비자 연장 불가, 45일 무비자 만료되어 출국한 후 30일 내 재입국할 수 있음(보통 호찌민에서 캄보디아 목바이로 출국했다가 다시 호찌민으로 돌아옴. 영사관, 현지 여행사에서 확인 또 확인!).

· 관광 비자

베트남을 15일 이상 여행 시 주한국 베트남 대사관에서 1개월 단수, 3개월 단수/복수의 관광 비자를 받을 수 있다. 비자 신청 시, 미리 영어로 간단히 날짜별 여행 도시/호텔을 적은 여행 일정표를 준비한 후 여권, 전자 항공권(E-Ticket), 호텔 바우처(예약증), 증명 또는 여권 사진 1매와 함께 대사관 방문한다. 접수실에서 비자 신청서를 작성, 제출하고 수수료를 지급하면 비자 찾는 날짜와 시간이 적힌 영수증을 준다. 비자 발급 소요시간은 2~5일 정도, 급행일 수록 수수료 비쌈. 비자 수수료는 1개월 7만 원.

주한국 베트남 대사관 Đại sứ quán Việt Nam tại Hàn Quốc

주소 : 서울시 종로구 북촌로 123(삼청동 28-58)

시간 : 월~금 09:00~12:00, 14:00~15:30

준비 서류_여권, 전자 항공권, 여행 일정표(영문), 호텔 바우처(예약증으로 없으면 생략, 호텔 이름은 알아야 함), 증명 또는 여권 사진 1장, 비자신청서(현장 비치)

· 베트남 관광 전자 비자

초청장이 없는 경우, 베트남 전자 비자 사이트에서 30일 이내의 관광 전자 비자(E Visa)를 발급받을 수 있다. 사이트에서 신청자 인적 사항, 여권 정보, 입국일, 방문 도시, 체류지(호텔) 등 입력→결제 및 확인→승인된 비자 받기 순으로 관광 전자 비자를 발급받을 수 있다. 수수료는 25 USD(카드 결제 수수료 0.96 USD 추가). *공식 베트남 전자 비자 사이트 외 가짜 사이트 있을 수 있으니 주의! 브라우저에서 한국어 번역 선택, 진행!

사이트_
https://evisa.xuatnhapcanh.gov.vn/en_US/web/guest/khai-thi-thuc-dien-tu/cap-thi-thuc-dien-tu
준비물_여권 사진 JPG, 여권 스캔 파일, 신용카드, 호텔 정보 등

· 도착 비자
초청장이 있을 때, 베트남 공항에 내려, 도착 비자(Arrival Visa)를 받는 것을 말한다. 단, 사전에 베트남에서 초청장(보통 여행사를 통해, 수수료 발생)을 받아야 한다. 도착 비자 종류는 관광 비자-1 · 3개월 단수/복수, 상용 비자-1 · 3개월 단수/복수가 있다. 도착 비자 받는 법은 베트남 공항에 당도하여 입국 심사대 전, 비자 신청 창구에 가서 여권과 초청장, 비자 신청서, 사진 1매(4cm x 6cm)를 제출한 후 기다리면 신청인 이름을 부른다. 그럼, 창구에 스템프 요금 지급하고 여권을 받으면 된다. 수수료_1개월 20 USD

☆여행 팁_베트남 남부의 날씨와 여행 시기
베트남 남부는 열대 몬순 기후로 연중 덥고 겨울과 봄에 비가 적게 내리고 여름과 가을에 비가 많이 내린다. 호찌민 기준으로 연평균 기온은 26~28도이고 우기는 5~10월, 건기는 11월~4월이다. **여행 최적기는 건기 중 비가 적고 화창한 12월~3월**이다. 베트남 날씨_www.accuweather.com

· 12~4월_비가 적고 화창해 여행 다니기 좋다. 호찌민 기준으로 평균 기온은 최저 23.4도, 최고 32.8도, 평균 강수량은 22mm 내외. 12~2월에 비해 3~4월은 조금 더 더운 편이고 비는 1~3월에 비해 12월과 4월이 조금 더 오는 편이다. 기온에 상관없이 햇볕 강하므로 모자, 선크림 필수!

· 5~8월_비가 많이 오고 기온이 잠차 높아져 여행 다니기 불편하다. 호찌민 기준으로 평균 기온은 최저 25도, 최고 32.5도, 평균 강수량은 170mm 내외. 5~6월은 우기 시작이고 7~8월은 짧은 시간 강한 비가 오는 스콜이 잦은 시기이다.

우산이나 우비를 준비하고 모기가 많으므로 모기 약도 준비하자.

· 9~11월_비가 점차 적게 내리고 기온도 낮아지나 여전히 습하고 더워 여행 다니기 불편하다. 호찌민 기준으로 평균 기온은 최저 24도, 최고 31도, 평균 강수량은 156.8mm 내외. 9~10월은 태풍도 오고 비도 여전히 많지만, 11월은 비가 점차 줄기 시작한다. 우산이나 우비 필요!

02 항공권

인천에서 베트남 남부의 호찌민, 달랏, 나트랑(깜란) 공항까지 직항과 경유 편이 운항한다. 취항 항공사는 대한항공, 제주항공, 이스타항공, 진에어, 티웨이항공, 에어서울, 비엣젯항공, 베트남항공, 중국남방항공 등.
항공권 가격은 일반 항공사 〉저가 항공사(LCC, Low Cost Carrier) 순이다. 여행 기간이 짧으면 단체 항공권 중 일부 빈 좌석이 나오는 땡처리 항공권(단, 출발과 도착 시간, 체류 기간 등을 잘 살펴야 함), 여행 기간이 길면 오픈 마켓을 이용한다. 어느 것이라도 괜찮다면 대한항공, 제주항공 같은 항공사, 하나투어, 모두투어 같은 여행사에서 항공권을 구매해도 된다. *베트남항공과 비엣젯항공은 호찌민에서 나트랑(깜란 공항), 다낭, 하노이 등으로 이동할 때 유용하다.

03 숙소 예약

숙소는 가격에 따라 특급 호텔, 비즈니스(중가)호텔, 저가 호텔 또는 게스트하우스(호스텔) 등으로 나눌 수 있다. 신혼여행이나 가족 여행이라면 특급 호텔이나 비즈니스호텔, 개인 여행이나 배낭여행이라면 저가 호텔이나 게스트하우스를 이용한다. 숙소 예약은 특급 · 중가 · 저가 호텔은 여행사, 아고다와 호텔닷컴 같은 호텔 예약 사이트를 통하는 것이 할인되고 게스트하우스는 호스텔월드 같은 호스텔 예약 사이트를 통해 예약한다. 호텔 가격은 여름방학과 연말 같은 여행 성수기에 비싸고 봄과 가을 같은 비수기에는 조금 싸다.

04 여행 예산

여행 경비는 크게 항공비, 숙박비, 식비, 교통비, 입장료+기타 등으로 나눌 수 있다. 항공비는 여행 성수기보다 비수기에 조금 싸고 일반 항공사보다 저가 항공사가 조금 저렴하다.

항공비는 저가 항공 기준으로 40만 원 내외. 숙박비는 특급 호텔의 경우 10만 원 내외, 중가 호텔의 경우 5만 원 내외, 저가 호텔의 경우 3만 원 내외이다. 식비는 1끼에 20만 VND(1만 원), 교통비는 30만 VND(1만5천 원), 입장료+기타 40만 VND(2만 원) 정도로 잡는다. 여기에 공연, 해양 스포츠, 투어 등에 참여하면 예산이 더 늘어난다. *숙소를 중저가 호텔로 잡아 예산을 절약한 뒤, 공연이나 해양 스포츠, 투어 등에 집중하는 것도 괜찮다.

2박 3일 예상경비 :
항공비 400,000원+숙박비(저가 호텔) 60,000원+식비 90,000원+교통비 45,000원+입장료+기타 60,000원 총합_655,000원

3박 4일 예상경비 :
항공비 400,000원+숙박비(저가 호텔) 90,000원+식비 120,000원+교통비 60,000원+입장료+기타 80,000원 총합_750,000원

☆여행 팁_해외여행자 보험

해외여행 시 상해나 기타 사고를 당했을 때 보상받을 수 있도록 미리 해외여행자 보험에 가입해 두자. 해외여행자 보험은 보험사 사이트에서 가입할 수 있으므로 가입이 편리하다. 출국 날까지 가입을 하지 못했다면 인천 국제공항 내 보험사 데스크에서 가입해도 된다. 보험 비용(기본형)은 베트남 3박 4일 1~2만 원 내외. 분실·도난 시 현지 경찰서를 방문해 분실·도난 확인서를 발급받고 상해 시 현지 병원 진단서와 영수증을 챙긴다. 단, 경찰 분실·도난 확인서 발급 시 분실인지 도난인지 정확하게 작성할 것! 가능하면 분실·도난 물품의 구체적 모델명까지 적음. *여행 중 패러세일링, 스쿠터 운전 등으로 인한 사고는 보상하지 않으니 약관을 잘 읽어보자.

삼성화재 https://direct.samsungfire.com
KB 다이렉트 https://direct.kbinsure.co.kr

05 여행 준비물 체크

여행 가방은 가볍게 싸는 것이 제일 좋다. 우선 갈아입을 여분의 상의와 하의, 속옷, 세면도구, 노트북 또는 태블릿PC, 카메라, 간단한 화장품, 모자, 우산, 선블록(선크림), 각종 충전기, 멀티콘센트(2구 콘센트 사용 가능), 들고 다닐 백팩이나 가방, 여행 가이드북 등을 준비하자. 그 밖의 필요한 것은 현지에서 사도 충분하다. *베트남은 더운 나라이므로 **휴대용 선풍기**, 해변 물놀이 대비 **스마트폰 방수 비닐케이스** 준비!

내용물	확인
여권 복사본과 여분의 여권 사진	
비상금(여행 경비의 10~15%)	
여분의 상·하의	
반바지, 수영복	
재킷	
속옷	
모자, 팔 토시	
양말	
손수건	
노트북 또는 태블릿	
카메라	
각종 충전기	
멀티콘센트	
세면도구(샴푸, 비누, 칫솔, 치약)	
자외선차단제(선크림)	
수건	
생리용품	
들고 다닐 백팩이나 가방	
우산	
휴대용 선풍기	
스마트폰 방수 비닐케이스	
여행 가이드북	
일기장, 메모장	
필기구	
비상 약품(소화제, 지사제 등)	

06 출국과 입국

- 한국 출국

1) 인천 국제공항 도착

공항철도, 공항 리무진을 이용해 인천 국제공항에 도착한다. 2018년 1월 18일부터 제1 여객터미널과 제2 여객터미널(대한항공, 에어프랑스, 델타항공, 네덜란드 KLM)로 분리, 운영되므로 사전에 탑승 항공사 확인이 필요하다. 여객터미널의 출국장에 들어서면 먼저 항공사 체크인 카운터 게시판을 보고 해당 항공사 체크인 카운터로 향한다.

*체크인 수속과 출국 심사 시간을 고려하여 2~3시간 전 공항에 도착.

교통 : ① 공항철도 서울역, 지하철 2호선/공항철도 홍대입구역, 지하철 5 · 9호선/공항철도 김포공항역 등에서 공항철도 이용, 인천 국제공항 하차(김포에서 인천까지 약 30분 소요)
② 서울 시내에서 공항 리무진 버스 이용(1~2시간 소요)
③ 서울 시내에서 승용차 이용(1~2시간 소요)

2) 체크인 Check In

항공사 체크인 카운터에 전자 항공권(프린트)을 제시하고 좌석 표시가 된 탑승권을 받는 것을 체크인이라고 한다. 체크인하기 전, 기내반입 수하물(손가방, 작은 배낭 등)을 확인하여 액체류, 칼 같은 기내반입 금지 물품이 있는지 확인하고 기내반입 금지 물품이 있다면 안전하게 포장해 탁송 수하물 속에 넣는다.

*스마트폰 보조배터리. 기타 배터리는 기내반입 수하물 속에 넣어야 함.

기내반입 수하물과 탁송 화물 확인을 마치면 탑승 체크인 카운터로 가서 전자 항공권(프린트)과 여권을 제시한다. 이때 원하는 좌석이 통로 쪽 좌석(Aisle Seat), 창쪽 좌석(Window Seat)인지, 항공기의 앞쪽(Front), 뒤쪽(Back), 중간(Middle)인지 요청할 수 있다.

좌석이 배정되었으면 탁송 수하물을 저울에 올리고 수하물 태그(Claim Tag)를 받는다(대개 탑승권 뒤쪽에 붙여 주는데 이는 수하물 분실 시 찾는 데 도움이 되니 분실하지 않도록 한다).

기타 할 일 :
· 만 25세 이상 병역 의무자는 병무청 방문 또는 홈페이지에서 국외여행허가서 신청, 발급, 1~2일 소요!
병무청_www.mma.go.kr
· 출국장 내 은행에서 환전, 출국 심사장 안에 은행 없음.
· 해외여행자 보험 미가입 시, 보험사 데스크에서 가입
· 스마트폰 로밍하려면 통신사 로밍 데스크에서 로밍 신청

3) 출국 심사 Immigration

출국 심사장 입구에서 탑승권과 여권을 제시하고 안으로 들어가면 세관 신고소가 나온다. 골프채, 노트북, 카메라 등 고가품이 있다면 세관 신고하고 출국해야 귀국 시 불이익을 받지 않는다.
세관 신고할 것이 없으면 보안 검사대로 향한다. 수하물을 X-Ray 검사대에 통과시키고 보안 검사를 받는다(기내반입 금지 물품이 나오면 쓰레기통에 버림). 보안 검사 후 출국 심사장으로 향하는데 한국 사람은 내국인 심사대로 간다.
*자동출입국심사 등록 센터(제1 여객터미널 경우, F 체크인 카운터 뒤. 07:00~19:00)에서 자동출입국심사 등록을 해두면 간편한 자동출입국심사대

이용 가능!

4) 항공기 탑승 Boarding

출국 심사를 마친 후, 탑승권에 표시된 탑승 시간과 게이트 번호 등을 확인한다. 인천 국제공항 제1 여객터미널의 경우 1~50번 탑승 게이트는 본관, 101~132번 탑승 게이트는 별관에서 탑승한다. 본관과 별관 간 이동은 무인 전철 이용! 제2 여객터미널의 경우 해당 탑승 게이트를 사용한다. 탑승 시간 여유가 있다면 면세점을 둘러보거나 휴게실에서 휴식을 취한다.
항공기 탑승 대략 30분 전에 시작하므로 미리 탑승 게이트로 가서 대기한다. 탑승은 대개 비즈니스석, 노약자부터 시작하고 이코노미는 그 뒤에 시작한다. 탑승하면 항공기 입구에 놓인 신문이나 잡지를 챙기고 승무원의 안내에 따라 본인의 좌석을 찾아 앉는다. 기내반입 수하물은 캐빈에 잘 넣어둔다.

참고로 베트남 입국신고서(Landing Card)는 없음. 단, 캄보디아나 라오스에서 육로를 통해 입국하는 경우 입국신고서를 작성할 수 있음. 아울러 세관신고서는 세관에 신고할 물품이 있을 때만 작성.

– 베트남 입국

1) 떤선녓(호찌민) 국제공항 도착

떤선녓(호찌민) 국제공항에 도착하기 전, 베트남은 한국과 비교하면 −2시간 시차가 있으므로 도착 후 시계를 2시간 뒤로 조정한다. 항공기가 떤선녓(호찌민) 국제공항에 도착하면 신속히 입국 심사장으로 이동한다. 이동 중 검역을 위한 적외선 체온감지기를 통과하는 때도 있는데 만약 체온이 고온으로 체크되면 검역관의 지시를 따른다.

2) 입국 심사 Immigration

입국 심사장에서 외국인(Foreigners) 또는 방문자(Visitors) 심사대에 줄을 서고 여권을 준비한다. 간혹 입국 심사관이 여행 목적, 여행 일수, 직업 등을 물을 수 있으나 간단히 영어로 대답하면 된다. 입국 허가가 떨어지면 여권에 45일 체류 스탬프를 찍어준다.

3) 수하물&세관 Baggage Reclaim &Custom

입국 심사가 끝나면 수하물 게시판에서 항공편에 맞는 수하물 수취대 번호(대개 1·2·3 같은 숫자)를 확인하고 수하물 수취대(Baggage Reclaim)로 이동한다. 수하물 수취대에서 대기하다가 자신의 수하물을 찾는다. 비슷한 가방이 있을 수 있으므로 헷갈리지 않도록 한다(미리 가방에 리본이나 손수건을 매어 놓으면 찾기 편함).

수하물 분실 시 분실물센터(Baggage Enquiry Desk)로 가서, 수하물 태그(Claim Tag)와 탑승권을 제시하고 분실신고서에 수하물의 모양과 내용물, 숙소 주소, 전화번호를 적는다. 짐을 찾으면 숙소로 무료로 전달해주거나 연락해 주고 찾지 못하면 분실신고서를 보관했다가 귀국 후 해외여행자보험 처리가 되는지 문의.

수하물 수취대에서 수하물을 찾은 뒤 세관을 통과하는데 고가 물건, 세관 신고 물품이 있으면 신고한다. 대개 그냥 통과되지만, 간혹 불시에 세관원이 가방이 배낭을 열고 검사하기도 한다. 입국시 미국달러 5,000불 이상 또는 베트남 1억동 이상 소지하였으면 세관에 신고한다.

*위험물, 식물, 육류 등 반입 금지 물품이 있으면 폐기되고, 면세 범위 이상의 물품이 있을 때는 세금을 물어야 한다.

베트남 면세 한도는 $250(주류, 담배 등 포함되지 않음), 주류 알콜 도수 22도 이하 2리터, 22도 이상 1.5리터, 담배 400개비(2 보루), 시가 100개, 연초 500그램.

4) 입국장 Arriving Hall

입국장은 입국하는 사람과 마중 나온 사람들로 항상 붐비니 차분히 행동한다. 유심을 살 사람은 통신사 매장으로 간다. 공항 내 통신사 매장이 통화+데이터를 묶은 패키지 상품을 구매하기 좋고 종업원이 스마트폰 세팅까지 해준다. 환전할 사람은 은행에서 환전한다. 용무를 마친 뒤 입국장에서 안내판을 보고 택시, 공항 셔틀버스 승차장으로 이동한다.

5) 택시 또는 공항 셔틀버스 탑승

공항에서 택시/그랩, 셔틀버스 등을 이용해 시내로 간다. 일행이 여럿일 때 호텔에서 공항 픽업 서비스가 있으면 택시/그랩과 요금이 비슷하므로 이용해 볼 만하다. 호텔까지 바로 도착!

*베트남에서 믿을만하다고 여겨지는 마이린 택시(028-38383838)와 비나썬 택시(028-38272727) 중 모양과 전화번호가 비슷한 유사 택시가 있을 수 있으므로 주의!

· 떤선녓(호찌민) 국제공항

공항은 호찌민 시내 북서쪽 7km 지점에 위치하고 공항 이름은 떤선녓이나 항공코드는 사이공을 뜻하는 SGN임.

교통 : 152번 시내버스 이용, 행선지 여행자 거리일 때 벤탄 정류장(Trạm Bến Thành) 하차. 06:00~18:00, 약 1시간 소요, 요금 5천 VND, 수하물 5천 VND 추가 / 입국장 택시카운터에서 택시 이용, 여행자 거리까지 19만 VND 내외

주소 : Tan Son Nhat International Airport, Tan Binh, Ho Chi Minh

전화 : 08-3848-5383

· 깜란 국제공항

나트랑의 깜란 국제공항은 나트랑 시내에서 남쪽으로 꽤 떨어져 있어 공항버스를 이용한다. 공항버스는 공항에서 10 예르신(Yersin) 거리(나트랑 경기장 남쪽)까지 04:30~19:55, 30분 간격 운행, 요금 6만 VND. 택시/그랩 이용 시 공항에서 나트랑 시내까지 40 VND 내외, 나트랑 시내에서 공항까지는 30만 VND 내외.

- 베트남 출국

1) 떤선녓(호찌민) 국제공항 도착

떤선녓(호찌민) 국제공항은 항공사 체크인 수속과 출국 심사 등에 걸리는 시간을 고려해 2~3시간 전에 도착한다. 공항에 도착하면 항공사 체크인 카운터 게시판에서 항공편에 맞는 체크인 카운터 위치를 확인, 이동한다.

2) 체크인 Check In

체크인하기 전, 기내반입 수하물을 확인하여 액체류, 칼 같은 기내반입 금지 물품이 없는지 확인하고 있다면 안전하게 포장해 탁송 수하물 속에 넣는다.
*보조 배터리, 기타 배터리는 기내반입 수하물에 넣어야 함.
수하물 확인을 끝냈으면 체크인 카운터로 가서 전자 항공권과 여권을 제시한다. 좌석이 표시된 탑승권과 탁송 수하물의 화물 태그(Claim Tag)를 받는다.
*셀프 체크인 기기 이용 시 단말기 안내에 따라 이용하면 되고 이용법을 모르면 항공사 직원의 도움을 받는다. 순서_체크인 등록→탑승권 발행→탁송 수하물 계량, 발송

3) 출국 심사 Immigration

출국 심사 전, 기내반입 수하물을 X-Ray 검사대에 통과시키고 보안 검사를 받는다. 보안검사 후 출국 심사장으로 향하는데 외국인(Foreigners) 또는 방문자(Visitors) 심사대로 간다. 출국 심사대에 여권을 제시하고 출국 심사를 받는다. 대개 출국 스탬프 찍어주고 통과!

4) 면세점 Duty Free

우선, 탑승 게이트 게시판에서 탑승 게이트 번호와 탑승 시간을 확인한다(탑승 시간은 대략 30분 전부터 탑승). 면세점을 둘러보고 필요한 물품을 쇼핑한다.

한국의 면세 한도는 US$ 800(주류와 담배, 향수 가격은 포함되지 않음), 주류 1리터(2병), 담배 200개비(10갑), 향수 60ml. 위험물, 육류, 식물 등은 가져올 수 없음.

5) 항공기 탑승 Boarding

면세점 쇼핑을 마치고 탑승 게이트로 이동한다. 항공기 탑승은 대략 출발 시간 30분 전에 시작하므로 미리 탑승 게이트로 가서 대기한다. 탑승은 비즈니스석, 노약자부터 시작하고 이코노미는 그 뒤에 시작한다. 탑승 시 승무원의 안내에 따라 본인의 좌석을 찾아 앉는다. 기내반입 수하물은 캐빈에 잘 넣어둔다.

〈여권 분실〉

베트남 여행 시 여권을 분실하면 한국으로 귀국할 때 문제가 되니 난감해진다. 이럴 때 침착하게 행동하는 것이 우선이다. 먼저 가까운 경찰서 또는 출입국 사무소를 찾아가 '여권 분실 신고서(베트남/한글 병기 양식, 주베트남 대사관 홈페이지에서 다운로드)'를 제출하고 '여권 분실 확인서(Police report)'를 발급받는다. 호찌민/다낭에서는 호찌민/다낭 출입국 사무소, 후에와 꽝남(호이안), 꽝응아이, 나트랑에서는 경찰서에 '여권 분실 신고서'를 제출한다.

다음으로 주호찌민/다낭 대한민국 총영사관에 가서 '여권' 또는 '여행 증명서'를 재발급 받는다. 신청서류는 여권신청서(영사관 비치), 여권 사진 2매, 여권 분실 신고서 및 긴급 여권 신청 사유서(여행 증명서 발급 대상에 한함), 귀국 항공권(긴급 출국자 한함), 여권 사본 또는 신분증. 발급 비용은 여행 증명서 7 USD, 여권 재발급 25 USD, 10년 여권 재발급 53 USD. 발급 기간은 여행 증명서 1일, 여권 재발급 3~4일, 신규 여권 재발급 2주.

다음으로 하노이 또는 호찌민 출입국 사무소(Ministry of Public Security Department Of Immigration) 이동하여 출국 사증(비자)를 재발급한다(다낭 출입국 사무소는 여권 분신 신고만 받고 출국 사증 업무는 하지 않음). 신청 서류는 여행 증명서 또는 재발급 여권, 여권 분실 확인서(경찰서 또는 출입국 사무소 확인 받은 원본), 재외 공관(영사관)의 여권 분실 확인 공문, 항공권. 발급 비용은 45 USD. 발급 기간은 5~6일. *출입국 사무소에 급한 사정을 이야기하면 신청 다음 날 비자 내주기도 하나 1주일이 기본! *분실 여권 재발급에 관한 사항은 주베트남 대한민국 대사관/주호찌민/다낭 총영사관 홈페이지, 영사콜센터 참조

·동선_호찌민/다낭 출입국 사무소 또는 경찰서, 여권 분실 신고 및 확인서 발급→주호찌민/다낭 대한민국 총영사관, 여행 증명서 또는 여권 재발급→하노이/호찌민 출입국 사무소, 출국 사증 발급

〈지갑·신용카드 분실〉

해외에서 지갑을 분실하면 큰 어려움에 빠질 수 있다. 먼저 지갑 속에 현금, 신분증, 신용카드 외 어떤 것이 있는지 확인한다. 신용카드 분실의 경우 즉시 신용카드회사에 분실 신고한다. 현금의 경우 분실액이 어느 정도인지, 남은 금액이 어느 정도인지 파악한다. 남은 금액이 없거나 적을 때 외교통상부 영사콜센터에서 운영하는 신속해외송금제도(1회 3,000 USD)를 이용하여 송금을 받는다.

*여행 가방, 캐리어, 카메라 등 분실 시 베트남 공안(경찰)에 신고하고 분실·도난 증명서(Police Report)를 발급받는다. 차후, 분실·도난 증명서를 여행자보험사에 제출하면 일부 보상받을 수 있다.

베트남 공안_113, 베트남 구급대 115

▸신속해외송금제도

재외공관(대사관 혹은 총영사관)이나 영사콜센터를 통해 신속해외송금지원제도 신청→국내 지인이 외교부 계좌로 수수료를 포함한 원화 입금→재외공관(대사관 혹은 총영사관)에서 여행자에게 현지화로 긴급경비 전달→협력 은행과 국내 연고자의 사후정산(외화 송금에 따른 수수료).

영사콜센터_www.0404.go.kr

〈건강 이상〉

여행 중 건강 이상이 느껴질 때 그 상태를 상·중·하로 나누어 대처한다. 여행 피로, 타박상 등 건강 이상 상태가 하(下)일 때는 여행을 중단하고 하루 이틀 숙소에서 푹 쉰다. 감기몸살, 설사 등 건강 이상 상태가 중(中)일 때 비상약을 복용하거나 약이 없을 때 가까운 약국, 드러그숍에서 필요한 약을 구매, 복용한다. 급성 복통이나 골절 등의 사고 등 건강 이상 상태가 상(上)일 때 가까운 병원에 가거나 숙소 스태프에게 도움을 청해 구급차를 부른다. 병원 치료 시 진단서와 계산서를 받아, 후에 여행자보험사에 진료비를 청구한다.

작가의 말

〈온리 호찌민 무이네 달랏 나트랑〉은 베트남 남부인 호찌민, 무이네, 달랏, 나트랑을 소개하고 있습니다.

호찌민은 베트남 경제 수도로 남쪽 메콩델타나 북쪽 무이네, 달랏으로 여행하기 좋고 통일궁, 전쟁 박물관, 노트르담 대성당, 호찌민 시립극장, 벤탄 시장, 사이공 동·식물원, 차이나타운 등,

무이네는 호찌민과 나트랑 사이의 바닷가 휴양지로 베트남에서 가장 동남아 휴양지 모습을 하고 있고 무이네 해변, 쑤오이띠엔, 어촌, 레드(옐로) 샌드듄, 화이트 샌드듄 등,

달랏은 베트남 남부의 고원 휴양 도시로 쑤언흐엉 호수, 달랏 플라워 가든, 항응아 크레이지 하우스, 바오다이 황제 여름궁전, 달랏 성당, 달랏 역, 다딴라 폭포, 쭉럼 선원, 짜이맛, 랑비앙산 등,

나트랑은 베트남 중남부의 도시로 물놀이하기 좋은 나트랑 해변, 네오고딕 양식의 나트랑 대성당, 언덕 위 좌불이 있는 롱썬사, 힌두교 탑인 뽀나가르탑, 빈펄랜드 등 볼거리가 많습니다.

베트남 배낭/개인 여행은 각 도시의 **여행자 거리**와 교통편과 투어를 알선해주는 **신투어리스트**에서 시작됩니다. 여행자 거리에는 숙소와 레스토랑, 카페, 여행사가 늘어서 있고 전국 단위 여행사인 신투어리스트는 여행사 중 가장 믿을만합니다. **투어**는 크게 유적 투어, 산악 투어, 섬 투어, 레포츠 투어 등으로 나눌 수 있는데 베트남 여행에서 빼놓을 수 없는 즐거움입니다.

끝으로 원고를 저술하며 취재를 기반을 두었으나 베트남과 관련 서적, 인터넷 자료, 관광 홈페이지 등도 참고하였음을 밝힙니다.

재미리